21世纪文学之星

丛书

2019年卷

中短篇小说集

缙云山

丰一畛⊙著

作家出版社

作者简介：

丰一畛，男，本名孔瑞，1987年生，山东泗水人，法学博士，贵州民族大学教师。中短篇小说散见《北京文学》《上海文学》《山花》《作品》《清明》等刊，有作品被《小说选刊》等转载。

目录

总 序

袁 鹰

中国现代文学发轫于本世纪初叶，同我们多灾多难的民族共命运，在内忧外患，雷电风霜，刀兵血火中写下完全不同于过去的崭新篇章。现代文学继承了具有五千年文明的民族悠长丰厚的文学遗产，顺乎20世纪的历史潮流和时代需要，以全新的生命，全新的内涵和全新的文体（无论是小说、散文、诗歌、剧本以至评论）建立起全新的文学。将近一百年来，经由几代作家挥洒心血，胼手胝足，前赴后继，披荆斩棘，以艰难的实践辛勤浇灌、耕耘、开拓、奉献，文学的万里苍穹中繁星熠熠，云蒸霞蔚，名家辈出，佳作如潮，构成前所未有的世纪辉煌，并且跻身于世界文学之林。80年代以来，以改革开放为主要标志的历史新时期，推动文学又一次春潮汹涌，骏马奔腾。一大批中青年作家以自己色彩斑斓的新作，为20世纪的中国文学画廊最后增添了浓笔重彩的画卷。当此即将告别本世纪跨入新世纪之时，回首百年，不免五味杂陈，万感交集，却也从内心涌起一阵阵欣喜和自豪。我们的文学事业在历经风雨坎坷之后，终于进入呈露无限生机、无穷希望的天地，尽管它的前途未必全是铺满鲜花的康庄大道。

绿茵茵的新苗破土而出，带着满身朝露的新人崭露头角，自然是我们希冀而且高兴的景象。然而，我们也看到，由于种种未曾预料而且主要并非来自作者本身的因由，还有为数不少的年轻作者不一定都有顺利地脱颖而出的机缘。其中一个重要的原因，乃是为出书艰难所阻滞。出版渠道不顺，文化市场不善，使他们失去许多机遇。尽管他们发表过引人注目的作品，有的还获了奖，显示了自己的文学才能和创作潜力，却仍然无缘出第一本书。也许这是市场经济发展和体制转换期中不可避免的暂时缺陷，却也不能不对文学事业的健康发展产生一定程度的消极影响，因而也不能不使许多关怀文学的有志之士为之扼腕叹息，焦虑不安。固然，出第一本书时间的迟早，对一位青年作家的成长不会也不应该成为关键的或决定性的一步，大器晚成的现象也屡见不鲜，但是我们为什么不在力所能及的范围内尽力及早地跨过这一步呢？

于是，遂有这套“21世纪文学之星丛书”的设想和举措。

中华文学基金会有志于发展文学事业、为青年作者服务，已有多时。如今幸有热心人士赞助，得以圆了这个梦。瞻望21世纪，漫漫长途，上下求索，路还得一步一步地走。“21世纪文学之星丛书”，也许可以看作是文学上的“希望工程”。但它与教育方面的“希望工程”有所不同，它不是扶贫济困，也并非照顾“老少边穷”地区，而是着眼于为取得优异成绩的青年文学作者搭桥铺路，有助于他们顺利前行，在未来的岁月中写出更多的好作品，我们想起本世纪20年代和30年代期间，鲁迅先生先后编印《未名丛刊》和“奴隶丛书”，扶携一些青年小说家和翻译家登上文坛；巴金先生主持的《文学丛刊》，更是不间断地连续出了一百余本，其中相当一部分是当时青年作家的处女作，而他们在其后数十年中都成为文学大军中的中坚人物；茅盾、叶圣陶等先生，都曾为青年作者的出现和成长花费心血，不遗余力。前辈们关怀培育文坛新人为促进现代文学的繁荣所作出的业绩，是永远不能抹煞的。当年得到过他们雨露恩泽的后辈作家，直到鬓发苍苍，还深深铭记着难忘的隆情厚谊。六十年后，我们今天依然以他们为光辉的楷模，努力遵循他们的脚印往前走去。

开始为丛书定名的时候，我们再三斟酌过。我们明确地认识到这项文学事业的“希望工程”是属于未来世纪的。它也许还显稚嫩，却是前程无限。但是不是称之为“文学之星”，且是“21世纪文学之星”？不免有些踌躇。近些年来，明星太多太滥，影星、歌星、舞星、球星、棋星……无一不可称星。星光闪烁，五彩缤纷，变幻莫测，目不暇接。星空中自然不乏真星，任凭风翻云卷，光芒依旧；但也有为时不久，便黯然失色，一闪即逝，或许原本就不是星，硬是被捧起来、炒出来的。在人们心目中，明星渐渐跌价，以至成为嘲讽调侃的对象。我们这项严肃认真的事业是否还要挤进繁杂的星空去占一席之地？或者，这一批青年作家，他们真能成为名副其实的星吗？

当我们陆续读完一大批由各地作协及其他方面推荐的新人作品，反复阅读、酝酿、评议、争论，最后从中慎重遴选出丛书入选作品之后，忐忑的心终于为欣喜慰藉之情所取代，油然浮起轻快愉悦之感。“他们真能成为名副其实的星吗？”能的！我们可以肯定地、并不夸张地回答：这些作者，尽管有的目前还处在走向成熟的阶段，但他们完全可以接受文学之星的称号而无愧色。他们有的来自市井，有的来自乡村，有的来自边陲山野，有的来自城市底层。他们的笔下，荡漾着多姿多彩、云谲波诡的现实浪潮，涌动着新时期芸芸众生的喜怒哀伤，也流淌着作者自己的心灵悸动、幻梦、烦恼和憧憬。他们都不曾出过书，但是他们的生活底蕴、文学才华和写作功力，可以媲美当年“奴隶丛书”的年轻小说家和《文学丛刊》的不少青年作者，更未必在当今某些已经出书成名甚至出了不止一本两本的作者以下。

是的，他们是文学之星。这一批青年作家，同当代不少杰出的青年作家一样，都可能成为21世纪文学的启明星，升起在世纪之初。启明星，也就是金星，黎明之前在东方天空出现时，人们称它为启明星，黄昏时候在西方天空出现时，人们称它为长庚星。两者都是好名字。世人对遥远的天体赋予美好的传说，寄托绮思遐想，但对现实中的星，却是完全可以预期洞见的。本丛书将一年一套地出下去，十年二十年三十年五十年之后，一批又一批、一代又一代作家如长江潮涌，奔流不息。其中出现赶上并且超过前人的文学巨星，不也是必然的吗？

岁月悠悠，银河灿灿。仰望星空，心绪难平！

1994年初秋

序

写实与疼痛

王　干

我不知道如果没有《山花》写作训练营的创办，丰一畛的文学之路会不会还在“黑暗中摸索”一段时间。《山花》写作训练营的创办，其实是受到《雨花》写作训练营的启发。2016年，时任江苏作协党组书记的韩松林找到我，希望我帮江苏青年作家的培养出些主意，因为在70年代之后，江苏作家出现了短暂的断层现象，80后、90后的青年作家好像有些难以为继。我当时建议，和《小说选刊》一起创办一个类似NBA夏令训练营那样的形式来培养作家。两人一拍即合，当即拍板创立《雨花》写作营，以新的方法来培养作家。

实践证明，《雨花》写作营的方式对青年作家的培养针对性强，实战性强，江苏在短短的时间内就涌现了庞羽、房伟、汤成兰、杨莎莉等优秀小说家，贵州作协的领导一次开会听了我的介绍之后，也主动联系我，创立了《山花》写作营。现在《山花》写作营已经连续办了三届，文体也从小说转向了诗歌、散文诸多方面。

丰一畛就是在第一届《山花》写作营上崭露头角的。不知道为什么，在我的印象中，丰一畛喜欢戴一顶鸭舌帽，鸭舌帽给人感觉显得老成而沉着。他的形象在一群青年作家中显得有些过于沉稳，然后著名作家、《作品》的执行主编王十月在读到他的小说《后遗症》之后，当即表示，贵州青年作家有人才，丰一畛的《后遗症》他们《作品》要发表。这对于丰一畛来说，可以说有点意外，我看到他发言时，显然有些木讷和紧张，这对于一个大学老师来说，是不应该的，说明他内心有波澜。

《后遗症》后来《作品》2018 年第二期发表了，《小说选刊》2018 年第三期也选载了。之后丰一畛又在《北京文学》《湖南文学》等刊物发表了一些作品，引起了贵州内外文学界人士的关注。现在中国作协的“21 世纪文学之星”丛书出版他的第一本小说集，让我来写序，我也是很乐意的。

丰一畛的小说比较扎实，属于写实主义的范畴，但又不同于传统的写实作家，沿袭的大致是“新写实”的路径。新写实作为改革开放四十年来最有影响力的文学思潮，至今仍然具有生命力。“新写实”最大特点是对早期现代主义过于主观主义介入的个人主义情绪的一种反拨，同时也是对传统现实主义那种不接地气宏大叙事的一种改良，他们往往以底层人物的视角为经，以底层人物的命运为纬，交织出日常生活的原生态图景。我们从丰一畛的小说创作中也能感受这一思潮依然活在今天的文学创作当中。

丰一畛的小说往往取材于他身边的人物和身边的故事，写现实生活给人物内心留下的种种“后遗症”。这种“后遗症”

是一种疼痛，而往往是一种隐痛。《后遗症》写两个青年知识分子的婚恋中微妙情感中的隐痛，《缙云山》写一个女大学生的生存的困惑和面对世俗的无奈，《我们的敌人》以家乡小镇的悬案来折射人性的复杂和“历史”的迷茫。在《秘密》这篇小说中写小学生与老师“对立”的紧张关系，在冷静的叙述中隐含着无名的疼痛。这种疼痛在丰一畛小说里，是一个巨大的关键词，有时是正面的，有的则是隐秘的。在《缙云山》里写刘小丽的内心的苦痛，没有直接写感情内心的波澜，而是冷冷的白描：

> 退出半掩着的门，刘小丽不知是否该轻轻关上，她犹豫了下，还是关上了。办公楼的走廊狭长而阴暗，但她丝毫不想麻烦头顶那些古怪的声控灯，她快步迈进雨里，雨水熟稔，落在脸上钝钝的，如一把把小小的生锈的刀，生产着恰如其分的痛感。

刘小丽感到了痛感的存在，“雨水熟稔，落在脸上钝钝的，如一把把小小的生锈的刀，生产着恰如其分的痛感”，生活就像那把钝刀子吗？作家没有说，但刘小丽的感受里包含着作家的倾向。作家把小说集的名字取名为《缙云山》，或许刘小丽的疼痛是整个小说的一个指代，一个浓缩。

疼痛感是现代社会的人的一种难言的情感状态，和古典主义的大悲痛、大欢乐的价值观不一样，疼痛感细微而真实，但疼痛的根源往往像古典主义那样来自历史或道义的悖论，它来自人物内心的一种自我怀疑和自我否定，它是心理对行为的不信任，也是行为对心理的不负责。现代人的困惑越来越被这种隐隐的刺痛所冒犯。

也许我夸大了丰一畛小说的哲学层面的内涵。一个小说家最好的状态是在小说中呈现生活和情感的原生态，而读者和评论家能够读出言外之意，则是小说家的最佳期待，尽管作家期待的什么，作家也不见得说得清楚。因而在这样的意义上，丰一畛的小说又不仅仅是“写实”能够概括的，他有很多现代主义和后现代主义的元素。比如，在他的小说题目上，我就读到了卡佛的“结构”，这是他的致敬之举，但早在五年前，我就和一个和他同样迷恋卡佛的青年作家说过，卡佛的题目识辨度太强，而汉语的疑问句和英语的疑问句是两种不同的时态和情景，大可不必如此拘泥。

丰一畛正处于创作最好的年龄，三十出头的时候，是文学的黄金岁月，预祝他越写越好，淘出真正的“黄金”。

2020年6月26日定稿于润民居

后遗症

本来没打算炸酥肉，时间有点来不及。去菜市场的路上，还想着买点现成的荤菜。菜市场离学校不远，拐角就有三家卖猪头肉的。平常，褚楚都在中间那家买。她觉得中间那家干净些，可巧那家的位置空着，没出摊。褚楚也明白，摊位紧挨着，蝇子都是乱窜的，她的感觉挺可疑，不过犹豫了会儿，她还是去了鲜肉摊。拎了肉、菜往回走，忽然想起许东陌肯定想吃馒头，便折返回去。付过钱，抬头看见馒头店旁边的两元店正在上新货，两元店不只卖两元的东西，其实是家日常用品店，她拐进去。好几样东西都该买，当然先不买也行，磨蹭了会儿，时间真就来不及了。回来时，她一路小跑，刚过了操场旁长长的缠绕着藤蔓的走廊，还没上楼，身上已起了汗。绿藤上的花都谢了，楼梯口有一股荼蘼到腥臭的味儿。

是三角梅吧？其实她也不确定。去年11月份，许东陌第一次来老校区看她。她坐在这走廊沿的木椅上等，他拉着箱子走过来，瓷砖上的光点摇摇晃晃，皮轮滑动的声音有些滞重，压得她的心也有些摇晃。许久不见，那些亲密的感觉仿佛被一层薄而韧的陌生冻住了。他们努力地微弱地笑，他张了张嘴，这个长亭子挺好的，这是蔷薇吗？她笑出了声，那层膜破了，傻瓜，这是三角梅！

就叫三角梅了。或许这些藤蔓也不知道它们叫三角梅，或许别人都不叫它们三角梅。不过，有一个男人叫了。褚楚的心里一阵慌乱，对许东陌，她好像真的有了切切实实的依恋。他们的关系里，他爱她多一点。她也承认。她去找过他，但他总来找她。从什么时候，她盼望他来了，从什么时候，他们有了未来。

楼是老楼，间距高，每次拎着菜爬到六楼，她都要喘一会儿。

洗了菜，切了肉，调了面糊，油才刚热，敲门声响了。隔壁的园园老师探头，一只脚伸进来，做的啥？褚楚收收心情，酥肉。还会做肉呀！园园啧啧了两声。她们搭过一段伙，六楼的四个女孩子。两个免费师范生手艺都不错，倒是她和园园两个研究生，做出的菜好像不是为了被吃，而是专供挖苦的。尤其园园，做菜总做出搞笑的效果。一会儿过来吃？褚楚口是心非。不了，在外面吃了个盖饭。园园退出门，呀地喊了声，褚楚，你男朋友来了！褚楚压抑着兴奋，一瞬间，好像真不兴奋了。屋子陡地亮了一片，又暗了，接着又亮了，她看见了许东陌的眼睛，有疲惫，更多的是热切。褚楚系着围裙，手里夹着筷子，许东陌走上来，他是想抱她的。可园园还站在门口，故意似的，推了推门，我说怎么炸酥肉呢！走了哈！褚楚迎过去，也仿佛故意似的跟园园又寒暄了几句。门关了，插销插上了，迟到两分钟的拥抱显出了过分的尴尬。好了好了，褚楚说，围裙上有油。

许东陌去规整行李箱。房间是间学生宿舍，四个角四个上下铺的铁架子床，有点拥挤。褚楚不喜欢拥挤，更不喜欢凌乱，他被说过几次了，习惯了去把箱子挪到床底下。褚楚说，我给你买了馒头。许东陌答，谢谢哈，我们家宝贝最好了。褚楚又说，我要炸酥肉，忘了，放了很多花椒。没事，许东陌过去帮忙，你爱吃就好了。褚楚是南方人，或许总忘了，或许不想将就，每次做菜，都要放不少花椒。房间有个后门，卫生间在右手边，所谓厨房，就是后门出来的这一小块未封闭的空间，也可以叫后阳台，主要是左手边的这个半人高的台子。以前学生们在上面洗衣服，现在放满了锅碗瓢盆。正对后门的墙只比台子高一点。对面，也就有个一两米远处，是栋更老的筒子楼。两栋楼靠得近，几能握手，下面巷子里终日不见阳光，潮湿阴暗不说，各种乱搭的电线盘绕扭曲，嘶嘶地发着响儿，让人望而生畏。上次来，陪褚楚逛街的时候，许东陌专门去瞧了瞧，这条巷子有个形象的名字，叫黄泥井。褚楚做饭，许东陌总结了经验，他要陪着，打个下手，夸奖几句。即使帮不上忙，也要候在一边。因为这个事，他们没少拌嘴，后来他学乖了，或者说妥协了，矛盾还在那儿，尽量让它在那儿就好了。他来找她，说了第一顿出去吃，庆祝他毕业。她同意了，不过临时又改了主意。在省城下了火车，坐大巴来小城之前，他找了家沙县小吃。褚楚心是好的，想自己烧菜，可他饿了一上午了，很难再能耐下心来等待一顿耗时良久几乎不可能合自己口味的饭菜。去吃个沙县小吃，让矛盾服下一粒安眠药，代价只有一点点，他要谎称他正期待着她亲手烧的菜。他是期待的，期待见到她，顺便期待一下她循着性子做的饭菜也未尝不可。这样，吃了饭还在期待着她做的饭，听起来就不像个悖论了。

平心而论，酥肉炸得还可以，就是太麻了。他们吃饭。饭桌是个课桌。他吃得少，解释说，火车上颠得厉害，肚子不舒服。这也是实情。饭后他去洗碗。一人做饭另一人洗碗也是个不成文的规矩。褚楚却将他支到一边，你笨手笨脚，还是我来，我洗得快。他就陪在一边说话。

吃了饭，洗了碗，打扫了卫生，没事可干了。她下午没课。礼拜六怎么可能有课。初中生连晚自习都没有。里右的下铺是她的，里左的下铺是他的。她已帮他铺好了，还装了蚊帐。另外两个下铺，外右，放了杂物和一台小冰箱，外左，被褚楚改造成了衣橱。上铺，里面的两个闲置着，外面的两个堆着不常用的杂物和被褥。其实，左边的两个架子床之间，右边的两个架子床之间，还都镶了带木制小门的衣柜。一边四个，上下各两个，两边共八个，正好配八张床。这些小衣柜，也都派上了用场，有的专放内裤、胸罩，有的专放包包，还专门给他留了一个。房间小，破败，寒酸，大理石的地板甚至被时光浸泡出了一种擦不掉的油黑色泽。高处，还残留着几张没来得及撕下来或撕得不彻底的明星大头照，细致观察，类似的痕迹不少，小柜门上，铁架子上，厕所间里。然而，毫无疑问，它现在看上去秩序井然。简陋却不失温馨，古旧却不乏活力。这是褚楚的功劳。她珍视这个小房间，珍视她的劳动成果。他也珍视，无论如何，它是他们迄今为止第一个可以称得上“家”的地方。

她说她要洗个头。卫生间里没有热水器。电壶太小了，烧起来麻烦。他去接了桶水，用热得快烧。水烧着，他们躺在小床上聊天。躺谁的床上？各人躺各人的床上。躺一块儿？那好吧，躺你床上吧，你个大油头，再把我枕头弄脏了。褚楚已经被抱过去了。她非要躺外面，他只能往里，侧起身体。木板床太窄，他斜起脸看她，看她脸上细细的绒毛。他吻她，轻轻地抚摸她的身体，他的心好像可以两用，他在听她说话的。她说她是幸福的，他那么宠她。她表达幸福的方式很简单，就是跟另外三个女孩子对比。园园，慧丽，新雨，去年她们一起进入小城的这所中学教书。

当时来小城，褚楚着实思量了一番。她想留省城，没有现成的机会，只能去考。可许东陌还没毕业，因为他，因为他带来的不确定性，她没那么决绝了。恰好，省城建新机场，小城被并。又恰好，小城的这所中学去师范大学招人，她想，进可攻退可守，这也不失为一种明智的选择。来了，她却后悔了。学校骗了她，说好了教高中，却让她代初一的课。说好了素质教育，历史却一点也不受重视。园园，慧丽，新雨，一个化学老师，两个数学老师，她们偷偷补课，月入几千。可没人要补历史啊！她的心一落千丈。

还好，许东陌真的三年就毕业了！还好，除了她，她们的感情，要么空白，要么一团糟。

他右手环过她的脖子，将她搂得紧紧的。她移了移身体，嘟嘴啄了下他的额头。那个诅咒我们的男人又找你了没？这是个小插曲，但促使他早几天来了。找了，我没理他。你不会真因为他提前来的吧？褚楚翻起身，打量他，终于找到了个活计似的，扳过他的头，挤他脸上的小粉刺。学校组织了个大合唱，褚楚被领导硬拉进去。高中部的一个数学老师也在其中，看上她了，从群里找到她的微信，申请好友。她通过，还带着好奇。他们聊天。刚聊，褚楚就知道他是想追她了。但她假装不知道，继续聊。她将此事复述给许东陌，语气里有欣喜。那个男老师向她表白，她说她有男朋友，他说他调查过。那又怎样，不在一个城市，迟早会分的。他说得理直气壮。这话明显冒犯到了许东陌，当然也冒犯到了褚楚。褚楚也觉得这话有点过分，可她印象更深刻的却是这个男老师的勇敢。电话里，她说，一个学校的，同事关系，人家没捅破那层纸，直接不理人家了不好。她说得在理。她想适度满足她的虚荣心。他也想。他根上不想，可没办法，只能想。但麻烦的是，怎样的虚荣心才是适度的？常在河边走，哪有不湿鞋的？她在电话里念他们的聊天记录，那个男人步步紧逼，褚楚辅导功课一般跟人家入情入理地解释，男朋友博士毕业了，找个工作能把她带走，她马上要辞职了。然而，且慢，说这话时，他们不过打过两次照面，微信互动了三天而已。他们说得着这话吗？她没有惋惜的意思，这才哪儿到哪儿，可他的进和攻、她的退和守，让许东陌听出了惋惜的意味，好像如果没有他许东陌，他们就会顺其自然地在一起，顺其自然地培育出一份好的感情。他竟然是勇敢的，因为预言了或者诅咒了他们三年多的感情会因异地分居而草草结束。或许，是他太纵容她了。他想怪一怪她那时不常出来捣下乱的虚荣心。甚至恨一恨。可他怎么怪又怎么恨呢？一个男的和一个女的只能有且只有一种恋爱模式，不知怎么，悖论就来了。不知怎么，他们就只能如此相爱了。

他追她时，她跟前男友已经分开了半年。他们出去约会、吃饭、逛街，她总会提到她的前男友。以致他们不得不给他起了个名字，因为比褚楚小的缘故，就叫他小男生。她说抱歉，总在你这里提起别的男人。他说没关系。他当时确实觉得没关系，他喜欢上了她，而她不只是现在的她，还是无数个过去的她的叠加。她感激他的宽容，梦里梦到小男生了也会放心地跟他分享，更因为这种分享对他产生了更多的信任和好感。客观上，她像是利用了他的宽容，如果这叫宽容的话。然而这又肯定不能说是利用，他喜欢上了她，喜欢的是她的全部，包括挥之不去的记忆。他也奇怪，普天下所有的爱情都是自私的，他那么投入，却为什么不吃醋呢？他的宽容或纵容让他们的聊天看上去百无禁忌。他们都体会到了一种从未有过的自由的感觉。那感觉像什么呢？褚楚说，就像爱本身。她朝着爱的方向一路奔驰，似乎更变本加厉了。汇报工作一样，她向他陈述着她跟小男生开房的次数和经历。小男生吻过她的全身，不止一次。她帮小男生打过飞机，不止一次。她还比较，将他和小男生比较，比较他们亲吻和抚摸她的技术，她内心铭记的感觉。但我没跟小男生做过。褚楚跟他强调，像在邀宠。

当时分手，褚楚跟小男生提的。换句话说，褚楚把小男生踢了。可她的虚荣心让她理所当然地幻想，小男生还对她念念不忘。她先找了男朋友而不是小男生先找了女朋友，这让她的幻想获得了佐证。等小男生找了女朋友，并在QQ相册里公开了一张女朋友的侧脸照，她有点躁动了，放大了照片反复观摩，还拉来许东陌求证，我漂亮还是她漂亮？没有可比性啊，不过你漂亮。褚楚开心地笑了，我知道一切回不去了，其实挺想祝福他的，哥哥放心，我会珍惜现在的。她喊许东陌哥哥，喊他的时候，让他觉得，她事实上非常清晰，分寸在哪里。然而，就像她知道许东陌吃不惯麻、炒菜要少放些花椒一样，分寸她感觉到了，可她会忘的，忘了或许后悔，甚至很后悔，但她确实会忘的。

就在他们已经在一起而小男生还没有找到女朋友的某一天，她去找了小男生。她去找了小男生，还住了一夜。

她给他发短信，说是去告别。

这次，他委托了同学，学历学位证发下来之前，先来了。

褚楚的眼睛大，他看见他的眼在里面动，既惊悚又陌生。除了粉刺，她还对他鼻头两侧凹陷处里的油质感兴趣。她趴着头，蹙着眉，像个医生，兜着指甲盖清理，间或伸手抽张纸擦拭。她猜到了他在想什么似的，忽而嘲讽道，总之还是怕媳妇跟别人跑了吧？他平躺着，闭了眼，脸抽搐两下，伸手揽她的腰。那个男老师确实不地道，我说把园园介绍给他，他说对我情有独钟，还说会死缠烂打，结果，园园昨晚发了张截图，他又去找园园聊天了。许东陌想问问，设若那人真要死缠烂打呢，又想这事可以翻篇了。园园觉得这男老师横冲直撞，说话噎人，直接拉黑了，我也准备取关了。褚楚冷不丁跳下床，拿来手机。哦，我以为还没删，原来已经删了。她划着微信，理了理头发后，点开了QQ。听首歌吧？什么歌？*Cannonball*。英文啊，啥意思？炮弹。啥？你先听。他外语还可以，但只能看不能听，他皱起眉。是我们的感情太好了，还是我越活越没心没肺了？她摩挲着他的头，更像在自言自语。怎么了？要不是他在QQ上莫名其妙地发来这歌的链接，我好像都忘了这世界上还有个人叫小男生了。许东陌没接话，他拧紧了眉，考验他听力的时刻猝不及防地来了。他们确实很久没聊过小男生了，就像一件事慢慢淡了那样。她跟小男生谈了只两年，而他们，已经在一起三年有余。或许过去了的终将了无痕迹吧？褚楚凄然地莞尔了下。我可不像你说的，总干藕断丝连的事，他早分享了这歌，发得无头无尾，我是听了两遍，心里也想起些波澜，可真得一点翻涌也没有。歌已在单曲循环。他起身抱她。一直抱着。他不知道说什么好，去亲她的眼睛，那我陪着你再听一遍这歌吧？就像，就像永远的告别。

Stones taught me to fly
Love, it taught me to lie
Life, it taught me to die
So it's not hard to fall
When you float like a cannonball
……

他们抱着，耳朵里的声音汇聚成一种结实的空洞。那空洞好厚啊，白茫茫的。他还沉浸其中，她忽然说，不听了，不听了。停顿了几秒，她惊叫道，哥哥，水该烧爆了。于是他们起身，他去拔热得快，她去洗手。水已很烫，褚楚兑了点凉水，还是烫。她又不想洗头了，拉着他进来，还是聊会儿天吧。他随手关了后门，转身亲吻她，她迎上来，他们吻了好一会儿。他抚摸她的背、屁股、大腿。她的呼吸急促了，那声音里自带了某种味道，她身体的味道。想要吗？她说。想死了。他说。他的脑子里还回响着那首歌的旋律。他们不聊小男生了，好像他们的感情同时也淡了。小男生像他们的催情剂，她的，也是他的。她来感觉了，自己退到床边，飞快地脱着衣物。他也脱他的。套套呢？怎么那么笨，说了多少次了，事先不准备好。他没法反驳，也顾不上反驳，赶快去小衣柜里翻。他们做爱了。久别更胜新欢。这或许才是他满脑子里盛着的事……没几下，她说她要在上面。他们换过来。她仰着头，微弱的沉醉之声类似电流，闪出金灿灿的光，传过来，痉挛了他的思绪。没几下，她停了，推了推他，躺里面，蜷着。他央求。她不动，他去掰她的腿。她没有反抗。他轻声说着抱歉。她还是翻了身，对着墙，双腿收缩，蜷得更厉害。时间好像定住了一会儿，一秒，两秒，三秒……她开口了，我小裤呢？他找来她的小裤，套进她的腿。好啦好啦，褚楚深吸了口气，呼出来，又深吸了口气，呼出来，陪我去卫生间撒尿好不好？他像得了赦令，抱起正穿着胸罩的她。

卫生间里有两个并排的蹲便，这设计挺独特，感觉既为学生着想，又不想那么为学生着想，既是独立的，又是公共的。刚搬进来时，褚楚给他发过卫生间的照片，说它是老式蹲坑向现代厕所的不完全过渡。最初谈恋爱那会儿，她进厕所，门闩插得死死的。后来，常常淘气似的不关门。有了这间卫生间，她去撒尿，偶尔也叫上他。起先，他们都尿不出来，后来，她先尿出来了，再后来，他也尿出来了。如果她心情好，撒尿时，他还会亲她。她蹲在她的坑上，他蹲在他的坑上，他撅着屁股，她翘起屁股，嘴就对上了嘴。撒完尿，她说，要不我们洗个澡吧，正好把头洗了。洗了回床上躺会儿，晚上去吃牛排。去吃牛排是他提议的，他满口答应了，将那桶水提进卫生间。香皂，洗脸盆，舀热水的塑料杯，兑凉水的小盆，洗发水，沐浴液，干毛巾，换洗衣服，门开一条缝，他进进出出。舀热水的杯子也是她刷牙漱口的杯子，放在后阳台边上，他取出里面的牙膏牙刷，转身瞥见对面阳台上蹲着条宠物狗。那个中年男人，曾经被园园老师骂过变态的，正对着它的鼻子拍照。他踅回卫生间，可以洗澡了，他们说起悄悄话。

不知是有暴露癖，还是看到对面住进两个年轻的女老师故意的，对面的男人喜欢全身赤裸着在阳台上走动。阳台正对着园园老师的后阳台，斜对着褚楚的，高度呢，跟这边的差不多。阳台左边有扇门，门外是楼梯，楼梯一侧是室外卫生间。楼梯墙也是半封闭的，跟阳台处在一条水平线上。园园老师第一次看见那男人黑乎乎的下体，吓坏了，哭着敲褚楚的门。她还在褚楚这边睡了两晚。但躲是躲不开的。她警告了那个男人，还骂他。他却充耳不闻，我行我素。没办法，还是得躲，园园老师只好在后阳台上安上了窗帘。窗帘几乎把整个后阳台都给封住了。门外的楼梯墙正对着褚楚这边。园园老师憎恶对面的男人，褚楚则好奇与这个男人有关系的一个女人。这女人是许东陌先发现的。褚楚这里没网，要蹭附近的，她下了把万能钥匙，在房间里就能连上一个，好像是楼下的。许东陌用两个手机，还都是苹果，不过是家里人去日本打工带回来的水货苹果，下不了万能钥匙，只好蹭园园老师的。园园老师的网信号弱，房间里收不到，每次上网，他只能去厨房与后阳台的夹角那里。那一次，很晚了，褚楚早睡了，他看了个电影，临睡前想刷刷微信，去到外面，赫然发现，对面的楼梯墙边站着个黑影。不是那个男人，拿烟的姿势像个女的。他假装去卫生间，避开了。后来，褚楚也碰见过几次。她观察过，确实是个女的，总是晚上来，隔三差五地来，不知道什么时候走，从没见过。她有那男人房门的钥匙，她来时，有时，那男人在，有时不在。她从不在门里边正对着园园的阳台上抽烟，而是站在楼梯墙边。他们讨论过，她站在那里的时刻具体是什么时刻，进门之前？出门之后？上厕所之前？上厕所之后？他们猜测过他们的关系，夫妻？情人？兄妹？

他们洗着澡，水声哗哗，有一些热气升腾起来，他看着她的裸体，她不看他的，他的下体又硬了，一动一动的，她用指头敲了敲。对面的男的和那个女的到底什么关系？也像我们，一对狗男女？褚楚的身体没那么拘谨了，神情也像是已从刚才性爱的快与不快里跳脱出来。她可能是个妓女吗？应该不会吧。我还没见过妓女呢！褚楚的感慨让他哭笑不得。谁是妓女，又不会挂上牌子，你走在大街上，那么多女的，谁知道谁是干什么的。是啊，说不定我每天都见到妓女了，说不定我也是个妓女，对哈，刚才还卖了一次。她啪啪甩了他一身水，快给钱！快给钱！记账上好不好？他跟着打趣。她的脸阴郁了下，突然不说话了。怎么了？没事，你赶快洗，洗好了出去用电壶再烧点水，我怕洗头不够了。

他便胡乱抹了几把身体，擦两下，套上大裤衩，出去了。

他们睡了会儿，醒来时，房间里影影憧憧的。她选了出门的行头，戴好隐形、化好妆，天已黑了。东面楼群的夹缝里，一枚小小的月亮也陪着他们出来了，它黄澄澄的，边缘有棕色的晕。月亮的左下方，楼顶的一盏指示灯周期性地明灭，那灯是红的，估计月亮的晕光来自那里。巴瑞斯牛排店在香港城里头，不远，就在学校正门那条街上。他们吃过一次。不记得为了什么了。到了门口，推门，推不动，已经上了锁，牛排店的光本来就暗，他们没注意，看门上，广告已经贴出来，门面在转让。酥肉还剩了不少，真要在外面吃啊？说好了庆祝毕业的。那好吧，去吃个火锅好了，嘴里寡得很。褚楚做了决定。他们打车，去了旭海时代广场。

小城有两样东西出名，一样是羊肉汤，他们去尝过，没觉得多好吃。另一样就是这家火锅店。火锅店的老板从小城起家，也就十多年的工夫，分店开到了北上广，开到了国外。旭海是小城的地标性建筑，实际上，整栋广场大楼都是这家火锅店老板的产业。火锅店在四楼，电梯开了条缝，望一眼，他们顿时后悔起来，人太多了，要排队。而且，看样子不知要排到什么时候。整层楼只这家火锅店，他们还没来得及交换下心里悔意的程度，电梯口两个女服务员的腰已经弯下来，不好意思的空当儿，他们被引到了等候区。桌子上摆着免费的零食和水果，服务员帮他们叫了号，问他们喝什么，饮料和果汁也是免费的。服务确实很周到，女服务员的打扮也精致，可等待是漫长的，嘈杂的声音渐渐沤烂了说话的兴致，她和他，他们先后掏出了手机。等轮到他们，褚楚的脸色已变得相当难看。

是个半开放的小包厢，没那么吵了，但旁边桌位上的欢声笑语还是会洇过来。他们选了鸳鸯的锅底，在 iPad 上点了菜。一个新的服务员，第四个接待他们的服务员了，专门负责递毛巾、倒水、上菜。气氛有些沉抑，他们埋着头吃，话很少。她间或冲着他笑，笑容是做出来的，既勉强又坚决。他们干了杯，他张了下嘴，没说什么。他想再跟她聊聊那些更重要的事的，他们聊过了，在电话里，但毫无疑问，他们都不踏实。他毕业了，“何去何从”的问题再次降临。C 城，她想去的省城，没有好的机会，怎么说呢，有一家研究所，如果争取，会有希望。不过，要命的是，它给的条件苛刻，几乎没有安家费，更不考虑家属事宜。K城，邻省的省会城市，有所高校抛来了橄榄枝，安家费及科研启动金是个诱惑，关键地，学校承诺解决配偶的编制。C城是她的理想，K城是他们的现实。事实上，C城和K城没有什么本质的区别，在哪里，他们都是要淹没进人潮人海。尤其对他一个北方人来说，所有的南方都是陌生的，C城和K城皆远在天涯。然而，她似乎受了委屈，C城跟她到底有什么关系呢？她不过在那里读了四年书而已，一个上大学之前没出过小县城的人有资格对一个大城市情有独钟吗？她说她会跟着他去K城，可她明显受委屈了。还有，真要去K城的话，他们这个暑假就要先去领个证，女朋友是一样物种，配偶是另一样。她去过他家，见过他的父母。他还没去过她家，没见过她的父母。传言，她的父亲活过了半百至今没去过几次省城，但他同样对C城情有独钟。他又张了下嘴，努力地想开个话头，服务员过来下菜，他放弃了。等服务员离开，褚楚喊了声哥哥，她没抬头，停顿了半晌说，要跟他说件事。他的身体咯噔了下，每次说事之前她要强调说个事，他都会哆嗦。他坐正了，按了按桌布，目光移到她的头发上，好啊，他说。

你第一天来，我不是不想和你做爱。二十五个博士，顺利毕业的只有三个，你是其中之一，我知道，为了我们一直在一块儿的可能性更大些，你拼了。我也看到了你的能力，觉得你是个值得托付的人。可哥哥，你还记得吗？我们第一次做是在办公室里，我硕士导师的办公室。我们在办公室的桌子上做过，皮椅上做过，木头沙发上做过。那沙发中间的一根木头断了一截，每次做完，胳膊疼，腿疼，背疼，心里更疼。旁边是学院的期刊阅览室，易老师在里面办公。办公室不隔音啊，易老师打电话的声音能听到，高跟鞋走动的声音也能听到。哥哥，不能说你逼我的，可我屈辱啊，咱们开始的方式太寒酸了。我摆不脱这道阴影，每次感觉来了，这道阴影也来了……

褚楚哭了，泪无声地砸。边哭，边执拗地往嘴里塞着菜。他摊开双手，抹了一把脸，又抹了一把脸。她说，对不起。他也说，对不起。

一个拉面小哥走过来，褚楚眨了眨眼，妆有点花，最后一颗泪还汪在眼角。她伸手，他递过去两张餐巾纸。拉面小哥走到他们桌子前，站定了。他为他们表演了拉面的绝活。免费的，他强调。面拉好了，也送给他们。待他真要将面下到汤锅里，褚楚说，谢谢，不用了。一切都是免费的，他又强调了一遍。免费的，就非要不可吗？褚楚瞄着那小哥两手中还有些忽闪的面条，冷冷地问。小哥看了她一眼，目露困惑。许东陌发现，他还挺帅的。抱歉，拉面小哥恢复了职业的笑，鞠了躬，去下桌了。一会儿，下桌那里传来了骚动，许东陌扭头，几个女孩子正在跟他合影，还抢着要发朋友圈。

回去的路上，他们不说话。褚楚坐后座，先下了出租车。他付了钱，跟在后头。她以为他一直跟着，上楼梯时回了下头，他岔进操场，走起了圈。她一个人进到房间，坐着发了会儿呆才开了灯。要做点什么？她换了衣服，去看那条金鱼。鱼缸放在冰箱上头。去年，刚搬进来，她买了三条，跟他说，一定好好养，当个信物，养到他把她接走为止。寒假回来就只剩这一条了，她拿着鱼食盒子过去，才两天没换水，这条也死了，浮在水面，像个寓言。她又想哭，颓然地将所有的食料都倒进鱼缸里。

她坐回床边，有点累，该卸妆了，该敷面膜了，该刷牙了，可她什么都不想干。她扭头看见了他的手机。他带了手机的，这是另一个。真够奇葩的，他家人去日本打工，贪便宜出卖信用换来了这两个毛病迭出的苹果 5。一个只能打电话，系统没更新，微信、QQ、微博都用不了。桌上的这个，冒着险更新了，软件大部分时候能用了，可没法打电话，拨的明明是她的号，竟然会打到另一个女人那里，简直匪夷所思。她早劝他赶紧把它们丢了，换个国产机，他舍不得。他宁愿给她添几条裙子，也不愿扔他的苹果，这个傻瓜！她盯着那手机看，给她找事似的，那手机忽地叮当了下。她拿过来，密码是她的生日，四位数。他的博士导师在微信上找他。不是已经毕业了吗？这三年里，他跟她抱怨过无数次，抱怨得她烦了，发火了，他才再不敢多说。怎么说呢，人在屋檐下不得不低头，他导师攥着他的命根子，没有他的同意，他无法申请毕业。可那老男人太黑了，拼命让他做课题，牛马也没有这么用的。不是干不干活、干得多干得少的事，憋不住了，他跟她囫囵，梦啊，是梦碎了啊，原来做学术是这个样子的，原来教授们都是这个样子的。

她注意到了一条微信。一个月前他发给导师的。导师又派给他个活儿，几万字，短时间内就要完成。这工作原本不属于他，负责的人撂挑子了，导师硬塞过来。他不得不做。可这任务涉及的是魏晋南北朝时期的史实考证，他一个学社会学的，根本做不了。但他做了，东拼西凑做了。书很快出来，他坐卧不安，想得脑仁疼，有些内容算是抄袭吗？被人查到就吃不了兜着走了。他向导师坦白这件事，微信的结尾，他讨饶，也像威胁，他又开始大把大把吞食安神的药片了，他的神经衰弱症复发了。

这些事他没说，或许是早先她堵了他的嘴的缘故。近一年，他来得频繁了，借口说，他在北方的那个城市失眠得厉害，想来她这里睡个安稳觉。来了，确实睡得着觉了，还打呼，震耳欲聋的，每每吵得她心烦意乱。她确实以为失眠只是个借口，呼噜打得那么响，会睡不着觉吗？

她没洗漱，躺床上了，脑袋里的思绪翻搅着，不知道揉成了个啥。她给他留了门，他还没回来。她听见了火车的汽笛声。一次，两次。小城的火车站当然也是个小站，每天没几列车在这里停。停车才会鸣笛，还是只要过路就要鸣笛，她不晓得，只隐约记起，好像从未在白天听到过汽笛声。难道，所有的火车都只在夜里经过小城吗？她头昏昏的，有一种不知像什么的声响嗡嗡击打着她的后脑勺。恍恍惚惚中，她睡过去了。隐隐约约里，他回来了，放下了手机，又拿起了手机。他蹑脚推开了后门。她想告诉他，最后一条金鱼也死了。她说了，他好像没有听见。

半夜里，她醒了，被他的呼噜声扰醒了。他蜷缩得像只虾米，却发出了类似某种动物的低吼。房间里透进来一点月光，已经涣散得不成样子的月光。她站起来，站在他们的床中间。夜晚也不是那么静，房间里落满了一层层的响动。最上面，他的呼噜绑上了冰箱制冷的声音，像条无形的绳子，悬在空中。很奇怪，它们应该是最重的，却飘在那些细小的动静之上。那下面呢？那些沉淀物呢？她屏着呼吸蹲下来，却听到了那链条的崩塌。他吧嗒了两下嘴，呼噜停了，说起了话。是梦话吧？

到底有没有整点到站的火车啊？

什么？她挪到他的床边。

她跳下去了。

谁？

不是说好汽笛在整点响了一块儿跳吗？

怎么了啊？

她跳下去了，Like a cannonball！

Like a cannonball！ Like a cannonball！他叫了两声。她瞪大了眼。他也站起来了。他醒了？还是在梦游？许东陌！许东陌！极度的惊恐让褚楚也叫起来！她去拉他，他挣开了。他想去开后门，她挡着。他掉了头，开了前门，跑出他们的小家。

楼道高而窄，台阶也高而窄。褚楚站在六楼的楼梯口，楼下操场上有个孤单单的身影，她刚才做梦了？

热 窑

闹钟没响，赵晓阳头拱出被子，先醒了。手机搁在床下的皮箱上，他磨蹭了两秒，吸口气，侧身，伸出了左手。屏幕在晃，一个电话正好进来。他不记得什么时候将手机设置成静音了，还好，他已醒了。是师兄。今天教师节，昨晚临睡前，他还纳闷，怎么一点动静都没有。他僵着思绪，按了接听。师兄是客气的，熟稔的客气。他略过了他嗓音的沙哑，按捺着语气问他怎么安排的。赵晓阳一头雾水。电话那头预料到了似的，放任着又像是在把玩着一个说话间隙的蔓延。赵晓阳回以支吾。师兄咳嗽一声，解释说，是这样的，每年都是这样的，博士二年级的来张罗过节的事。可开题的时间改了，改到了明天。赵晓阳含了口唾沫，不想咽，还是咽了。每年都是这样的，师兄开始强调，并适可而止地暴露了不耐烦。要不，他一顿，庆幸自己可以撂挑子般，重重地说，你找马成骏商量下吧！

床是铁架子床，上下铺的那种。床头的

横梁，是根圆铁棍。挂了电话，赵晓阳把枕头担在铁棍上，倚靠上去。师兄先在微信上找他了，既留了言，又发了聊天申请。他挪动着身体，移了移重心点。虽然有枕头，背几乎是架空的，确实不舒服。读博整一年，每天醒来，他习惯了这样架着头刷一会儿手机，也习惯了架着头东挪西扭，徒劳地找那种相对没那么不舒服的躺姿。又弹出了个语音请求。或许受了卞老师影响的缘故，师门里的人联系，总喜欢先用微信语音。赵晓阳屏了会儿呼吸，没接。

不是不想联系马成骏。他有些错愕。来济城一年，从师兄们那里，他从来得到的只是通知，某日某时在某地吃饭，某日某时在某地开会，如果是文字信息，末尾还会加一句，收到请回复。他是被动的，但这一次，除了通知，还给了他主动性，要他或者他和马成骏一起来组个局。这有点让人始料不及，也让人手足无措。他想了想，当要不要联系马成骏成为一个问题时，他发现，他好像并不那么情愿。怎么说呢，是钱的事，也不是钱的事。赵晓阳起身，踱步到窗前，楼是环形的，他掀开窗帘一角，瞅了瞅马成骏寝室的窗户。距离和角度的原因，他事实上看不清窗户里的人。

楼下有棵松树，几只鸟扑扇在松枝上，啁一声，又啁一声，声音很快串成了串。赵晓阳揉着眼，转了目光。

果然，马成骏表示了不屑。我怎么没听说有这么个惯例？我们是穷学生，不比上班的，要怎么张罗？明天就开题了，分不分轻重缓急？赵晓阳表情木讷地点着头，马成骏挂电话时，他脸上像生了锈，已现出一片钝钝的热红。他坐回床上，呆呆地望着寝室。他看的是地板，看到了地板的坑坑洼洼，但他想不起“地板”这个词了。房间老旧，散发着一股朽木的味道，语言的能指和所指仿佛被这味儿浸泡得变了形，他摇摇头，又摇了摇头，沮丧的感觉才来了，陌生的感觉才来了。有了陌生感，住了一年的这一小块空间也才真实起来。

房间很小，本来两个铁架子床四个床位，因为是博士寝室，上铺就没住人了。赵晓阳仰了下脸，头顶戳着三条铁片子。可能是以前的学生，也可能是学校的后勤人员，想把镶铁片子的钉子拔下来，没成功，铁片子就支棱了起来。如弯刀，黑黪黪的。他没动过，更没想着改造下。潜意识里，他好像不想和这间寝室发生任何关系。为什么要来混这个博士文凭呢？他强迫自己不去想这个问题，他一直在强迫自己不去想这个问题。

室友是学电子信息工程的，本地人，偶尔晚上来住一夜。导师问他时，他却撒了谎。他也是慢慢学会撒谎的。图书馆的钟这会儿忽地报起了时，当当当，上午十点了。赵晓阳一个激灵，再次起身，头撞上了中间的铁片子，他捂着头上的疙瘩，一瞬间决定，洗漱完了再给马成骏发个短信。

刷牙时，赵晓阳改了主意。莫如先给卞老师留个言。关键地，除了祝教师节快乐，还要说点什么？要约个饭吗？约了饭要通知谁呢？酝酿良久，他编了个请示的微信。伸手不打笑脸人，请示，总不会有问题吧？卞老师竟然回了，卞老师只回了一个字：好。赵晓阳瞪着那个“好”字，浑身觳觫。“好”是什么意思？要聚？还是仅仅意味着知道了？他要接着追问吗？那个“好”字揪得他的眼生疼，他蓦地恨起自己来。师门聚餐是他最怕的事，现在，他要极力去促成这件最怕的事的发生？他窒息了下，逃也似的，找到了马成骏的名字。他不想的。马成骏是卞老师的红人，他一点也不嫉妒。他不想的。可他还是发了条短信。他说了他的两难处境，他得罪不起，谁也得罪不起。就算帮我的忙，伸个头，钱算我的。结尾处，赵晓阳近乎在祈求。抱歉，他能怎样呢？他确实不想的。马成骏硕士就跟着卞老师读，为了留住他，身为中心主任的卞老师专门改了规则，让他提前一年硕士毕业了。他能怎样呢？博士毕业需要两篇C刊，马成骏不愁，卞老师已带着他发了，可他愁。他是想混个文凭的，老天眷顾了他，他被补录了，可博士毕业太难了。不是毕业的事。不是毕业的事。他当然想着最好自己能把文章发出来，可是，万一，不是万一，很可能，他发不出来。赵晓阳茫然地环顾了下房间，他不过给卞老师留了条微信，不过给马成骏发了条短信，如此而已，他胡思乱想什么？

赵晓阳扇了自己两耳光。

马成骏没回短信，他拎个暖瓶上来了。马成骏住五楼。赵晓阳住六楼。马成骏敲了房门。赵晓阳吓一跳。因为都是应届，是同级，还是老乡，渐渐地，赵晓阳跟马成骏有了一些接触，但接触不多。马成骏并不好接触。卞老师也不希望他们有不必要的接触。赵晓阳帮马成骏捎过几次快递，钱是他垫的，垫了也就垫了。赵晓阳愁论文，马成骏帮着他愁，赵晓阳忧心忡忡，马成骏替他忧心忡忡。赵晓阳写了篇，马成骏要帮他改。赵晓阳感激涕零，马成骏看了，改是能改，投的时候，他要挂第一作者。不是暗示，马成骏明说的。赵晓阳张张嘴，又张了张嘴。

门开了，马成骏进来，新学期，他们这是第一次见面。马成骏开门见山，是他考虑得不周，但出去吃饭确实不妥。一是花费，再一个是时间。开题报告的PPT还没做。要不这样，送个小礼物？师兄们和卞老师——赵晓阳的担心还没说完，话被掐断了。师兄们不用去管，卞老师那边，我来说。马成骏立马掏出手机，发了条微信。内容也给赵晓阳看了，说是下午去老师家里坐坐，口气是平等的。卞老师回了个笑脸。赵晓阳如释重负。

他们一块儿去吃中饭。赵晓阳只拎了一个壶，其他的暖瓶是满的。看他一只手空着，到了五楼，马成骏让他帮个忙。他们转去马成骏的房间。原来是让他再帮着拎个壶。赵晓阳联过马成骏房间的 WiFi，才锁了门，迈出了两步，微信提示音响了，卞老师给赵晓阳留言了，这也不是常有的事。20 分钟后，桂香园餐厅门口见。赵晓阳也让马成骏扫了眼微信内容，马成骏说，估计是想用你的一卡通，那你前头先走，一会儿宿舍见。

赵晓阳提着两个暖瓶，先去了食堂。水房挨着餐厅，打了水再等本来得及，但他犹豫半晌，还是先找地儿安置了空水壶。水壶也不好放，是有几排钢结构架子，但不够用。学生们也不自觉，这里放一堆那里丢一簇。赵晓阳索性将暖瓶放得远远的。餐厅门口人声嘈杂，他站在宣传栏旁，眼睛瞥着卞老师可能来的方向。正是吃饭的高峰期，后勤的阿姨偏挑着这会儿给苗圃浇水，苗圃周围的那些暖瓶，被她们移了位置。有同学吃了饭回来，找不到了，就跟她们吵起来。赵晓阳没有细观热闹，他在集中精力等卞老师。卞老师只可能从东边或西边过来，他眼珠子活动着，一刻也没松懈，但一只手忽地悄悄从后面拍了拍他的肩膀。他惊悚的同时猛转头，不知什么时候卞老师已站在了他身后。卞老师穿了一身运动装，戴着帽子和口罩，帽檐耷拉着，他抬了下头，赵晓阳才看见了他眼镜后头笑眯眯的小眼睛。赵晓阳不自觉地哆嗦了两下。他去买了馒头和凉菜，卞老师喜欢吃食堂的凉拌豆皮。临别，赵晓阳想问问，教师节到底怎么安排？还没说出口，卞老师先往下拉了拉帽檐，眼睛不见了，眼镜也不见了。帽子是黑色的，口罩是白色的，阳光照在卞老师的脸上，黑的地方更黑，白的地方更白。他伸出右手，接饭菜之前，先迁进了赵晓阳的外衣口袋。

卞老师走得仓促，赵晓阳站在他背后，卞老师的影子碾过了他，碾过了一堆水壶，碾过了那条通往苗圃的水管子。奇怪，越过了水管子，他的影子不见了。赵晓阳往前走了走，他的影子碾过了一堆水壶，碾过了水管子，再往前走，他的影子又碾过了另一堆水壶。

赵晓阳站定，摸了摸口袋，没错，是10块钱。他回走两步，想俯下身来瞧瞧，后勤的阿姨已经吼开了，让一让，让一让，水管子被噌噌拉向了另一片苗圃。

吃了饭，打了水，赵晓阳先回了自己寝室。他端详了一会儿马成骏的水壶。水壶是瓦蓝色的，仿佛一片天。天上做了标记，马成骏的名字和宿舍号，还有一行小字：偷壶者不得好死！赵晓阳打开瓶塞，一股热气氤氲在他脸上。热气太盛，他睁不开眼。避了会儿，缓了会儿，他又拔开了瓶塞，他的目光一点一点地凑过去，暖瓶里的水面上荡着一些涟漪，涟漪上面浮着一些阴影，阴影漾了漾，他的眼里熏出了泪。他是有点不想见马成骏，也不想见卞老师。他报的不是卞老师，学术也不是他的志业。马成骏的确厉害，书读的都是英文原著。可能缘于嫉妒，更可能不仅仅缘于嫉妒，他不想这样了，不想成为他们的一分子。这有点矫情。他在济城没有朋友，马成骏是他唯一的信息源，这些信息对他是有用的，可他不想成为他们的一分子。赵晓阳紧了紧头皮，抹了把脸，又在胡思乱想了，不能胡思乱想了，明天就要开题了。他塞好瓶塞，拎着马成骏的壶出了门。是应该商量下，买点什么礼物？走了几步，他的强迫症犯了，怀疑没有锁门，想踅回来，他克制了下，还是回来了，结果真没锁。他锁了门，推了推，走出去几步，再回来推了推，是锁紧了，终于叹口气，去了五楼。

马成骏抽烟，屋子里雾气袅袅。他的室友是个正处级的官员，从没来过。他才是名副其实的一个人住。房间里堆满了书，一摞一摞的，都做了标记。马成骏卸了个电脑桌，改成了办公桌。桌子上垒着一叠叠的文件，左角上，两堆文件架着个镜框，镜框里不是谁的照片，而是马成骏写的一首打油诗：春花吐蕊夏芬芳，寸苗历雪待金香；困于池中非俗物，一朝云起耀四方。黑色字体的打油诗写在白色纸板上，放大了，裱进框里，远观，更像一幅遗照。马成骏泡了茶，说先坐会儿，定下来买什么了再出门。真坐下来了，好像也没什么好商量的。马成骏建议买束花，一束花就够了，进门挡挡手就行。赵晓阳没异议，也没必要有异议。一杯茶下肚，马成骏又倒了一杯。他们聊到了明天的开题。以前都是9月底或10月初举行，为什么提前了？形势复杂啊。现在学院乱成一锅粥了，学校准备把学院撤掉，并入其他学院。卞老师中心主任的身份、学院院长的职务都已危如累卵。重新洗牌，大家逮住机会了，你告我，我告你，你怀疑我告你，我怀疑你告我，学院变成了热窑。啥热窑？就是咱老家乡下烧陶的窑啊。不会跟我们有关系吧？这消息是爆炸性的，赵晓阳如坐针毡。看吧，看明天是个什么情况吧。马成骏点了根烟，眯起了眼。赵晓阳颓废地耷拉着头，马成骏是他的信息源，可他讨厌听到这些信息，他已足够焦虑。

赵晓阳也要了根烟。他想做点什么。马成骏的寝室也跟他的一样，鬼魅魅的，充满了陌生感。他们喝了三杯茶，越喝越沉默，越喝越感觉到了自己的渺小。我是不是忘锁门了？赵晓阳突然冒了句，火不像烧在窑里，像烧在谁的心上。赵晓阳火急火燎地蹿出了马成骏的寝室，他要去看一看，睁大眼看一看，到底锁门了没？！

下午两点半，他们出了校门，顺着东边的一条街走，或许走错了方向，到尽头了，还没找到一家花店。学校是老校区，本在市中心，这些年市中心在不停地北移，这一片就有些落魄了——那也不至于连家花店也养不起啊。他们拐上另一条街，走出去几百米，看见了一家专科医院。有医院就会有花店。这个猜测不会错。他们往偏巷子里钻，果真找到了。蓓蕾花店，真情一百年。挺朴素的幌子，白底黑字，毛笔写就的。门脸不大，待下几级台阶进去了，空间豁然开阔，再定睛一瞧，花色繁多，似堕入了颜色的海洋。他俩都是花盲，转来转去，东挑西拣，不知道选哪一束。店主是个胖嘟嘟的妇女，杵门口，懒洋洋地打量着他们。准备送谁呢？一个姑娘的声音。他们循着声转过了头，不是什么漂亮姑娘，就是店主。她的形象和声音差距太大了。送长辈。什么价位的？店主朝他们走了几步，店里轰地亮了下，有一些阳光跳了过来。店主推荐了三种，马成骏做主，挑了一束红黄紫三色搭配的郁金香。这个送老师真的合适吗？付钱时，赵晓阳又问了下，安慰自己似的。再合适不过了，郁金香妖而不媚，象征着高贵的爱和祝福，你们进来前，刚有位美女顾客，也选了束大号的郁金香，不过，她要的是纯色的。

出了巷子，转到大街上，他们很快邂逅了店主说的那位美女。或许不是她。她抱着束百合。或许，为了让他们赶快付钱，店主说了谎。他们放慢了脚步，从她身旁经过。的确是个身材高挑的妙龄女子，她裹着件咖啡色的风衣，半弯着腰，右手紧紧地将那束白色的百合搂在怀里。她站在人行道和马路交界的地方，左手伸出来，抓着共享单车的车把。她的皮肤白皙，指甲是深褐色的。路边，不远处，停了辆奥迪 A4L 款的女士车，阳光下，车子反射着红色的金光。百合的香味浓烈、黏稠，她身上的香水清新、尖锐，他们几乎停下了脚步，她的肩膀一起一伏，她没有抬头，但他们看清了她的脸。

她在哭。

他们进了一家便利店。一样总归不好，即使挡手，也要挡两个人的手。就买箱牛奶吧。他们都有些心不在焉，就要了箱伊利金典有机奶。天赐的宝贝，给最爱的人。王菲穿了件白色的连衣裙。她的眼睛真好看。外面的女人长得有点像王菲。他们出来了，往回走了几步，的确有点像王菲，尤其眼睛。王菲的眼里笑意四溅，而她，她的眼肿了，还在哭。

阳光很好，马路上车流滚滚，一个女人在哭，旁若无人地哭。他们能做什么呢？他们只好依依不舍地走掉。走远了，累了，赵晓阳后悔起来，牛奶可以到卞老师楼下再买的。卞老师住在学校的家属楼里，要拐三个弯，过两条街。到了小区门口，他们分开，马成骏先进，赵晓阳多绕几百米，从另一个口进。家属楼安了门禁，他们在楼下碰完头，马成骏熟练地摁了707#，铃声叮咚叮咚响了一阵，门没开。马成骏说，打个电话。谁打？你打吧。赵晓阳忐忑地拨了卞老师的手机，铃声丁零零响了一阵，没人接。马成骏也打了一次，铃声丁零零响了一阵，快要挂断时，电话通了。马成骏说，到楼下了，拿了点小礼物，去您那里坐坐。八项规定啊。马成骏还没反应过来，卞老师已挂了电话。

回去时，他们没有分开走。卞老师能从七楼的窗户上看见他们。但马成骏说，算了，看见又能怎样呢？他点了根烟，抽两口，挑衅似的吐了口痰。起了一阵风，郁金香的幽香被吹散了，一条一缕，似有若无。赵晓阳深吸了一口，香味淡淡的，柔柔的，他想起了那个漂亮的女人，是个少妇吧，她涂了指甲，深褐色的，她为什么哭呢？进了学校，赵晓阳问马成骏，要不要去吃个饭，马成骏拒绝了，东西怎么办，都是你买的？送给你吧？那怎么行，要不一块儿吧，我也去吃个饭。

他们去了食堂二楼，点了两个菜一个汤。吃饭的时候，赵晓阳忍不住左顾右盼。马成骏嘲笑他，看你那点出息，卞老师怎么会来这里。卞老师的确不会出现在食堂的二楼，可他怎么那么怕呢？他怕和卞老师吃饭，也怕和马成骏吃饭。弄得跟真的似的，菜上来了，马成骏先夹了一筷子，愤懑懑地说，还八项规定，弄得跟个当官的似的。赵晓阳又乜了乜旁边的桌位。

是啊，何止是当官的，是当大官的。每次师门聚会，包厢的门一定要关着，服务员送菜，到门口，就有人接了进去。包厢最好隔音，窗帘也要拉上。临别，人要一拨一拨出去，喝了酒的，寝室有别人住的，就不能回去睡了。赵晓阳真是怕了。学院合并是铁定的事。马成骏舀了一碗汤，太烫了，他放下汤匙，幽幽地说。卞老师的位置保不住也几乎是铁定的事，他已经在找后路了，正在和两个学校谈。你想想，他要走了，我们就没导师了。咋办？谁会要我们？要了也是后娘养的。赵晓阳盯着马成骏的嘴，直勾勾地，像盯着一枚炸弹。他不知道他嘴里还会吐出什么。学校领导那里收到不少匿名信，说去年我们这一级的入学考试藏了不少猫腻。有问题的学生被列进一个名单，第一个就是卞公子，你知道的，卞老师的儿子是徐老师的学生。还有你和我。赵晓阳啊了一声。啊啥啊，马成骏说得一本正经，真的啊，我当时还在读研二，考试资格是有问题的。你呢，本来没报卞老师，被卞老师录了，别人怎么想。我没干什么坏事啊，接到院办的电话，我都以为是个诈骗电话。我真没干什么坏事啊。小点声，马成骏跷起右手食指嘘了下。你干没干并不重要，重要的是，别人认为你干没干？赵晓阳低下了头，紫菜蛋花汤有点咸了，是有点咸了，他吞了一大口。

饭毕，回了寝室，五楼楼梯口，他们分道扬镳。东西都是赵晓阳买的，饭也是赵晓阳请的，马成骏将手里的郁金香递还给赵晓阳，赵晓阳摆手。马成骏又客套了下。赵晓阳再推让。那好吧，马成骏说，花我留下送人，今天的花费，我们平摊！

PPT 是早做好了的。赵晓阳不放心，把要说的话录进了 Word 文档，打了出来。开题又挪到了第二天下午。紧张在所难免。轮到他时，他是照着稿子念的，PPT 形同虚设。卞老师穿了身新西装，坐在会议桌的正中央，其他的教授、副教授、讲师坐得散漫、随意，气氛看上去并没那么糟糕，老师们甚至有说有笑。开题就是来让老师们把把关，无非走个过场，私下里，老师们都这么说，师兄们也都这么说。实际经历了，好像真是这样的。轮到马成骏时，出现了个小插曲。马成骏话急，顶撞了对面的一位青年教师。这位老师也是中心毕业的，去年才留校。怎么说呢，中心的近亲繁殖是有点严重，几个大教授都留了自己的学生。早在马成骏还在读硕士的时候，卞老师就曾半开玩笑半认真地说，要把马成骏留下。这或许仅仅是卞老师的一个策略，但确实起到了作用，读博士后的两个师兄就一直将马成骏视为潜在的对手。马成骏打断了青年教师的评价，讲起了布迪厄的实践理论，他认为对面的老师误解了他的初衷，也没有理清布迪厄惯习、场域、资本三个关键概念之间的联系与区别。当他试图做出进一步的解释时，有的教授不高兴了。还轮不到一个学生在这里讲课。马成骏醒悟过来，果断闭了嘴。

后面还有几个人，马成骏下来，给赵晓阳发了条短信，走吧？让走吗？赵晓阳有些疑问，但他还是跟着马成骏出去了。他们松了口气，开题、预答辩、外审、答辩，他们过了第一关。马成骏反思了自己的咄咄逼人，看得出来，他感觉到了遗憾，不该像个出头鸟，他抱怨自己的同时，重重地松了一口气。开题下午三点才开始的，他们又排在偏后，时间已经不早，夜的气息渐渐从大地上升腾而起。马成骏说要请赵晓阳吃个晚饭。他们进了一家店。我不是很饿，咱们每人喝碗醪糟吧。瞄了眼墙上的菜单，马成骏改了口风。就要了两碗醪糟。付了钱，醪糟还没上桌，有同学打来了电话。快回来，还要宣布结果！他们不得不回去。慌什么，马成骏说，喝两口再走。马成骏喝了半碗醪糟，他们回到会议室，人还没齐，都以为汇报完了就可以走，事先也没通知。马成骏悄悄跟赵晓阳说，该把剩下的半碗喝了再回来的。赵晓阳尴尬地笑笑。

人齐了。卞老师来宣布结果。理论上没有不过的。只是，有几个同学要大改。大改也就相当于没过了。大改的同学，学院、中心层面不再组织开题，但所里要自行再组织一次。

赵晓阳得了一票反对，三票以上的，需要大改。

出乎意料的是，五个人投了马成骏的反对票。

马成骏去找了夏老师，夏老师是中心的副主任，也是卞老师的死对头。夏老师直言，马成骏的报告里，满纸都是理论，一个读社会学的，躲在书斋里，对中国社会漠不关心，也不下去做田野，岂不荒谬？赵晓阳站在夏老师的办公室外面，他是想等马成骏的，又觉得不合适，便快步而出。卞老师的车停在校园的樟树林里，师兄远远地向他招手。他过去。卞老师又戴上了一顶帽子。另一个师兄也在。他们上了车。马成骏呢？卞老师问。赵晓阳迅速过了下脑子，在夏老师办公室。从后视镜里能看见卞老师紧绷的脸，赵晓阳不寒而栗，要不，我去把他引过来？时间仿佛吱呀一声断了，沉默如同海啸。赵晓阳抵了抵自己的心脏。那你去吧。卞老师说。他下了车，快步进了办公楼。马成骏已经出来了，他们对视一眼，没说什么。他走前面，马成骏走后面，来到了卞老师的车前。上车吧，教师节，你们不是说聚聚吗？卞老师说。我想先回去了。马成骏面无表情。对不起，老师，我先走了。马成骏说完，真迈开了步子。卞老师拉下了车窗，看了看马成骏的背影，又看了眼赵晓阳。赵晓阳慌了，我……我去陪陪他，别出什么事。也好。告诉他，只是小事一桩。卞老师拉上了车窗。

跟到寝室，马成骏哐地关了门。他想静静。赵晓阳只好回了自己寝室。他不想吃晚饭了，躺床上发呆。没开灯，头上的铁片子黑乎乎的，一年了，为什么没把它锯掉呢？他迷糊糊地睡了过去。师兄发微信过来，他被震醒了，手机兀自响着，他没接。另一个师兄打电话过来，手机兀自响着，他没接。马成骏来电了，他拿起手机，是马成骏，他接了。马成骏让他出去吃烧烤。他已经在外面了。哪儿呢？那家花店那里。

马成骏坐在人行道的台阶上，没有要去吃烧烤的意思。他没在花店所在的那条小巷子，他坐在那个漂亮女人哭过的地方抱着一束郁金香。郁金香是可以退掉的，他让赵晓阳把郁金香退了。赵晓阳当没听见，蹲在了他旁边。是谁？是谁投了反对票呢？马成骏问赵晓阳，赵晓阳看着天。天是黑的，黑黢黢的天其实没什么好看的。夏老师和他的学生，可以确定两票。还有哪个老师？冯老师吗？冯老师和他的学生，四票。还有一票啊，还有谁投了反对票啊？赵晓阳吮吸着鼻子，没有百合的香味，也没有香水味。是谁并不重要，不是说不过，就是改改。是啊，是改改，可五个人啊，这个不可怕，开题不可怕。可后面还有预答辩，预答辩还是这帮人，三票不过，无法送审。我这是得罪人了，我没干什么坏事啊。马成骏抱着那束郁金香，头埋进了花瓣里。他的手机搁在脚边，嘀嘀了两声。赵晓阳不知该说点什么，这次他只有一票反对，可下次呢？他无所适从，鬼使神差地拿起了马成骏的手机。

愣怔了一分钟，赵晓阳敲了敲马成骏的胳膊。他的腿麻了，一屁股坐下来。是个陌生的号码，济城的号码，短信里只有一行字，为什么不能是卞成功呢？马成骏惊悚地一跃而起，谁？是他妈的谁？他朝着虚空处一通乱喊。卞成功就是卞老师。马成骏抱紧了郁金香，一点一点蹲到了地上。赵晓阳也望了会儿虚空处，是不是有鬼啊？马成骏说的难道都是真的，形势果然复杂吗？他们真的在热窑里啊？赵晓阳又愣怔了会儿，哪里的一个号码，在这里无事生非、兴风作浪。他拨了过去，对方关机了。不对啊，不是这样的吗？马成骏是卞老师跟前的红人，马成骏的确是卞老师跟前的红人啊。

项目是我帮他申请的，论文是我帮他写的……不是这样的，有人在挑拨离间。他让我去查夏老师出的书，让我去告冯老师的状，我是没去……不是这样的，有人在挑拨离间。

马成骏昂起头，闻了闻怀里的花，掷在地上。他猛地转过身，恶狠狠剜了眼赵晓阳，一把抓住了赵晓阳的衣领。

赵晓阳，你他妈的在读书呢，还是在斗智斗勇？

赵晓阳被提拽起来了，他索性也抓住了马成骏的衣领。

马成骏，你他妈的在读书呢，还是在斗智斗勇？

夜深了。两个扭打在一块儿的人，倦了。一层薄霜降下来，濡湿了他们的困境。赵晓阳说，你不是要请我吃烧烤吗？马成骏说，我什么时候说话不算数了？赵晓阳拉起了马成骏，生怕他反悔似的说，走，去吃烧烤。心里已经够热了——走，去吃烧烤。赵晓阳斩钉截铁，容不得马成骏再打退堂鼓。他们就去吃烧烤了。他们收起了那束凌乱的郁金香，去吃烧烤了。

千真万确，马成骏付的钱。

夜里3点，马成骏给赵晓阳发了条短信。他说他跟他妈视频了，决定了，他要退学。他不是没有想到这一天，他早想到这一天了。他留了后路。他早联系了另一所学校的另一个教授，他要换一个地方读博。抱歉，马成骏说，学术不是一项志业，可他上了贼船了。

早作打算，自求多福。他加了条。

赵晓阳攥着手机在寝室里走来走去。按说，整个济城，这一小块空间是最安全的。可寝室也是个黑屋子，进来了，他的思绪便会莫名发酵。他忍不住想东想西，忍不住疑神疑鬼。还有语言的那些能指和所指，它们在自由组合。天哪，多可怕！哪天一定要把上铺的铁架子锯了，他自言自语。

他杵到了窗旁。他掀开了一角窗帘。天渐渐亮了，马成骏的屋子阒寂无声，他看见了什么。

赵晓阳叫了声，又叫了声，他找不到那个词了，他无法命名看到的现象了。他急出了汗。他看见了什么。是，是的，跳楼了！马成骏跳楼了！赵晓阳拧开门，蹿出寝室，他跑到马成骏的门口，踹起门来。傻×！他忽然骂了自己一句，踹门有个屁用。他又跑起来。他喊醒了宿管大叔，他奔出了寝室楼。

不是马成骏，马成骏打开了窗。是个女生。马成骏住五楼，女生从六楼跳下来的。一摊血正在漫漶，一摊血正在肮脏的地面上弯弯曲曲地漫漶。

赵晓阳的腿软了。他跪了下来。他不知道他为什么跪了下来。他磕起了头。他不知道他为什么磕起了头。好像该跳楼的是他，好像眼前的女生替他跳了楼。

卞老师的国家课题，他是在应付，他做得很烂。他没抄，抄了也是梦里抄的。他没写过匿名的告密信，写了也撕了，写了也烧了，都是梦里的事……

赵晓阳的头嘣嘣磕在地上。

校外，公交早班车在提醒，91 路会开往学府花园。车子嘎吱一声启动了，这个时候，一些花瓣，一些红的、黄的、紫的郁金香花瓣，正纷纷扬扬，从天而降。

安魂曲

一

从人事处出来，刚下到三楼，马一跃又被叫回去。签错了，王科长一脸肃穆，并无抱歉的意思，合同改了，要签新的。打印机咔嚓了声，咯吱咯吱响起来，马一跃接过新合同，纸张还是热的。夹着文件边儿的指头不自觉地一阵痉挛，像烫着了，马一跃耸耸右肩，正了正单肩背着的包，文件就被捏到了左手上。他捻捻，掀开，再掀，迅速瞥着，没什么其他的变化，服务期延长了，以前是8年，现在是10年。马一跃的脑子一片混沌，他仰着头，无所适从地瞟，白炽灯竟然亮着，层峦叠嶂的白堆进他眼里。他的脑子不混沌了，本来也没混沌，是空白，空空的白。白天为什么不能开灯呢？王科长办公桌上的资料有点乱，这一摞，那一叠，马一跃插了个空儿，俯下身。8是个数字，10也是个数字。他不能左右什么。他已揣好了那张纸条，轻薄又沉甸甸的纸条，他已不能左右什么。

马一跃签字，摁上了手印。

出了行政楼，迎面撞上了钱老师。看他忙慌慌的样子，估计也是去签约的。他们点了个头，马一跃不确信，钱老师是不是点头了，他眼小，眯成了一条缝，缩着脖子，只一晃，就过去了。倪霓还在蓉城，马一跃掏出手机，想拨过去。这时恰好进来个电话。马一跃紧走几步，进了行政楼前的小树林，接了。是个销售打来的。房价又涨了，不是一点，不是几点，是一截。首付也要从两成变三成，银行贷款政策收紧了。挂了电话，马一跃纳闷，销售怎么会有他的新号？这个号码是来黔城后才办的，没几个人知道。他是去看房了，周围的楼盘转了个遍，也留电话了，可留的是以前读博士时用的号。销售打来了电话，早没打晚没打，他前脚刚拿到那张纸条，后脚电话就来了。太是时候了。马一跃遽然一惊，不至于被跟踪了吧？树叶子簌簌地响，阳光只是些地上的小圈圈，忽闪一下，又忽闪一下。他左顾右盼，快走几步，又慢下来。当然只是个巧合。只可能是个巧合。

石板路窄，对面走过来一对学生情侣，手牵着手，手甩着手。马一跃横着跨出一步，踩在腐叶上。情侣后面还跟着条小狗，是泰迪犬吧？棕色的，迷你的，翘着尾巴，高抬着头，突然就冲马一跃狺吠起来。他不防备，趔趄了下，脑子一激灵。销售的电话起作用了，或者，那张纸条起作用了。马一跃盯着狗的眼睛，椭圆形的凹陷的眼睛，一瞬间，买房子的想法真实了。安家费不就是用来买房子的吗？

噜噜，噜噜。女孩扭头唤了两声。小狗不叫了，若无其事地蹦上石板路，走得大摇大摆。

马一跃划开手机，拨了倪霓的号。铃声都跳出来了，他又挂了电话。他转身，蹀躞了几个来回，远远地，小狗的尾巴上好像嵌了个光圈，亮晶晶的，马一跃跟上去。他不是在尾随一条灵巧而丑陋的狗，他越走越快，再次走进行政楼，他来到二楼的财务处。215 那间办公室里坐着个中年妇女，圆脸，大眼，大嘴，表情冷峻。马一跃站在堆满了资料的沙发旁，吞吞吐吐说明了来意。那女人没听见似的，故意埋着头，停顿了几秒，她睃拉了眼，抬手指了指墙上。墙上贴了通告，新进博士领取住房补贴等补助时所需材料的通告。马一跃拍了张照片。购房合同必须是黔城本地的吗？原则上是。又停顿了几秒，中年女人答。马一跃还想问问能不能直接领现金，扣多少税，中年女人转转身，接起了电话。她的脖颈白皙，已经松垮了。左眼眼袋与颧骨之间，长了些焦黄色的斑块。电话里的内容明显不是工作上的事。马一跃想在心里骂一句，咬了咬嘴唇，犹豫着要不要走。

笃笃笃，身后忽地传来了敲门声，敲到第四下，半掩着的门被推开，钱老师进来了。马一跃退了两步，钱老师走上来拍了拍他的肩，点了点头。钱老师轻声喊了声张姐，中年女人将手机换到另一只耳朵旁，她拉拉嘴角，也点了点头。

她的嘴唇鲜艳，或许是光线的原因，马一跃才发现，她的嘴唇过于鲜艳。

中年女人已伸手接住了钱老师递过去的材料，马一跃索性退出来了。

他们现在是邻居，他和钱老师，都住公租房 20 楼的第 10 层。黔城多山，学校就建在山上。公租房也建在山上，不过是紧邻着的另一座山。回公租房，要绕过附近的一个少数民族村寨。算直线距离的话，学校与公租房不过百米之隔，可想架座桥，却也不是件容易的事。

15 分钟的路，马一跃累得气喘吁吁。他歇了会儿，换了双运动鞋，拎着瓶矿泉水，下山了。倪霓这时发来短信，领导在找她谈话。马一跃回，在去看房的路上。他看过房了。黔城这两年发展得快，大楼盘纷纷入驻，万科、恒大、保利、美的、碧桂园，扎着堆就来了。他没赶上好时候，他本来是可以赶上最后一刹那好时候的。怎么说呢，学校承诺了给安家费，至少 20 万，还承诺解决配偶的编制，可学校的行动太迟缓了，他的行动也太迟缓了。

马一跃去了保利的楼盘，几个姑娘正站在售楼处的柜台边上说话，还没来得及瞅一眼，那个叫令狐盈盈的接待已疾步迎过来。一前一后，他们往沙盘那儿走。她的小腿肚肉嘟嘟的，屁股有一点翘，也有一点摇。马一跃盯两眼，不知再看哪儿，转头瞥了瞥柜台那儿。脑子里的一些联想随机似的冒出来。他又瞥瞥柜台那儿，确切地说，是那几个姑娘中的一个，脑海拼凑出的印象好像错位了，瘦瘦矮矮的那个，也是保利的销售吗？难道他的记忆紊乱了？

令狐盈盈在说什么了，马一跃收回目光，那不是他该关心的。保利目前已没楼可卖了，下一期开盘的时间未定，正在认筹。令狐盈盈介绍着。事实上，这也不是他关心的。或者，不是他先要关心的。有没有这种可能？马一跃咳嗽了声，先签购房合同，首付几天之内再补上。令狐盈盈长脸，个不高，说话慢条斯理的。她理了理垂在额前的一绺头发，这个，她显得为难，脸都有些潮红了，这个恐怕不行吧。是这样的，马一跃想打个喷嚏，忍着，他紧紧眉头，忍住了。单位给了一笔安家费，有了合同立马能报出来。我的一个同事，也在这儿买的，说你们可以的。令狐姑娘尴尬地笑笑，这样吧，她说，您先坐，旁边吧台那儿有茶水和饮料，我去请示下经理。

无所事事间，马一跃不自觉地朝远处打量。或许不是他的记忆紊乱了，而是这些销售们跳槽的频率太高了。他翻了翻微信，是那个姑娘吗？一套少数民族裙裾孤零零地挂在墙上，是她微信的头像。也许吧。也许他看错了。黔城海拔高，紫外线强，本地的姑娘普遍肤色较黑，辨不出年龄，相貌整体上也给人模糊的感觉。

高跟鞋噔噔噔上了二楼，一杯茶还没喝完，高跟鞋哐哐哐下来了。奇怪了，同一个人，同一双高跟鞋，上楼和下楼的声音竟是不一样的。令狐姑娘欠欠身，简直像鞠躬了，抱歉，她说，公司没有这个先例的。何况，何况现在房子卖得确实好。一点通融的余地都没有吗？马一跃塞好手机，颓然地俯瞰着那一排排的沙盘模型，感觉自己的声音越来越小。您是要购房的吧？令狐姑娘的眸子一眨，话音怯怯的。抱歉，我是说，能看出来，您有购房的意愿。客户里头，有的一分钱没有，全借的，借了也不知怎么还的，也认购了。您有钱，只是折腾一下而已，简单多了。移步到吧台，令狐姑娘说，马哥既然是业主介绍的，我就不多说了。目前我们这只剩了湖边的两栋高层，认筹期间，交 1 万抵 3 万。您考虑考虑吧。

喝完了一杯茶，又喝完了续的一杯，马一跃起身告辞。令狐姑娘已去接待别人，窥见他往门口去，小跑着过来送他。他摆手，踩着高跟鞋的调子，逃也似的，走得飞快。是那个姑娘吧，叫龙小云的，杵在柜台边上，低头刷着手机。她没看他。他也懒得搭理心里那点无聊的好奇心，跟他有什么关系呢？他缺的是房子，大大的房子。缺的是钱，大把大把的钱。

保利的售楼处盖得精致，门前的林木葳蕤，假山和喷泉也置得玲珑气派。保安敬了个礼，马一跃羞赧似的疾走而过。马路上车流滔滔，他用以前读博士时的号打了另外那些置业顾问的手机。他们无一例外接得迅速，又无一例外给了肯定的答复。听说过赊烟赊酒的，马哥，还真没听说过赊房子的。其中一个销售这样调侃。马一跃听出了他话后面的意思，买不起，不买就是了。

早先，他是没打算买。不，买是要买，但没打算买外面的商品房。学校的公租房也能买。除了 20 栋用于中转，其他的楼，都在卖，专门面向新引进的高层次人才。60 平方米，两室一厅一卫，15 万。外面的商品房，每平方米已上万。相比，公租房当然便宜。但公租房属于单位集资建房，没有产权。还有就是，60 平方米，两个人住可以，更多可能的未来，实在无法承载。

二

回去的时候，马一跃没走花溪大道。他坐了 255，沿甲秀南路一直往前，学校西边还有两个楼盘，他没有销售的联系方式，就去问了问。问了也是白问。现在都是网络全程跟踪，交了钱才会生成合同，有了一才会有二，真的没办法。

拿着合同来报账，这是学校的逻辑。交了钱签合同，这是房地产商的逻辑。他掉进了逻辑与逻辑的罅隙，秩序与秩序的罅隙。要去借钱吗？马一跃勾着头，步子迈得缓慢。影子跟着他，暗矬矬的一团，倔驴似的，碾得更慢。他拖拽着他的影子，沿着甲秀南路走出几百米，遇上了几个铺设管道的工人。他们正蹲在路边抽烟。他也想抽烟了。很久没抽烟了。他上前要了根，又借了火。工人们莫名其妙地瞅着他，脸上的狐疑也像是黑色的。他笑笑，道了谢，抽着烟拐上了小路。他们说的方言，有一个人的话隐约能听懂，戴个眼镜，人模狗样的，连根烟也抽不起？

下山有两条路，当然，上山也就有两条路。学校的大门通着花溪大道，甲秀南路这边与学校的后墙隔着一座小山包，也能去学校和公租房的，公租房与学校之间的山沟里辟着条小道，延伸过来，可以走。事实上，小道是通向那个叫廖家堰的少数民族村寨的。路上都是荆棘，有的地方垃圾成簇，公租房抬头可见，但山沟是弯曲的，小道也就是弯曲的。

岩坻转向的地方，老远就望见缓坡那里站着两个人。待近了，才看清，他们身处一片坟地。其中一个应该是道士，穿了身道袍，一手掐指，一手握着罗盘。道士叼着根烟，旁边的男人也叼着根烟。看来是有老人去世了，或马上要去世了，他们正在确定墓地的朝向和方位。马一跃对这个是有点熟悉的，读博士期间，导师的一个项目是关于少数民族民间信仰的，虽没来黔城，他当时调查过邻省乡村地区的丧葬仪式。

或许，这一片是廖家堰村寨的公共墓地吧。

走了差不多半小时，七拐八绕，马一跃回了公租房。他拉开阳台的隔离门，伸了头眺，瞭不到那两个人，应该是被山势或灌木挡住了，一会儿，能看见了，朦朦胧胧中，好像是，出现了两个黑点，小得可怜的黑点，是那两个人吗？他踱进客厅。倪霓还在蓉城，她递交辞职申请有一段时间了。他打了她的电话。安家费的凭条攥在手里了，25 万。买的话，要先借再还。倪霓看的是前面，说的不是前面。如果半年前刚报到的时候买，一平方米便宜 2000 多，也就是说，25 万已经毛进去了。

挂了电话，马一跃找到那张纸条，铺开，瞪着眼看。他太穷了，贫穷限制了他的想象力。安家费不是直接给的。他去看了房子，不止一次。他只是去看了房子。他好像是想往后退的。钱老师买了公租房。没猜错的话，他到财务处是直接去报账的。买公租房也要借钱，15 万。就是借多借少的问题，只要买房，借钱的命运是逃不脱的。贫穷不仅限制了他的想象力，还扼杀了他的勇气。千真万确，签三方协议的时候，校方表过态，安家费20万，只多不少。等编制下来了，钱就会到位。他相信，这是真的。可他生怕这是假的。按说，人事处该制定一套引进博士的实施办法，但网页上没贴出来。给的解释是，旧的已废，新的尚未出台。不确定。确定里面还有太多不确定。他忐忑，忐忑至恐慌。

他是在往后退。房子看了也就看了。他在等。他不知道他在等什么。他张不开借钱的口。借就要还，还就要约定时日。他定不下日期。钱老师买了公租房。钱老师买了最后一套公租房。不是最后一套，还有一些。校长直接在购房申请上签了字，钱老师是最后一个。马一跃再去，校长说，引进的博士多，房源紧，以后博士购买公租房要经过党委会研究讨论了再决定。他不能先签字。可是，校党委书记出国考察了，他什么时候回来啊？！

当时跟钱老师说好了的，一块儿去申请。他先去了。批下来了，选了房了，马一跃才知情。外面的商品房涨得凶，钱老师不见得就赚了便宜。不过，马一跃的心里还是没办法不冷飕飕的。他咽了口唾沫，该给钱老师打个电话的。嘴里冒出一股异味，他屏着气，喉咙蓄起了痰，他又咽了口唾沫。

他不想打钱老师电话。哪有什么事是说好的。他不想，但他拨了钱老师的手机。这个世界上他不想却又去做了的事还少吗？安家费为什么不能直接给呢？马一跃直奔主题。这个你不知道？钱老师像在打马虎眼。可以的，扣20%的个人所得税。钱老师的语气里弥漫着笑意，烟幕弹似的。去地税局开了票，25万给20万。不合算吧？他补了个疑问。

是不合算。5万块啊。尤其刺刀见红的时候。挂了线，他给倪霓打电话。能借到钱吗？真要买外面的商品房吗？要不，要不把现金取出来。倪霓看的是前面，说的也是前面。不借怎么知道借不到。就是贷款，过渡一下而已，还利息都比交税划算。没有个家，现金取出来干吗呢？

我们都领证了。倪霓在感慨，在唏嘘。倪霓的感慨和唏嘘大海一样，荡啊荡，晃啊晃。马一跃本来坐在客厅的小沙发上，倪霓网购的小沙发上，他“霍”地站起，转了几个圈。他戒烟了。不该戒烟的。他们领证了，倪霓觉得憋屈吗？

他只去过她家一次。他只见过她的父亲一次。第一次见她的父亲，他就说了，要先领个证。第一次见她的父亲，别的没谈，他就要彻底带走他的女儿。学校解决的是配偶的编制。配偶，就是老婆的意思。老婆，就是要去领个证的意思。她的父亲不说话。她的父亲无话可说。临别之时，她的母亲重重叹息了一声，她的父亲还是压抑着，黔城，黔城真的真的太远了。

证是在他老家小县城领的。离开她家，他们去了他家。她只去过他们家这一次。待了十天，幸好待了十天。第一天他就催着她去领证了。幸好第一天就去领证了。她的户口本，她偷出来的，也不能说是偷出来的，她母亲看见了的，努力又努力默认了的。户口本出问题了，她的那张单页上，婚姻一栏写的不是未婚，不是已婚，而是不详。真够让人沮丧的，登记处的人说，你们还是调查清楚为什么不详再来吧。于是打电话。各种打电话。寄出了户口本，临行前的最后一天，谢天谢地，新户口本邮回来了；谢天谢地，他的神经眼瞅着就要绷不住了，他们领了证。他们竟然领到证了。

这样就结婚了？出了民政局，倪霓问。马一跃满头大汗。怎么今天就成了结婚纪念日呢？马一跃抹了一把头上的汗。领证就是结婚了？马一跃的两条腿筛糠似的抖个不停，别问了好不好，别问了好不好，他在心里乞求，异地分居不是个事儿，真不是个事儿，这不都是为了两个人能长久在一块儿吗？他也觉得憋屈。他也觉得倪霓应该觉得憋屈。她的父母，更应该觉得憋屈。

他不是个东西。确实不是个东西。什么都在将就。连累倪霓，什么都在将就。

发了会儿呆，马一跃摇摇头，醒转了，揉把脸，随便穿了双鞋，出去吃饭。公租房小区没餐馆，要去廖家堰或学校。下了垃圾桶旁的那个陡坡，手机一颤，进来个电话。是令狐姑娘。马哥的包是不是落在售楼处了？他摸了把口袋。钱包没了。钱包在背包里。他找了家小超市，用微信刷了袋面包，吃着，下山了。

售楼处已没几个人，令狐姑娘在等他。不好意思，令狐姑娘迎上来，看房的顾客多，忘提醒您带好随身物品了。马一跃接过包，扫了扫她脸上恰到好处的笑，认筹的只有那一种户型，138平方米？她颔首，锁骨露出来了，线条清晰。太大了，又是毛坯。马一跃像说给自己听的。没关系的。我们这边就这点房了，对面的那块地，800亩，拍了40多个亿，房价又要蹿了，马哥做好准备。令狐姑娘再颔首，一些肌肉动了动，锁骨的V形舒缓了，淤出了个浅窝儿。门口是有家便利店吧？马一跃陡地转了话题，急刹车似的。令狐姑娘错愕了下，是的，出门左走50米，她恢复了职业的腼腆的笑。

马一跃掏出钱包，寻摸着，买了烟和打火机。许久没抽了，拆了盒，他使劲嗅了嗅。鼻子里塞着香烟的味儿，他折返回去，噌噌上了台阶，噌噌进了售楼大厅。

交了认筹金，马一跃给倪霓留言。买。只一个字，振聋发聩似的，吓了他一哆嗦。

临走，想起什么了，马一跃环顾，大厅静悄悄的，空洞得像个器物。他问，这里是不是新来了个叫龙小云的或姓龙的销售？令狐姑娘笑眯眯地说，不清楚。认筹了的客户，我会一路跟踪到底的。

她误会了。马一跃张张嘴，闭上，抬了下头说，光太亮，大厅都虚了。令狐姑娘又错愕了半瞬，继而笑了，欠欠身，是在欢送了。

坐上公交车，马一跃反应过来，后悔了，怎么稀里糊涂就刷卡了呢？开盘时选不到房，这一万块钱会退，可是，真的太大了，138 平方米，他注定是买不起的。

尽力而为，我这边也试试。倪霓回消息了。他想告诉她，刚干了件愚蠢的事。字打出来，按键发送之前，又删了。

是这样的吧，交了认筹金，他就没有退路了。

三

抽完了三根烟，马一跃开始打电话。先从最有可能借他钱的人开始。发小。高中同学。大学同学。硕士同学。博士同学。他翻了电话簿，没几个打得上电话。他硬着头皮打了。突兀感类似一根鱼刺，卡住了说的人的喉咙，听的人的喉咙。他留言。微信。短信。QQ。微博。他告诉他们了，告诉整个世界了。他想买房。学校给了 25 万安家费，凭条就在他手里。他拍了照，图片也一并发出去了。他只不过借钱周转一下。

最有可能借他钱的反而一分没有。要么借别人了。要么也要买房。要么买车了。要么刚生了孩子。有的干脆没回。没回的不止一个，明明在线的，刚更新了动态。他只认识跟他年龄相仿的人。他遇到的问题也是他们遇到的问题。大家都没现钱，有钱也去投资了。这没什么可说的。不期然地，两三个没抱希望的朋友反而回他了。每个倾囊一两万，加起来四五万。

他很感动，一一言谢。书读到头了，他没几个朋友。他知道他没几个朋友。这仅有的感动便更值得珍惜，只是，感动归感动，四五万，对于30万的首付来说，杯水车薪。

马一跃来到阳台前，抽着烟，消化着内心的挫败感。天黑了，夜是溟蒙的，没那么稠，树隐藏在山里，坟墓隐藏在山里，山也隐藏在山里。有一些光亮和响动，纠缠着，跳蹬着，从右手边廖家堰村寨里滚滚而来。廖家堰的人，多数已搬去了腾龙湾小区，有一些老人，不愿去住楼，留了下来。空的房子也没闲着，反而加盖了不少。有的是租户。学校的学生是主力，来做学生生意的人也是主力。美食街，网咖街，咖啡街，卡拉OK街，廖家堰已不再是几十年前那个以盛产优质黄牛而著称的少数民族村寨。它的核心区已被陌生人带来的陌生事物以及陌生生活所替代。听说，学校是想修座桥的，将公租房与学校的生活区连接起来，那样，老师们就不用绕村而过了。但是，有的人不答应。

吸了两根烟，注视着廖家堰飞出的不同形状和颜色的光影，谛听着那些潮涌般起伏变幻的声响，马一跃拨了父亲的手机。是有些本末倒置了，遇上了事，首先该求助家里的。马一跃说了要买房的事。电话那头，父亲沉默，一丘死寂般的沉默，连呼吸声也隐匿了。马一跃挂了线。他本来就是通知一声，没指望什么。他又拨了叔叔的号。镇上的一家民营企业这几年挺红火，企业与农商银行合作，开通了一条融资渠道。叔叔是里面的一个信贷员。一跃啊，叔叔说，咱家祖坟上冒青烟了，出了个博士。我脸上有光。可你这一开口就是20万。我是个农民啊，农民。只用很短的时间，最多一两个月，合同下来了，就还回去。马一跃强调。那什么，叔叔抑制不住激动和愤懑，话说得语无伦次，不是，那什么，嗳，太多了啊。

马一跃没想着回老家。他又在后退了。心里不断嘀咕，没有 25 万的安家费就好了。一切都省了。他斜睇着桌上的那张凭条，凭条也在睥睨着他。马一跃感觉到五脏六腑里充斥着两种敌对的剑拔弩张的声音。撕了它！敢！撕了它！敢！他慌乱地从简易书架上抽了本书，压在凭条上，他又抽了一本，覆上去，看不见凭条了。终于看不见它了。但那两种声音，方枘圆凿的两种声音，还在耳旁争吵不休。撕了它！敢！撕了它！敢！马一跃狼狈地进了卧室，简直落荒而逃。他锁了卧室的门，将自己砰地摔在床上。

半夜里，手机响了。是祖父，祖父来电话了。信号不好，祖父的声音断断续续的。马一跃做了决定，买房。买房就要借钱。外面借不到，只能靠家里。祖父让他回去。祖父病魔缠身，让他回去。回去不是看他的病，是商量筹钱购房的事。

早上，马一跃订了票，他欲哭无泪。坐上回老家的高铁，他给倪霓道早安，报了行程。尽力而为，我这边也不顺利。倪霓回了。

没什么可商量的，祖父已盘算好了。马一跃不用出面，他一个人去就行。马一跃想跟着，祖父说，在家等吧。那他回来干吗呢？这话，他没说出口，他不能。只是暂用，有 25 万安家费，很快能还上。他提醒祖父别忘了这个话茬。借，这不是个理由。不借，这更不是个理由。祖父的话入木三分。他出门了。

当天，傍黑的时候，祖父回来了，表弟开车送回来的。送走了表弟，重新进了门，坐上堂屋的椅子，祖父说，你回来了，明天，你叔，你两个姑、姑父来家里聚。讲好了，你叔出 7 万，你两个姑，每家 6 万。我和你奶奶这儿，有 3 万，加起来，22 万，汇总了，让你叔打给你。你爸没指望，你知道的。

家里就这些了。你外面再想点办法。你叔的 7 万，别人存他那儿的，他没出钱，转用的。也该谢。更该谢的，是你两个姑、姑父。明天酒桌上，话不用多说，敬杯酒就行。

祖父母的那 3 万，是他们的棺材本。祖父病了，都没动。乡下的，人老了，小病用不着这个钱，大病没必要用这个钱。祖父说，会有用这个钱的时候，让他们等到了。这 3 万，大部分不是祖父赚的，他身体早不行了，是祖母一点点攒的。

城里人要吃蝉蛹、蚂蚱、豆虫。祖母照着手电筒去摸，编了网去逮，挥了锄头去挖。钱就慢慢攒下了。祖父说，正好，城里人的钱，回城里去。

倪霓也借到钱了，4 万。她没说从哪儿借的，只是让他发了那张凭条的照片。他没忍住，跟她说了，花 1 万晕头晕脑认筹了保利的房子，138 平方米。倪霓问了开盘可能的价格，不说话了，像在心算，又像被噎着了。我是想要大房子，隔了一阵，倪霓说，可你总干脑子一热的事。她的声音仿佛在凉水里漤过，晦暗阴湿，我们怎么就领证了呢？真是脑子一热。她深吸了口气，等他接话，他没吭气。

要说，跟大城市的房价比，一万多一平方米的价格确实不贵。当初，他们，当然主要是他，选择来黔城，因由诸多，不能说没有房价这方面的考虑。让人不舒服的地方在于，不到两年前，黔城好的楼盘也才四五千。学校给的 25 万，是个引子，引诱他骗走了祖父母的棺材本。祖父说，我们黄土埋了脖子，还图个啥？活的不就是一辈一辈的人？你登了记，连个婚礼都没办，女方不说，我们心里没个数？这不像话。我们家不像话。

买个房，写上倪霓的名字，就当彩礼了。祖父叮嘱。他以为，家里凑了 22 万，他的孙子再去找上几万，就能买一套房了。马一跃是这样跟他说的。能去买了，能去付首付了。祖父忽略了后半句，上班了，领工资了，两个人没其他开销，在外借的几万块，好还。他没有解释，他还要去银行再贷一笔款，更大的一笔款，然后，按月份，不停地还，不停地还，还上30年。

好还吗？一辈子就搁在这里了。

一辈子就搁这里了。

还有个事在心上，上次该一并问了的。再次下山前，马一跃又走进了行政楼，他近乎悲壮地敲了215房间的门。脸皮薄毫无用处，除非像那个保利的接待，表演脸皮薄。态度不好而已。态度不好又吃不了人。他咬了咬手指，充血了，紫了，按着痛处，迈过了门槛。那个中年女人已经不记得他了。她右手点着鼠标，左手托着腮，嘴巴一张，打了个哈欠后问他，什么事？马一跃的编制下来还没多久，新办的工资卡里分两次打进了几千块钱。他想查查工资单，每月到手的薪水究竟能有多少？这次，他真要去买房了。

学院，姓名，身份证号，循着中年女人的一问一顿，马一跃报上了自己的基本信息。工号。马一跃没听懂，木讷着。中年女人等了会儿，又说了句，工号。马一跃还是木讷着。找张纸记一下呀。马一跃眼神一挣，中年女人瞟过来的目光抖动了，他变换着脸上的表情，死眉瞪眼慢慢裹上了一层光晕，他笑了，似乎有点不可遏制。记了工号，记了密码，马一跃硬戳戳地问，去哪儿查？财务处首页。中年女人捂了捂嘴。你牙疼吗？马一跃又陡地硬戳戳地问。你牙疼吗？你牙疼吗？连问了三遍，中年女人反应过来了，惊慌地望着他。

马一跃转身，出了行政楼，脸上还粘着他也不认识的笑意。他揉揉，类似于揩掉油腻或污垢，他拉着的嘴收回来了。

财务处首页上的确有个查询入口，一把小镜子正在摇晃。

马一跃点进去，工号，密码，输入了，又输入了，却登录不进去。试了几遍，还是无法输入。他划开手机，找到了钱老师的号码，看了足有一刻钟，他喘息两口，放弃了。

要买房。无论工资多少，要买房。房价在涨，一星期一个价。没办法。不能等保利开盘，等不及了。何况，138 平方米，太大。真是鬼迷了心窍。马一跃恨不得扇自己两巴掌。也不能太小。倪霓提过要求，三室两厅两卫。尤其卫生间，必须两个。

倪霓的话不一定非要听，可以迂回，他习惯了迂回，他以为他习惯了，可他愧疚，他没必要愧疚啊，她想从容地结婚，他也想。她不想来黔城，他也不想啊。可他止不住愧疚，就是止不住。不仅愧疚，还有太多的东西，泥沙俱下的东西，他也止不住。他怎么那么贱呢，不知怎么就那么贱了。

无论如何，要买房。他没能力想明白为什么，真理是忽然降临的，忽然就颠扑不破的，哪有那么多为什么，哪有那么多该他想的。

还有选择吗？保利没房。碧桂园抢光了。万科才圈了地。

美的有房。恒大也有。户型呢？

马一跃接了个电话。一个男的，恒大的销售。好像他在监视他。好像他打来不止一次了。

三室两厅两卫，恒大的主推户型。100 平方米多一点。首付 29 万 7 千。

倪霓说，1 万块，说不定，关键时刻，缺的就是这 1 万块。倪霓的话一语成谶。家里的钱到账了，22 万，倪霓的钱到账了，4 万。朋友的钱到账了，2 万。朋友的钱又到账了，1 万。还有个朋友，说过也能接济个一两万，只差一点点了。马一跃发了微信，他没回。马一跃打了电话，无人接听。前些天发工资了，马一跃手头本来有几千块，可保利那个肌肤饱满圆润的姑娘引领着他，噔噔噔上了二楼，又引领着他哐哐哐下来了。他的卡里少了1万，他的手里多了个卡，100块钱的加油卡。

那个小小的缺口黑夜一样一点点弥散，侵蚀着他们说话的欲望。认筹，是脑子一热吗？领证，是脑子一热吗？买房，是脑子一热吗？29万了。马一跃给倪霓留言，怨我。倪霓逃避瘟疫似的躲开了他的道歉。她换了种联系方式，发短信说，再去看看房吧，交个定金。我一个人去吗？马一跃发的也是短信。一个丁一个卯，辞职没批下来，咋去？倪霓回。买的时候，商量着来就是了。她语气缓和了。一会儿，她回了他的微信，我再借借看。

四

过了年，马一跃正式上了班，倪霓来过一次黔城。他告诉过她，学校在山上，公租房也在山上，不止一次。她听进耳朵了，下了公交车爬山时，还兴冲冲的。可走进廖家堰南边的街，她嘴巴一撇，要哭了。这明明是个村啊，学校是在村里，公租房也在村里。山上风大，20栋又迎着风口，夜里躺床上，外面呜呜啾啾地响，鬼哭狼嚎似的。倪霓说，感觉像在阴间，像在棺材里。她抱怨，小时候住山脚下，长大了一心想去平原，结果反倒上了山。她抱怨的时候搂住了他。马一跃提着的心动了下，还提着。遇到了事她也经常往后退的。尤其他们俩的事。环境变了，变糟糕了，她适应不了，一时适应不了。

但愿只是一时吧。

他们讨论过，没办法，即使鬼神出没，还是该先买个公租房。毕竟，每天上山下山太不方便了。况且，那些商品房也大多建在山上。他们定了顺序，先在公租房落脚，等攒了钱再买商品房。怎奈，怎奈事情总是生变。

他们讨论了，要选个大楼盘。马一跃跟学校签了 10 年，或许，10 年之后，他们会离开黔城。大楼盘一般地段好，质量有保障，到时万一转手，也有余地。

马一跃去了恒大的售楼处。果然，那个叫龙小云的已辞职了。是叫龙小云吧，姑且就这么叫吧。印象里，她身材瘦小，面目黧黑，眼睛里总有一点似有若无的戒备，这戒备是双向的，好像一下子就窥见了他买不起房的现实，又好像困惑于房价那么高了他还坚持要买房的执迷。或许不是这样的，或许跟买不买房没有关系，她的戒备仅仅缘于另外的一点跃跃欲试。

你从兰城来，是 M 大毕业的博士？跟到售楼处前的小广场上，她捂着被风吹乱的短发，谨慎而又略显兴奋地问。我曾经也在兰城读书，去旁听过宋老师的课，看新闻没，不过说了几句话而已，他被行政处分了。马一跃呆滞了片刻，仿佛被毫无防备地打了一枪，他囫囵地应着，词不达意的恍然中，他们加了微信。

她说她叫龙小云，龙王的龙，龙在附近的少数民族姓氏里，比较常见。至于名字，到底哪两个字，她忘说了。或许说了，是他忘了。

通过了好友请求，马一跃低头瞅了瞅她微信的名字，默念着，直起身，回头，她在往售楼处走，那种似有若无的戒备和跃跃欲试仿佛骤然间弥散了，传染了，马一跃张开了嘴，哎，他轻轻喊了声。

她没有听到。

抱歉，马哥，没能及时联系您，实在抱歉。按照公司规定，小龙离职前该把她手头客户的信息转给我的。不说她了。上次去看样板房没？咱们直接过去吧。新的置业顾问是个帅哥，行装和谈吐都是职业化的，职业化的西装革履，职业化的伶牙俐齿。他递过来张名片，陈兴国，名字充满了正能量，仿佛也是职业化的。

在售的有四个户型：满天星（建筑面积 95.00m^2，3 室 2 厅 1 厨 1 卫）、夕雾（建筑面积 105.00m^2, 3 室 2 厅 1 厨 2 卫）、鸢尾兰（建筑面积 115.00m^2, 3 室 2 厅 1 厨 2 卫）、凌霄花（建筑面积 125.00m^2，4 室 2 厅 1 厨 2 卫）。陈兴国滔滔不绝，每个户型的特点、利弊、性价比，他介绍得耐心、详尽、滴水不漏。销售的存在就是为了卖房子，这毫无疑问。陈兴国的说与沉默、察言观色与适可而止都是为了卖房子，这无可厚非。可马一跃还是无端地有些生气。他们的知识不对等。他的疑问寒酸、落魄，更类似招蜂引蝶般的要贱，陈兴国的解答却充裕，充裕成了某种蚕食，甚至碾压。他生气。凭什么啊。凭什么啊。但他是要买房子的，陈兴国是要卖房子的。他其实没必要生气。

回到售楼大厅，坐在小圆桌旁的藤椅上，马一跃让销售算算，前三种户型，每种的首付、月供具体多少。陈兴国俯下身，一本正经敲起了计算器。他该算过不止一遍的，完全可以脱口而出。马一跃努力按捺着心底翻涌出的负面情绪，目空着陈兴国上下起舞的手指，一点一点喘着粗气。等有了必然的结果，逃避尴尬与对峙一般，他揪揪头皮说，你先去忙，我要跟老婆商量商量。

电话。语音。视频。重发了户型图。倪霓的意思是，选鸢尾兰。她都撒娇了。她很少撒娇的。115 与 105，只多了 10 个平方米，首付相差无几，月供多了。105 户型的，月供 5000 多，115 户型的，月供 6000。马一跃做不了决定。他做了，与倪霓的不符，就犹疑了。电话。语音。视频。楼层先定了，二八年华，选 16。关键是户型。欲望是无止境的，马一跃话说得吞吐，嗫嗫嚅嚅，似在讨饶，又似乞求。倪霓一眼看上了鸢尾兰户型的卧室。她确认了这一眼的意义。肆无忌惮地打滚，是怎样的体验？她挂了电话，挂了语音，挂了视频。马一跃捏着手机，透过玻璃，呆望着窗外虚空里的虚空。陈兴国走过来，定下来了？马一跃眨了眨眼，报复他赤裸的周全般，没有言语。定下来了叫我。陈兴国撂了句，撑着脸上的笑，讪讪地走开了。一会儿，他没忍住，整理了笑意与进攻性，又试探地走了过来。隔了两步远的距离，他没说话，陪着马一跃凝听嘈杂的起伏与波动似的，杵着。倪霓回了短信。是我任性了。盯着信息，一股黏稠酸涩的东西混合着一丝光星瞬间涌入马一跃的胸腔，他以为是感动，辨别了，再辨别了，是发酵而变异了的委屈。他的。更像是也更该是她的。良久，马一跃叹口气，多余地键了句，那咱们就买在这儿了，B2 栋 16 层 3 号房？倪霓说，好。

马哥。陈兴国轻轻唤了声。马一跃沉重地侧了侧身，挪移了眼光。陈兴国的领带是玫瑰色的，正微微地晃。没有风，人是矗着的，他的领带竟像老钟表似的，在晃。马一跃捱惰着，一秒，两秒，三秒……三秒，两秒，一秒，在他主观的臆想中，时间仿佛弯曲了，闭合了，停滞了，下一秒与这一秒间撕裂出了一条深渊般的沟壑。是他的心在撕裂。给倪霓发短信不是去求证，而是在回避内心的疼痛。他太穷了。穷得不敢下一个花钱的决定。人轻若鸿毛，花钱的决定重若泰山，他怵，不自觉地发怵，他这是穷到根上了，穷出了猥琐、优柔、鼠目寸光。

马哥。陈兴国又唤了声。马一跃如梦方醒，猛然站了起来。

他们去了柜台。先刷了 5 万，是定金。两天之内，要把剩余的首付交了。

出了售楼处，阳光颤悠悠的，马一跃的双腿也颤悠悠的。左腿踢了右腿，右腿踢了左腿，腿不抖了，马一跃觉出了累。房子是期房，两年半以后才交。现在，售楼处往西往南，被广告牌围墙似的圈起来的，只是一片荒凉的地。他捶捶腿，忽然想钻进去瞧瞧。这是多么偶然的联系啊。未来的许多年里，他将在这片此前从未踏足过的土地上空的某一小块空间里，吃喝拉撒睡。这种荒谬感与随机性简直让人不寒而栗。这又是多么必然的联系啊。他拼了命，几乎用了半生的努力，搭上了全家人的身家，才来到了这荒蛮之地。是他心甘情愿要把下半辈子死死地搁在这里的。一种强悍的逻辑挟持了他，不是挟持，是刀砍斧斫，他被修整了，成为了逻辑的一部分。

沿着广告墙一直往南走，没一会儿，墙体中断了，空出了个车道。马一跃拐进去。是一片高低不平的小山丘。一条歪歪扭扭的车辙印在山丘里绕。马一跃走走停停，到处瞅。一座二层的空心砖房，先前是家酸汤鱼店，塑料招牌倒挂着，字已斑驳。门窗已被拉走了，荒草从砖缝的各个位置上长出来，森森凛凛，郁郁葱葱。不远处，几间年久失修看上去黝黑的木结构房子矮矮地趴在已废弃的小路旁。再走，就撞见了几座坟茔。都是些小小的土包，要不是那个硕大的蓝底警示牌，他有可能就忽略了。牌子上写着：请在规定期限内迁坟，逾期，将采取强制措施！

阳光不烈，马一跃的影子，有些稀薄易碎的影子，被警示牌切割，一半竖起来，一半越过去，落在坟冢上。马一跃望天，找到太阳，低头，看了看变形的影子。他迈了迈步子，心下纳闷，影子不应在阳光照耀的另一面吗？他的影子却旋转了方向，自行其是地绵延出去，像是被地上几撮最茂盛的野草狠狠绊住了。马一跃从小长在北方，分辨东南西北是小时候养成的习惯，出门掉向了，也就是分不清方向了，是件可怕的事。来了黔地，山一重又一重，层峦叠嶂，连绵不绝，东南西北的方位感就没了。难道，人、影、太阳三者间的固定联结也会随之发生转变吗？

马一跃瞅见自己的影子跳跃纠缠着覆盖了另一座坟丘，他一阵惊悸，收拾行李似的拢了拢身体，蓦地离开了。

五

回到公租房，电梯口，偶遇了钱老师。他拎着几个塑料袋，是去买菜了。钱老师显得热情，过分地热情。他伸手掏袋子，掰了根香蕉递过来，马一跃推让，钱老师硬往他手里塞，他一时哭笑不得，只好接了。在看房？钱老师的笑从眯着的眼睛里迸溅出来，一跳一跳的。马一跃不想说谎，又不想坦诚以待，就回以色眯眯的微笑。外面房价蹿得快哟。钱老师的牢骚更像是某种自作聪明的引诱。马一跃也把眼眯起一条缝，轻咧了嘴，笑。钱老师退了半步，身体倚到了电梯墙上镶着的方形广告牌。莫文蔚下半年要来黔城开演唱会，广告牌里，她掀起鲜艳的红裙，叉开大长腿，闪亮的高跟鞋踩住了整个地球。钱老师将塑料袋换到另一只手上，直直身，头一抵，抵进了莫文蔚的裆里。马一跃再笑。钱老师佯怒，笑什么？钱老师艳福不浅哪。别瞎说，我可是单身。钱老师去年入职的，今年就找了个女研究生。马一跃没碰见过，但女学生的白色文胸和红色内裤，他见过。他们两家的阳台紧挨着，女研究生早住进来了，花花绿绿的衣服在外晾着，想视而不见都难。或许，新来的老师找个在读的女学生是有风险的吧，钱老师总对外宣称他是一条资深的单身狗，也从不与女学生同处人前。但与此同时，他又按捺不住自己想晒的冲动，深怕别人不知道他找了个女学生，于是，微信里，他欲说还休地上传了戒指、女式拖鞋以及女学生的手部照片。当其他人留言恭贺有情人终成眷属之时，他矢口否认了。他们共同的好友里，送上祝福的，钱老师一个一个都做了澄清，乐此不疲般。

不知道是什么心理。

那我给钱老师介绍个对象吧。马一跃调侃。钱老师顺杆上爬，腾出手来意味深长地拍了拍马一跃的胳膊，好啊，马老师多费心，那就拜托了。

说话间，10层已到。他们一前一后出了电梯，一个往左，一个往右，咔咔嚓，嚓嚓咔，门开了，砰一声，哐一下，门又关上了。时已入暮，屋子里灰蒙一团，廖家堰那边的乐器之音与狗吠同时传过来，城市与乡野，放纵与惊恐，缱绻，纠葛，声声复声声，一时仿佛又忘了，为什么要缱绻、纠葛。天渐热，夏至已至，对于山区而言，夏天的热不可怕，可怕的是蚊蝇，成群结队的蚊蝇。耳着近处的几簇嗡嗡之鸣，就着从天而降的丝丝缕缕的黑，马一跃坐在房间内唯一的板凳上，剥开手里的香蕉，默默吃掉了。

首付还缺一点点。

阳台对面，学校教学楼的灯次第亮起，宿舍区的灯也星星点点地亮了。灯火辉煌，河流一般蜿蜒、奔涌。这是马一跃眼里的景色，梦一样的景色。马一跃揉揉眼，梦衍生出更多的梦，他该给倪霓打电话了。付首付最好两人都去，房产是两个人的，字也就要签两个人的。当然，陈兴国说，实在脱不开身，代签也行。但这是违规的，查出来，须重签。倪霓来不了，还是来不了。钱能凑齐吗？她问。够了，一个高中同学，起先没看到QQ留言，后来发现了，打来了一万块。马一跃回。听说要买房，有个同事借了我一万，转给你，万一用得着。倪霓说。

刚挂了电话，敲门声响了。马一跃屏息，咚咚咚，是敲门声。他第一反应，是不是弄错了？住在11层的一个女老师要生了，她妈妈从乡下搬来伺候月子，认错过门。他蹑手蹑脚来到门前，伸了头往猫眼里观瞧。钱老师也在探着身子看猫眼，他的脸卡通漫画似的变了形。谁？马一跃故作疑语。门是朝外开的，他握着把手，一拧，一推，钱老师连同他刚说出嘴的“我！”被趔趄着挤到了墙边。你看看，第一次想过来坐坐就碰一鼻子灰。钱老师扑打着衬衫，牢骚满腹地进了门。

房间里只有一条板凳。倪霓来过公租房了，记得她说，夜里置身公租房，像在阴间或棺材里。当时他们怎么坐的，为什么没再买条板凳呢？她还说过要把灯管换了，太暗了，可她回去了，他也就没心思了。此刻，他们，他和钱老师，站在幽昏的光影下，聊着什么。钱老师支支吾吾，闪烁其词。去看房了？绕了半天，他还是想说这个说不下去的话题。是啊。顾左右而言他也挺让人提不起兴致的，马一跃只好应付。钱老师顺路问下去，看的哪几个楼盘？价位如何？准备出手了吗？应付似乎更让人提不起兴致，马一跃来了股火气，反问道，钱老师的公租房怕是快装修好了吧？话转到钱老师身上，轮到他应付，囫囵几句，话就又说不下去了。钱老师不想说他的事，尤其涉及购房的事、利益的事。说了仿佛吃亏了。他不想说，抹不开了宁愿乱说，却想让马一跃说，还想让马一跃多说、真说。本来说了就说了，也没什么大不了的事。可不是说不说的事，也不是吃亏赚便宜的事，是欺负人的事。没必要欺负人。也没必要上赶着让人欺负。钱老师又绕开了，云遮雾罩的，绕了不止半天。昏昏欲睡中，马一跃一个激灵，他听明白了，钱老师是想把他买的那套公租房转给他。至于价格，价格是可以谈的。

马一跃被惹毛了，话上欺负人也就算了，事上还想欺负人。买卖竟然做到他这里来了，价格是可以谈的，钱老师还想坐地起价？香蕉吃完，皮还在桌子上。马一跃挪步，推了推桌子上的一本书，捡起香蕉皮，丢进钱老师脚边的垃圾桶。我是有老婆的人，我们家老婆说了算。她还在蓉城，等她来了，我请示下。马一跃说，谢谢钱老师的香蕉，很好吃。

门是半掩着的。这时电梯上来了，能听见叮的一声。机器女声提醒，10层到了。他们转头，同时朝门口看，角度太偏了，不可能看见人，脚步声是有的，哒哒，哒哒哒。

钱老师突然说，要告辞了。马一跃跟到门口，想出了门送，钱老师挡了挡，客气了，请留步。马一跃退回来，静了一霎，咣当，关了门。

签约的地儿与售楼的地儿不是同一地儿。陈兴国顺道接了马一跃，要先去售楼处拿资料。路上有点堵，到了，更堵了，没法停车。售楼处人山人海，出什么事了。有横幅在人头攒动中东摇西晃，马一跃坐后座，偏了头，看不清横幅上的字。还有辆警车，被人群淹没在小广场上，堵死了，空洞地鸣着笛。陈兴国打了个电话，叽里哇啦，说的不知哪儿的方言。手机一甩，他使劲按了按喇叭，嘴里嘟囔，穷山恶水出刁民。怎么了？马一跃正襟危坐，难道房子没建，你们老板卷钱跑了？看马哥说的，我们是大房开，世界500强。陈兴国开了点窗，转身扔给马一跃一根烟。马哥，我也是本地的，但不得不说，穷山恶水出刁民。你猜怎么着？几座破坟，他们死活不迁，又哭又闹，争着要补助款，也是扎心了。多补点还咋了？房开一分钱没花，用我们的钱盖房子，盖了卖给我们，空手套白狼，匀点便宜给他们，咋了？马一跃伸出胳膊弹烟灰，手指被烫了下。马哥这话说假了。陈兴国瞟了眼后视镜，地皮呢？几十亿的地皮钱不是钱？他们想闹应该去找政府，钱给了政府。协议里说明了，这事不归房开管。政府也是奇葩，拿那么多钱，这点小事都办不了，不知道干什么吃的？

他们抽完了一根烟。陈兴国说，咱们直接去签吧，资料上的信息我都记得。他摁着喇叭，缓慢地转到了旁边的巷子，一脚油门，车子飞起来了。

房价上涨得气势汹汹。买房子的人同样气势汹汹。签约中心熙攘一片。审核信息是要排队的。交钱是要排队的。签字也要排队。各种交钱。各种签字。签了字的都要按手印。右手食指按他的，左手食指按他代签的倪霓的。合同签了，手印按了，合同又被拿走了。马一跃忙活了半天，手头只剩了一堆收据。陈兴国解释，这只是网签，正式合同要等贷款下来了、房产中心认证了才给。马一跃翻手机，调出了那张贴在财务处215室墙上的通告。通告里说得明确，收据是没办法报销的。

回来的路上，陈兴国罗列了银行按揭所需的资料：1. 身份证（夫妻双方原件）；2. 户口本（夫妻双方原件）；3. 收入证明（月供 2.2 倍以上）；4. 半年银行流水（单人每月超过 1 万者提供）；5. 征信报告。马一跃问了，没法公积金贷，他刚入职，公积金都还没办下来，即使很快办下来了，也要交满一年后才能用。倪霓的公积金是外省的，也没办法异地使用。只能商贷。陈兴国说，以后可以转。商贷也合算，照现在房价的涨势，能用公积金贷的时候就买不起房了。车子往前开，拐了弯又拐弯，他们都有些疲倦，一个人的哈欠传染了另一个人。马一跃过了下脑子，身份证、户口本、收入证明这些都不在话下，他的征信——陈兴国恰好在问了，对了，马哥的征信没问题吧？马一跃一怔，又一怔，大学时好像贷款了。先查查。陈兴国说，征信有问题还挺麻烦的，我发你人民银行征信大厅的地址链接。是不是要先去查征信，这都付了首付了？马一跃恍然若有所悟。没事，问题来了，解决办法也会来。陈兴国答非所问。马一跃坐的副驾驶，他没扭头，余光睨了睨陈兴国戴着墨镜的脸，他的心咯噔了一声，他是个买房子的，他是个卖房子的，他们之间存在着永恒的距离。马一跃皱着眉，调了调安全带，没说话的欲望了。陈兴国也没了，没说普通话的欲望了。他划通了个来电，唧哩哇啦，讲起了方言。

他们的距离更遥远了。

六

下了陈兴国的车，没上山，马一跃直接去了主城区。公交车上，他预感到了不妙。几年前，硕士二年级的暑假，也是在一辆公交车上，他破天荒地接到了父亲的电话。家里一下子收到了三封信。收信人的号码打不通，信一直滞留在镇上的邮局，是村干部捎去家里的。三封信都来自他本科就读的那个城市，一封还款通知，两封逾期警告。父亲吓坏了。信上说要告你，他的声音颤抖，天塌了似的。信号不好，通话时断时续，奇了怪了，只要家里人打电话，好像信号总不好。父亲喂喂地喊，马一跃说听见了听见了。他记得起先在安慰父亲，父亲却壮胆似的还在喊，听不见了吗，喂？喂？后来不知怎么，他就吼起来了。全车的人齐刷刷看过来，眼睛直勾勾的，他感觉一丝不挂，父亲让他一丝不挂，贫穷让他一丝不挂。他把脸别向了窗外。

果真出问题了。信用报告上显示有逾期，还不止一次。马一跃瘫坐在大厅靠墙的椅座上，脑袋既像堕入了真空，又像被糨糊涂满了。柜台那儿只一个窗口开放。时不时有拿着征信报告的人走过去趴着头问询。玻璃那边是个穿制服的胖女人。等人走光了，胖女人疑惑地朝这边看过来。她的眼神是鼓励的，充满善意，甚至一点点慈祥。马一跃以为自己会走过去，他希望自己能走过去，怎么办，逾期了怎么办？他要赶快去问问。可他拔不动腿。他命令自己走过去，可他的腿生了根，不听使唤了。他的意志也在生变。他反感自己就这么枯坐着，更反感起那个走过去的想法。这是怎么了？他感觉到了腐烂，耷拉着头，无奈地叹着气。胖女人不看他了，也闻到了什么异味似的抽了抽鼻子，她起身，端着杯子走开了。

腐烂的气息充荡着大厅，越来越浓烈，他身上长出了另一个他，啮噬他的他。马一跃束手无策，他只能眼睁睁地看着自己在绝望的漩涡中溺亡一会儿，再溺亡一会儿。嘭嘭啪啪，什么打在什么上。马一跃歪歪头，是下雨了吗？是雨水在腐烂吗？是雨水在使万物腐烂吗？

他终于有知觉了，摊开征信报告，一页页拍了，发给陈兴国。陈兴国回说，要找银行的人确认。很快确认了，7 次。这是助学贷款逾期，马一跃盲目地想解释点什么。陈兴国啾啾传来了几串语音。声音糙哧哧的，带着杂响，但马一跃听明白了，助学贷款逾期比信用卡逾期还要恶劣。不过，陈兴国又留了个话头，你的逾期都是两年以外的，还好处理点。

马一跃站起，走到柜台那儿，胖女人还没回来，他撅着屁股往里看，桌子上还有个杯子，杯子里冒着热气。没什么荒谬的，胖女人一直没回来。即使回来了，他也不准备跟她说逾期的事。他不想说，可他站在了唯一开放的窗口前，是有那么一点荒谬。耶稣说，我是道路。陈兴国不是耶稣，是个卖房子的，他偏要买房，手机嘟一声，陈兴国一下子指了三条道路：1. 开一张非恶意逾期证明；2. 减名；3. 找银行人员收拾。

是下雨了，不大，但真实。银行门口的台阶上，两个老人在望着雨发呆。马一跃侧身走进雨里，他们移移脑袋，望着马一跃发起呆。人民银行旁边挨着个工商银行，马一跃身体一炸，那 5000 块钱就是从工商银行贷的。他走进去，不知为什么就走了进去。一楼在装修，业务办理暂时挪到了二楼，但取号还在一楼。有个年轻的工作人员站在取号机旁，问他要办什么业务。她长得温婉标致，脸是圆的，胸挺鼓。他不是故意要看她的胸的，他只是被问住了，不敢抬眼，眼神恰好搁在了那两团饱满上。那个……我……马一跃结结巴巴，工行的卡能异地补办吗？他突然想到了这一句。暂时不行。女孩说。

马一跃退进雨里。大学二年级的春上，他贷了那 5000 块钱。这是事实。针尖一样的事实。他逾期了，卡也不知什么时候丢了。父亲把那三封信装在另一个大信封里，一股脑寄给了他。信上写明了还款账号，还款方式，银行联系电话。他将这些信息都转录进了手机的备忘录。后来，他终于开始还款了，后来，到了去年，他终于还上了，加上利息，还了小 1 万。他以为这个针尖扎的伤疤痊愈了，可针尖又在伤疤上扎出了新的疤。他要买房。一切都是因为他要买房。5 年以上的逾期，银行会忽略，可他的逾期恰恰只有 3 年。

一切都是因为他太穷了。

马一跃打了那个号码，电话一直占线。他一直打。拨通了，他含混几句，声音低沉，说想开一张非恶意逾期证明。电话那头是个男人，语气蔫蔫的。你这种情况太普遍了，国家的便宜那么容易占的吗？他恳求，一再地恳求。哪怕，他说，哪怕交点钱呢。多交点钱呢。男人哼了哼，语气更蔫了，拖着长音反问，我认识你吗？我怎么知道你是不是恶意的？马一跃捂着脸，要哭，我想买房子，办不了贷款。一点……一点挽回的可能……都没有吗？马一跃艮艮滞滞，话说不顺溜了。对面的男人还是那句反问，我怎么知道你是不是恶意的？

我怎么知道你是不是恶意的？马一跃仰头，泪出来了，雨落在泪上，水熬着水，水煮着水，每一滴雨都是个问号，每一颗泪也是个问号，我怎么知道你是不是恶意的？每一滴雨都是一根针，每一颗泪也是一根针，我怎么知道你是不是恶意的？

雨有些密了，也有些紧，雨或泪挂在睫毛上，马一跃眨眨眼，眼前的路更模糊了。车子，各种车子，制造着声响，各种声响，从他身旁呼啸而过。这世界好空旷，这人群好陌生啊。马一跃将手机摁在胸口，擦了擦屏幕。他滑动手指，机械地刷着微信。第一条，是一个叫喝咖啡的斑鸠的人的更新。划两下，还是一个叫喝咖啡的斑鸠的人的更新。马一跃来回拉了拉，放大着图片。出什么事了。一群人正举着横幅游行示威，好像发生了冲突。

一张照片里，一顶警帽琥珀似的还没掉下来就被定格在了高高的空中。

“死者安息，生者安心！”

“抗议强拆，抗议强迁！”

“民族平等！尊重少数民族风俗！”

人群混乱，横幅是扭曲的，横幅上的字也就变得扭曲。另一张照片里，几个身披道服的道士正围着一口棺材念经打醮。掌坛师着红色道袍，右手握锡杖，左手摇摇铃，手舞足蹈。其他道士或锣或鼓或铙或钹，口中一律念念有词。

还有一段视频，采访的围观群众。马一跃点了点，网络太卡，无法缓冲。喝咖啡的斑鸠加了评语：房子是个圈套，房开是个圈套，活着是个圈套，死也是个圈套。圈套裹圈套里，你如何心安？

喝咖啡的斑鸠，一套少数民族裙裾，马一跃从恍惚里惊醒，不是那个龙小云吗？是龙小云吧。她不是个卖房子的吗？

雨还在下，莫名其妙地下，马一跃上了公交车。

大学贷了 5000 块的事，倪霓知道。他在后来还上了贷款的事，倪霓也知道。可他现在怎么跟倪霓解释？为什么要贷款呢？他确实跟倪霓解释过了。他说，那个学计算机的室友立志成为一个导演，就像学电子信息技术的他立志成为一个法学博士一样，他们惺惺相惜。他没办法不支持他，他担任了他短片的编剧，钱不够了，把当年的学费也贡献出来了，他们最终完成了那部叫《护田》的电影。虽然完成的同时也意味着片子再也无人问津，但毕竟，他们偷偷完成了。

他说了谎。他的室友是想当导演，也拍了《护田》，他是去跑腿了，但没出钱，也没编过一句台词。而且，这只是谎言的一个版本。他还跟另外的女孩解释过另外的版本。真实的原因是，他太穷了，交不起学费。为什么没及时还贷，除了对逾期的后果没有概念外，还是太穷了，用钱的地方太多了。那个时候，他正在追求倪霓。他又在找借口了。他撒了很多谎，只是想掩饰自己，太穷了。他的血是穷血，骨头是穷骨头，他不敢直盯着自己的穷，谁也不敢直盯着自己的穷，就只好找借口、只好说谎。可现在，谎言无以为继，他该何去何从？

承认穷是件难事，承认了穷，也不能解决任何的事。他还要买房吗？这个老问题卷土重来，携带着巨大的毁灭性，卷土重来。马一跃如坐针毡，却又死死地坐在板凳上。他给陈兴国留言，办不了贷款，首付能不能退？那是客户违约，违约金不菲。片晌，陈兴国专门打来了电话，房子是天，房子是地，房子的事是天大的事。马哥，首付都付了，不到万不得已，不要走那一步。改革开放几十年了，你见过买房吃亏的吗？

马一跃走来走去，地板咣咣响。他踢到了垃圾桶。垃圾桶里有摊黑乎乎长了白毛的东西，马一跃低头，是块霉掉的香蕉皮。他起身，开了门。只有几步路，他来到钱老师家门前。他愣了会儿，弯腰朝猫眼里观瞧。公租房也是房子。是这样的吧？他屏了呼吸，钱老师真要转手他的公租房吗？为什么不可以买个公租房呢？起先，最开始，他们不就是这样规划的吗？他抬手，勾起手指，放下了，深吸气，又抬手，勾起手指。几缕声音的薄雾飘过来，马一跃竖起耳朵，他的耳朵动了动，是呻吟与喘息，是女孩子在叫床。他慌了，手敲在门上，想纠正，又敲了下，不对不对，他嘟囔着，急忙回了自己房间，轻轻合上了门。

公租房没有产权。他从脑子里抠扯出这句。拽住了救命稻草般，他的心忽然跳得没那么厉害。顺着这条线索往下想，他平静了。

七

没办法开一张非恶意逾期证明。即使开来了，马一跃都不相信。减名也是不可取的。买个房子，只写倪霓的名字，他不担心吗？他们已经领证了，只写倪霓的名字，还要去办个假离婚。为了领个证，他们囤了一肚子委屈，现在为了买个房，他们要把这一肚子委屈挖出来，再重新囤一肚子更大的委屈吗？担不担心、费不费劲倒在其次，他们之所以将买房这事推演成了一部分现实，是因为博士入职有那 25 万的安家费。换句话说，安家费是给博士的，买个房子没有博士的名，只有博士家属的名，能报吗？这几乎也是条死胡同。那就剩第三条道路了。陈兴国给了他一个手机号。张姐，专门做消记录生意的。我们楼盘的客户有需求了，大部分都找她。陈兴国说。张姐的手机与微信同号，马一跃加了她的微信。

征信报告？马一跃传了。贷多少？近 80 万。首付交没？交了。简单的几句问答后，张姐那边没动静了。马一跃留言，发语音通话请求，她都没回复。他呼叫倪霓，倪霓在加班。他说首付付了，签了两个人的名字。倪霓说，谢谢，我也是有房一族了。他想说但是，他总在倪霓这里说但是，他都怕了。倪霓应该更怕。他还是再找找张姐吧。说白了，还是钱的事。他再留言，有办法没？怎么收费？25000。夜里很晚了，张姐才突兀地发来一串数字。他连线语音，张姐拒绝了。

转天，学院的领导把马一跃叫过去。他已入职，课下学期才能排。但也不能闲着，一些行政的工作正需人手。他忙了两天。晚上，有点晚了，张姐问他，在不？他说，在。考虑了没？他发了串语音。这两天，他的脑子放空了，根本积攒不起心力谋划下一步的事。但他却在语音里惯性地讲起了价。太贵了，便宜点。他带着哭腔。接下来要怎样，他一筹莫展，但语音里，他卑躬屈膝，阿谀讨好。好像，好像正是因了一筹莫展，他陶醉在了讨价还价中。天哪，他都不知道自己在做什么。

价格讲到了18000。他这是玩的什么游戏？

三条路都是置业顾问指给他的。张姐也是置业顾问打包过来的。圈套套圈套，他这是被牢牢套住了吗？马一跃去了银行，与恒大有业务关系的几个支行网点，他问了三个：中国银行、中国农业银行、中国建设银行。全不给贷。晚上，他又找张姐了。这次才弄明白，即使她出面，包装了材料信息，银行答应放款，利率也要在商贷利率的基础上提高一些。张姐保证，最多不超过10%。

研究生科的工作都是琐事，下班了，马一跃站在公租房的阳台上抽烟。有风，阳台上的蚊子反而比房间内少。天色向晚，他给倪霓打了个电话。夜幕降临，张姐找他了。博士？是。××大学老师？是。15000吧。能再少点吗？照片？马一跃打了个问号？发张你的照片。马一跃心生狐疑，但还是照着做了。许久，张姐那边又没动静了。

吃了晚饭，再站在阳台上，张姐取消了个视频通话。她发了语音。她还是第一次发语音。小弟弟，刚才喝了点红酒，一个人喝了点红酒。小弟弟，我和老公离婚了。她喊他小弟弟。

一声又一声，声声如呢喃。小弟弟，一个人住一个房子，有时候挺孤单的。张姐的微信头像是深蓝的天空中一道道流星，马一跃仰头，他眼前的天空漆黑一片。小弟弟。小弟弟。他回放她的呼唤。她又传来了新的呼唤。马一跃拉开裤链，他的老二戳出来了。她唤一声小弟弟，他的老二挺一挺。他点开新的语音，他的老二挺得愈来愈快。

老二戳着的方向，教学楼和宿舍区灯光摇曳。右手边的行政楼，本该被黑暗吞噬的。这会儿，偏下偏左的一间房里，还亮着一盏灯。马一跃远望着那一处虚虚幻幻的灯火，什么在它的芯上跳跃、燃烧，什么在他的眼窝里晃动、爆裂。张姐。他想到了另一个女人。她们为什么不可以是同一个女人？他撸了撸老二，压进去，整理好裤子，出了门。

整座行政楼只有 215 室亮着。这里可以将一张纸变成一摞钱。一切都是从这里开始的。减名真的不可取吗？马一跃在二楼楼道里逡巡。他不知道他要做什么。张姐出来了。她穿着睡衣，披散着头发，是张姐吧，还是女鬼？她为什么穿着睡衣？她进了卫生间。门没关。他跨进了 215 室。沙发上的毛毯还是暖和的。他的老二又硬起来。他的老二一直没软下去。他想操。操一个女人。操这个世界。他来这里到底要干什么？卫生间不远，冲水的声响哗啦啦的。他出了门，倚在卫生间进出口的墙边上。张姐出来了。他看着她的背影，看着这个态度不好但将来会给他钱的中年女人，下体一挺，弄湿了裤子。

她回了下头，看见他了，居然没有惊讶，她在梦游吗？还是他？她的嘴唇不艳了，眼是猩红的。马一跃眨了眨眼，什么时候，他回到公租房了，什么时候，他又站在了阳台上，抽起了烟。对面，灯都熄了。

马一跃又去了个银行，个贷部的工作人员告诉他，业务经理就在恒大签约中心的二楼办公，直接去找就行了。那天，陈兴国带他去签约，他们没上二楼，他也没说，二楼的按揭部，十几家银行招聘单位似的排成了两行，都等着人来办贷款。陈兴国在微信里说，4 选 1。他于是以为，只 4 家银行与他们建立了业务关系。然而，那么多银行，查看了他的征信报告，还是摇头。只一家商业银行，提供了一点可能性。业务经理是个三十多岁脸肉乎乎有点婴儿肥的女人。她说了很多专业术语、数据，马一跃没听懂。她皱了眉头，直接摊牌，在商贷利率的基础之上再提高 30%，或者提高 25%，但有附加条件，比如，买个保险什么的。马一跃抹脸，又抹了抹。按提高 25% 算，每月因为逾期具体要多还多少？他看见他拿起火把引燃了一颗雷，那雷埋在他心里。女人的手如柔荑，轻盈迅捷地敲点着手机，562。她的唇若丹霞，一启，隐隐露出了洁白的牙齿。562 元。她又说了遍，眼神在往他眼睛里看，孜孜不倦。他瞬间又有了那种一丝不挂的感觉。那感觉好熟稔啊，好羞愧啊。他身体一收，浑身起了鸡皮疙瘩。

马一跃不记得自己怎么回来的了。一路上，他的嘴是计算器，眼是计算器，耳是计算器，脑子也是计算器。562 × 12 = 6744。6744 × 30 = 202320。他只贷了 5000 啊。他还上了啊，还了近 1 万。他这是造的什么孽啊。公交车上人挤人，一个女人的屁股抵着了他的大腿。他迫不及待地留了言。给张姐留了言。他想操她。无论多丑、多老，他想操她，无论贵贱、疾病还是健康。

出差。张姐回说，你那个业务现在做不了。首付只付了二成？三成才行，这个是政策。

上山，路过廖家堰，一声巨响吓了马一跃一跳。循着声响，马一跃遇见了一场葬礼。冰棺停放在堂屋门口外，说明死者属非正常死亡。当地少数民族的观念里，普遍上讲，死亡被分成两种不同的类型。不同的类型对应着不同的仪式方式、意义属性。道士们拜完忏，正在场坝上布置八卦图。看来，马上要举行破地狱的仪式了。破地狱，为了完成导师的课题，马一跃调查过。八卦阵的四方会插上牌位、三角形小旗、三碗茶和一片瓦。地狱中心除摆放牌位、旗帜、茶水和瓦片外，另置塑料杯或盆、碗、鸡蛋和坛子。坛子里关着一只鸡，鸡代表亡人，寓意亡人被关在地狱之中。坛子最后被打碎，公鸡飞了，飞了就代表亡人魂灵升上天。八卦图还未画好，一个孝女端着盆水跑过来，哗一声，将横七竖八的石灰杠组成的地狱泼成了一摊污迹。

龙小云，马一跃认出了那个孝女。

几个男人冲过来，嗷嗷地吼。孝女回了堂屋，男人们跟着她，一路吵。他们说的民族语言，马一跃不知所以，凑上去，用汉话问一个年轻的帮忙的人。没错，孝女是龙小云，死者是她的父亲，出车祸死的。跟她吵架的，则是她的叔伯。破地狱、上刀山、下火海是最主要的改罪的仪式，耗时良久，花费颇多，迷信最深，龙小云说了，不做了。叔伯们不同意，认为她在报复她的父亲。她跟她的父亲关系不好。

傍晚，堂屋门口扯起了一盏灯，道士们开始绕棺。绕一阵，停一阵。再绕一阵，再停一阵。有一阵，孝男孝女们要跟着。有一阵，只道士们又唱又跳。有一阵，龙小云没随其他的孝男孝女们出来。有一阵，她出来了，其他的孝男孝女们跟着道士们绕，她站一旁，孤零零地看着他们。马一跃也站人群边上。木棺抬过来，冰棺打开，尸体移进最终的归宿。道士们又围着木棺绕起来。

马上盖棺了，孝男孝女走过去最后一次告别，龙小云没去。人群往后退了退，马一跃往前迈了迈。他看了眼被孤寂包围的龙小云，龙小云也望了望他。黔城太远了，马一跃不认识这里的任何一个人。可她居然在关注宋老师，真有点不可思议，一个卖房的跟一个买房的谈到了宋老师，真有点不可思议。

在她父亲的葬礼上，他们四目相对，她没有说话的欲望，他也没什么可说的，他们不过是两个陌生人。

盖棺之前的一刻，马一跃拍了张照片，尸体的脸上蒙着一张纸。

是有这样的风俗，活人的影子被盖到棺内，魂儿会被尸体的魂儿带走。马一跃现在知晓了，可之前他没听说的时候，曾在调查中用相机拍摄了盖棺的全过程。当时，他的影子连同相机的影子，都被盖进去了。他的影子没丢，魂儿，应该也在吧。这次，他知晓了，还是上前拍了照，再回到灯下，影子也在，是晃悠的。

上山了，掌坛师吹起牛角，亡人要入土为安了。道士们开道，人们抬着棺材，一路撒着纸钱，一路抛着炮仗，嘣，轰，轰，嘣。孝男孝女的哭声淹没了道路，山山海海，林林木木。龙小云也跟着，走在队伍的末尾。

人散尽，只剩了马一跃。灯下，他的影子摇摇晃晃，灯下，他的影子倏忽不见了。魂儿呢，他的魂儿还在吗？在当地人的认知里，每个人都有不同的魂魄。人死后，一魂儿随着尸体的埋葬守在坟墓上，成为阴阳两界沟通的中介；一魂儿去往阴间，听候阎王宣判并转世投胎；另有一魂儿在安神仪式之后成为祖先神，享受子孙后代之供奉。

他的魂儿被带走了吗？被哪个魂儿带走了？带去了哪儿？

马一跃狼狈不堪地回了公租房。桌子上有本书，厚厚的书压着张纸条。他打开灯，捏起纸条，一字一句读起来：

校财务处：

根据《×× 大学引进博士实施办法》（校党字××）文件规定，请发放我校 ×× 年新引进到 ×× 学院工作的马一跃博士安家费贰拾伍万（250,000）元整，共计人民币贰拾伍万（250,000）元整。

特此通知

他弃了纸条，捧起书，翻开，第 123 页，读起来：

因要使一个商品能依照它的市场价值售卖，那就是，比例于它所包含的社会必要劳动来售卖，用在这种商品总量上的社会劳动的总量，必须与这种商品的社会欲望的量相应，那就是必须与支付力的社会欲望的量相应。

不知道说的什么意思，不知道读到了什么。蚊蝇太多，马一跃弃了书，抬手一抓，他的手掌黏糊糊的。他伸了舌头，舔在手掌上，咽下去了。蚊蝇更多了，主要是蚊子，从阳台撞进来。马一跃张开嘴，蚊子扇动着羽翼踢腾着长腿钻进去。他大口大口嚼着。他蹿到阳台。蚊子们围过来。最左手边，黑暗与黑暗的缝隙里，一尾红光在摆动。是鬼火吗？他下了楼，投奔那团闪耀的光亮。

是那片廖家堰的公共墓地吧？磷火还在，如一盏霓虹，变幻着颜色。由红而蓝，由蓝而绿。送葬的队伍没来这儿吗？可明明有块挖好的墓地。凹着的墓地对着一块凸起的墓地。马一跃寻见什么东西在晃，是他的影子回来了吗？他躺进凹着的墓地，火光暗淡，借着最后的光星，他看见凸起的墓地旁立着一座小小的碑，上面写着：倪霓的墓。

马一跃闭闭眼，睁开，夜太黑了，他哆嗦，肃然而恐，夜真的太黑了。这是哪儿？他这是在哪儿啊？马一跃喘息，挣扎着爬起，那些矗着的硬戳戳的被他认作碑的暗物只是些更黑的影儿，他推倒了一处，又推倒了一处。

喘息声重了，他停不下来。有什么东西在看着他，是他的魂吗？是谁的魂吗？可他一点也停不下来。

蚊蝇来了。蠓虫来了。唧唧。嘤嘤。嘤嘤。四周，都是声音，万物的声音。

马一跃颠踬了下。

耳朵里塞着的是轰鸣吗？他听见了声音的瀑布。

嗡。嗡。嗡。

嗡。嗡。嗡。

仿佛万籁俱寂。

仿佛永奏的安魂曲。

我们的敌人

一

集市上的买卖声连成了网。亮晶晶的。还有弹性。我的耳朵里全是嗡嗡声。忽然，声音里凸起一阵杂乱无章，然后又静了。我抬起头，看到拿着编织袋或提篮子的行人正停下脚来莫名张望；路两旁的小贩则快速将摊子往里侧拉拽。我起身蹿出包子铺临时搭建的帐篷。一股黑烟升起来，那是时风牌三轮车的声音。我太熟悉了，我家就有一辆时风。三轮车冒着烟近了。

——大哑巴。我的尖叫都破了音。

黄豆芽、小甜瓜和香椿牛都慌忙跟出来，嘴里骂：妈了个巴子的，怎么了？

谁还打了个嗝，臭烘烘的，就像那天晚上做的梦。那晚我梦见大哑巴全身腐烂了——不只那条腿，是他身上的每一块肉里都生了蛆。我吓哭了，慌乱中抓起哥哥的一只脚丫子。哥哥蹬开我，我又死死抱住。迷蒙中哥哥满是愤怒，“怎么了？”

“臭，”我打着颤音，“臭。”

我那么大声，哥哥却没听见似的，脚一使劲，把我踹回被窝。他还把腿压在我肚子上，我感觉呼吸困难。我的呼吸越来越艰难。臭味变成固体卡在喉咙那儿，硬邦邦的。就在快要窒息的那一刻，我醒了。

时风三轮车上的确是大哑巴。他穿着条形的衣服斜身站在车厢里，脑袋成了个秃瓢。三轮车以前像是拉牲口的，车厢四周边缘焊有高高的铁架子。大哑巴的双手被铐在铁架子上。手铐闪着蓝莹莹的光。司机一路摁着喇叭，震天响。可人们表情呆滞着，车到跟前，才极不情愿地往边上挪脚。车走得越来越慢，围观的人却越来越多。喇叭声起先是间断的，钻天猴般啾啾往云上跑。后来就成了串，一声叠着一声，辨不出疏密。然后，喇叭声猛然断了气。

围观的人太多了，车不得不停下来。紧接着，从驾驶室里跳出个大盖帽，他腰间挂着枪。枪套摇晃晃的，晃在我眼前，我的眼球快要蹦出来了。枪。真枪。我还从来没见过真枪。我想上去摸一摸，或者干脆夺过来。可这时我听到了熟悉的呵斥声。原来是那个安了狗眼的警察，我认识他的，我们都认识他的。

上个暑假快结束时，我们正在大肚子河里踢球，他跟另一个年轻警察一块儿找过我们。安着狗眼的警察戴着那黑里泛黄的眼镜。我并不能透过镜片看见那只狗眼，可我确信他的右眼就是一只狗眼。所有石桥铺的人都这么说。此刻他正轰赶着人群。

“让开！快他妈让开！”他挥舞着胳膊，还喘着气，“让开道再看。”

平常人们都很怕他的，尤其小孩子。可今天，他的嗓子都快喊哑了，人们却如馋食的麻雀，躲跳开，一转眼又都聚过来。他扶着镜片望了望人群，甩甩手，颓然退到车头那儿。

“你快给老子下来。”他冲着驾驶室吼。

司机忙不迭跳下来，腰弓得比车轮子还低。原来是疤瘌头，我说空气中怎么总有一股臭味呢，原来是疤瘌头的车。疤瘌头真是贩牲口的。前段时间他拉着一车猪撞到了人。人没什么大碍，但他猛一刹车，一头猪却借着劲飞出了车厢。猪跑了，他去追。被撞到的人以为他要跑，就追他。后来，疤瘌头没追到猪，却被人拽进了派出所。他的车就被扣下了。

“快跑去派出所，让他们开着警车来开道。妈了个巴子的，就会出馊主意。”

疤瘌头转身挤进了人群。他的头像浮在水面的葫芦，歪过来又歪过去，不一会儿就沉下去了。

“石桥铺的父老乡亲们，”狗眼警察弯着身从副驾驶的位置上取出个扩音喇叭。他嘴对着喇叭朝天乱喊，就像石桥铺集上那个卖老鼠药的。那人也戴副墨镜。人多的时候，也喜欢朝天喊。狗眼警察喂了两声，调了下音量，“大家看热闹可以，我们来集上走一圈，就是来让大家看热闹的，可大家不能把路堵死了。这就不像话了。现在既然走不动了，那就都听我讲两句。我们石桥铺的大哑巴——”他的左手胡乱往后划拉了一下，“他犯了事，把石桥铺小学周老师家的憨妮给糟蹋了。这可是大事。大哑巴就要被枪毙了。我们游他的行，就是给大家个警示。莫做伤天害理的事。”

狗眼警察讲完，环视了半晌，可能以为会有什么热烈的鼓掌或者声讨，可人群没半点声响，大家听天书似的直勾勾看看狗眼警察，又直勾勾看看车上的大哑巴——大哑巴也直勾勾看着人群。狗眼警察显得有些无措，他用手扶镜架，往上推一下，拉下来，又推一下，再拉下来。然后，他又皱着额头说：“本不该枪毙的，可这段时间在严打。巴掌大的石桥铺还摊了个名额，我们正愁完不成任务呢。活该他——”

狗眼警察的话被谁的一句“警车来了！”截断。“警车来了！”又有人附和。警笛声刺破了人们麻醉了似的睡意。人群仿佛恢复了知觉，并在忽然间躲避瘟疫般，为警车让开了道。

警车在前，警笛一直鸣叫着。三轮车在后，突突冒着烟。大哑巴置身烟雾中，像个神仙。人群有了异动，有人跟在重新启动的三轮车后默默走。单一的警笛声烘托出某种岑寂，深深的，不寒而栗。尖叫和口哨声随之而来，先一而再。接着有人朝大哑巴吐口水。安全和盲从在人群之中传递，扩散，如水漫金山。

有人抓起篮子里的鸡蛋投过去。

有人捡起摊位上的萝卜掷过去。

好多人就近抢点什么抛向空中。

人群鼎沸，大哑巴站在漩涡的中心岿然不动。三轮车经过包子铺，我把准备好的唾沫喷出去。可我的力气太小了，唾沫都落进了人群，我感到沮丧。小甜瓜和香椿牛也在呸呸吐着唾沫。我很是生气，转身瞪着他们：“妈了个巴子的，别吐了，走了。”

我其实有点恋恋不舍，但我没有回头。黄豆芽也没有回头。他也没吐唾沫。大哑巴是他大爷。虽然他保证过，我干什么他就会干什么。但刚才他一直低着头吃包子，好像那半口包子永远吃不完似的。小甜瓜和香椿牛却频频回头。看得出，他们对我的决定有些吃惊，也恼怒。他们还用眼神看我，试探性的。我假装不理，还骂了句脏话。我们在散淡的阳光里孤零零走着。沉默巨大。

也许不止我一人回忆起了暑假里我们跟大哑巴的那次偶遇。整个暑假，有两件事，我们为之欣喜若狂。其中之一，便是来石桥铺大集吃小笼包子。我们撞开暴跳如雷的烈阳，挤过熙熙攘攘的人群，走进一小片白布遮下的阴凉。我们坐在小木凳上，要一盘咸水花生，要一盘抹了辣椒酱的熏豆腐，再要一笼香喷喷的小笼包子。木桌子脏兮兮的，可我们吃得起劲。我们就是电视上的侠客，江湖又起纷争，我们正赶往少林，途经这石桥铺，正好有点饿。

那时正值大哑巴跟我们争球场的关键时刻。我们一边讨论此事，一边津津有味吃着包子。突然，大哑巴听见了似的，冷不丁提着蛇皮袋子走过来。我们感到危机四伏。大哑巴走到摊子前，呜呜呜比划了几下，转身找了张桌子一屁股坐下来。看都不看我们一眼，凶煞煞的。他也要了咸水花生，要了抹辣椒酱的熏豆腐，要了一笼肉包子。肉包子上来之前，他还支吾着要了一碗白酒。他大口吃菜大碗喝酒。包子上来了，他用涂满污垢的手抓起包子往嘴里塞。他被烫得哇哩哇哩叫。我们看得目瞪口呆。饭毕，他剔了剔牙，从口袋里摸出一大把毛票。他朝手上吐了几口唾沫星子，就着唾沫星子数起来。他数得认真，一遍又一遍。后来终于数完了，他把剩下的钱揣回口袋，喝了口别人剩下的茶水，提起蛇皮袋子去付钱。自始至终，我们观察着大哑巴的一举一动。当他用黑乎乎的手抓包子时，我蓦地想起他抠鞋的动作，我一阵反胃，心中大侠的感觉瞬间消失。

我们忍无可忍，飞快地跑向正付账的大哑巴，呸呸呸，我们的唾沫星子也飞起来了。

二

我生活的这个地方叫石桥铺镇。

石桥铺镇前两年还叫石桥铺村。石桥铺村北边修了条公路，公路通车不久，靠公路的地方又建了个农贸市场。农贸市场开张没几个月，石桥铺村就变成了石桥铺镇。石桥铺建镇以后，天天营业的农贸市场每日人烟寥寥。于是熬了几个月后，石桥铺农贸市场改成了石桥铺大集，五天一聚。

我已在石桥铺生活十多年，总体上并没有不满意。可自从我们凑钱买来了第一个名副其实的足球，我们顿时发现了石桥铺的不完美。偌大个石桥铺，竟然没有可供我们踢球的地方。我们本来以为空闲下来的石桥铺大集可以充当一块冒牌的绿茵场。但当我们雄赳赳跨进场地时，却被大集的管理人员像驱赶大哑巴那样轰了出来。而我们就读的那所石桥铺小学穷得连操场也没有。那排矮矮的校舍前有个已生锈的篮球架，只是，篮球架旁边的空地，被几个大大的麦秸垛强行霸占。

刚买来足球的那天，是个星期五，那时离放暑假还有十多天。我们本想在被麦秸垛分割成碎片的操场上踢几脚，可这点希望也破灭了——妈了个巴子的，操场上晒满了谁家的新麦。

还能有谁家的呢？憨妮都来了。憨妮是周老虎的傻闺女。

周老虎这天去县上开会了，给我们布置了一大堆作业。可教室里闹哄哄的，书本正满天飞。我扒着窗户往外看，憨妮拿根木条子坐在墙根的小板凳上。她肥得像头猪，胸脯上的肉一坠一坠的，穿着短袖还不停冒汗。她哦去哦去地轰着想来啄食的鸡。鸡不走，她就扔木条子，还站起来张牙舞爪地划动着手臂。她的粗辫子也抖起来，比猪尾巴还耀眼。我的心里恨恨的：凭什么，凭什么都给晒上了麦子？

去年秋天，周老虎还让我们去帮他收玉米，还说是劳动课，谁不去就开除谁。周老虎真不是个东西，怪不得生个闺女是瓜蛋。我越想越恨。阳光挠着我的头皮，我感觉全身痒，就打了个喷嚏，阿嚏——我耳朵里全是自己颤巍巍的声音。可我的身体却突然栽出了窗户。我正纳闷着，香椿牛从窗户上探出了头。

“球。球。”他喊道。

“妈了个巴子的，是你砸的我呀，是不是找死？”我脸冲着香椿牛骂，眼却瞥着去找那只球。它蹦蹦跳跳的，像只饿得发慌的鸡，离地上的麦子越来越近。“我本想扔给你的。”香椿牛辩解着，跳出了窗户。小甜瓜和黄豆芽跟着。其他男生也跳出来了。大家争先恐后去抢那只球。球被谁扔出去，大家再去抢。抢不过瘾，又有人踢了一脚。球一路碾着麦粒射向麦秸垛。憨妮挥舞着木条子杀过来。一场球赛正式开始了。

哥哥把脚伸向前轮刹住车子。哥哥走过来，车子在他身后咣啷一声。我那时正躺在麦粒上哎哟哎哟地叫。刚才我被憨妮逼上了麦秸垛，她拿木条子和石块扔我。我先是得意洋洋，然后身子一滑，摔得满嘴都是麦粒、麦芒、灰尘和血。

我抬起头来看了哥哥一眼。我们同时用眼神问了句，你怎么了？哥哥脸上好几处瘀青，眼睛肿成一条线，目光都是紫的。上衣也破了。我还没开口，哥哥飞起一脚踢在憨妮肚子上。他还要踢第二脚，可半路里杀出个程咬金。一只大手猛一推，哥哥趔趄着倒向麦秸垛。麦秸如落叶，散落在哥哥的头上。哥哥爬起来，顾不得摘掉头上的秽物，跳起来打出一拳。拳钻进掌心，呼哨声渐息，掌一挺，哥哥屁股朝地，又被推回来。哥哥再爬起来。他掂量了片刻，吐了口唾沫，唾沫里都是血丝。时间黑沉沉的，冷森森的。哥哥走了，从我身旁走过。我已被扶起，却浑身疼，很想再躺下。

我听见哥哥说：“没出息。”我浑身打摆。我不知道哥哥是不是在说我。我又蹲下了。疼。浑身疼。

“哥哥，你怎么了，怎么这副样子？”我张着嘴，想问问不出。

大哑巴也走了。他背起他的蛇皮袋子。他还看了眼憨妮。

憨妮被哥哥的那一脚踢晕了，愣愣的，都忘了哭。憨妮也看了眼大哑巴，确切地说，只看了眼大哑巴手里的蛇皮袋子。

那一天，周边的很多人都来石桥铺赶集了。

暑假来了，漫无边际。可我们依然找不到踢球的场地。那么暑假来了有什么意思呢？

午后，阳光剧烈而静寂。我，黄豆芽，小甜瓜，香椿牛，我们几个漫无目的地游荡在石桥铺的大街小巷。天气热极了，太阳就像个蜂窝煤奋不顾身地燃烧着自己。干旱像一把锋利的斧头。远处的庄稼地里，玉米苗全都耷拉着头。听我妈说，我家的花生叶子上晒出了一朵又一朵的黑斑，如果不能设法浇一浇水，几天后就会枯死。可我们并不关心地里的庄稼，只想尽快找个可以踢球的地方。

我们走在街上，太阳高高照着，吸走了我们的影子。我们用球砸了嘀咕咕的母鸡，又把球踢向伸舌头的老狗。蝉在我们头顶没心没肺地叫，蜇疼了我们的耳朵。我脚上的双星鞋还是为了那只球专门买的，可是，妈了个巴子的，去什么地方踢呢？

去什么地方呢？小甜瓜摇了摇头，也开始自言自语了。

走到黄豆芽家门口，我们停下来，一阵面面相觑。球正在香椿牛脚下。他颠了几颠，球偏了，跑到我这里。我起脚来了记抽射。球咣当一声打在一扇铁门上弹了回来。门的叫声，狗的叫声，蝉的叫声，几乎同时钻进了我们的耳朵。过了几秒，一个女人的跑步声和叫骂声也跟着响起来。黄豆芽的妈拿着擀面杖出来了，我们撒腿往河边跑。

河的名字叫大肚子，它的河床很宽。大肚子已在干旱来临前断流，又在干旱到来后喷灌机的轰隆声中干涸。我们站在河岸上，看着大肚子光秃秃的肚皮，又跳过河床，望着对面的河岸。对面有棵大柳树。柳树旁边竖着两间破草屋。草屋后边，是片菜青色的庄稼地。那两间破草屋的主人就是大哑巴。大哑巴是黄豆芽的大爷。黄豆芽的爸黄四哼排行老四。黄家兄弟几个因为分家打得头破血流，本来河对岸的草屋已废弃，大哑巴被他的兄弟们赶出来，没地方住，就一个人搬了进去。听我爸说，这两间草屋，是以前生产队留下来的，有年头了。这会儿，我们看到大哑巴正蹲靠在歪脖子柳树上。他的目光直直的，空空的。隔着河岸，我们也能看到，他的眼跟香椿牛家那头黄牛的眼非常相像，大，浑浊，并且总是很长时间才会眨一眨。我对大哑巴充满了气愤，还有点害怕。哥哥被他推倒了两次。这是我们兄弟俩都不能忍受的。妈了个巴子的，我在心里骂着脏话。

“我知道咱们可以在哪儿踢球了。”黄豆芽突兀的声音吓跑了身旁一棵半大杨树上的知了。

“哪里？”

“远在天边，近在眼前。”黄豆芽回答。

“眼前是大肚子河，河里怎么踢啊？”香椿牛一反问，我们倏地开了窍。

是的，河里可以踢球，干旱帮了我们的忙。河底大部分已成了沙滩，河床又那么宽。黄豆芽适时地指给我们看，那棵歪脖子柳树旁裸露着一片金光闪闪。“足够了。”黄豆芽沾沾自喜地说。我们又跑起来。奔向我们苦苦寻觅的球场。

大哑巴对我们的造访没有表示出任何的兴趣。黄豆芽也没上去喊他大爷。大哑巴歪着头，将眼光搁在远处大肚子河的上游。他抽出屁股底下压着的解放鞋，用手来回抠，不时地将鼻孔凑近鞋洞里闻。

大肚子河的上游，就是石桥铺大集的所在地。那儿是大哑巴维持生存的原料获取地。每逢集会，他都会右手拿着个蛇皮袋子，左手敲着副竹板一个摊位接着一个摊位地要东西。卖菜卖吃食的会给他点菜和吃食。卖鱼卖肉卖鞋卖布的通常给他小票。大哑巴走到一个摊位前，当里个当敲几下竹板，等着。主人不给东西或小票，他就不走。直到摊主耐不住性子，给了该给的，而且，他满意了，才不慌不忙挪向另一个摊位。大哑巴的记性很好，每次集会上，每个摊位，他都只要一次。他不多要，也不会漏掉任何一个摊位。要一次，他生活五天。再要一次，他再生活五天。所以，大哑巴的生活和集市一样，以五天为循环单位。

大哑巴最终能获得这样的跟工商管理局差不多性质的权力，也经历了长期的斗争。起初，只要大集的管理人员看见他，都会把他赶出来。但大哑巴锲而不舍。管理人员一不留神，他又溜进去。管理人员拿他没办法，久而久之，只能睁一只眼闭一只眼。大哑巴是吃集会饭的。我爸也是吃集会饭的。石桥铺的很多人都是吃集会饭的。但同样是吃集会饭，几年下来，差距却显了出来。有我爸那样的，买了时风三轮车的大贩子。有黄豆芽他爸那样的，开着手扶拖拉机的小贩子。也有大哑巴那样要饭的。

我们划了边界用衣服摆了球门，开始踢球。球场上沙和土混合的地面暖烘烘的。起初，我穿着双星鞋踢。但双星鞋在沙土地里不占优势。后来，我索性也像香椿牛他们那样，光脚丫子了。

阳光照下来，我们的汗金灿灿的。

三

踢了不几天，我们突发奇想，从家里搬来了几根木头。木头碗口粗细，都被剥了皮。我们挖了深深的洞，把木头牢牢栽进去。小甜瓜又偷来了家里已弃用的鸡网。我们将鸡网缠在木头上，真正的球门就此诞生。建造球门时，大哑巴一直靠着歪脖子柳树发呆。除了逢集去要东西，他没事可做，也没地儿可去。他没有土地，也没有老婆。他蹲在那里，如一截木桩。他又开始把手伸进鞋里抠来抠去。抠一会儿，又用抠鞋的手挖一挖鼻子。

有了球门，我们的热情更加高涨。我们整天泡在大肚子河里。可好景不长，某天下午我们再来到球场，却惊奇地发现，河床里拢起了两条沙丘。我们愣住了。想了很久才顿悟。大哑巴要效仿下游的某户人家，拢沙丘种树。妈了个巴子的，大哑巴想在球场上种树！

再去踢球时，我们推了小推车，小推车里放了铁锹。大哑巴站在柳树下啊啊地吓唬我们，牛眼瞪得大大的。小甜瓜和香椿牛拿着铁锹去与他对峙，我和黄豆芽负责摊平场地。可傍晚我们走后，大哑巴又拢沙丘了。

晚上，电视里播《小小飞虎队》。武松上了景阳冈，我们接过了打虎棒。电视里这样唱时，我们准备大干一场。八月十五云遮天，黑了太阳黑了月。我们顶着夜色，哼着歌，去了大肚子河。我们埋伏了很久，可草屋没有丝毫动静。我们困极了，回家睡觉。但第二天，球场上又长出了沙丘。我们简直气疯了。

大人们也气，还急。天还是不下雨。大人们仰脸看太阳，一抬头，眼里就冒了金花。妈了个巴子的，这天。他们骂起来。

一次集会，石桥铺人举行了敬水神的仪式，地点在大集旁的小桥上。鞭炮噼噼啪啪从一早响起，天都快黑了，还没停下来。

那天下午，我们还在踢球。天擦黑，我们远远看见大哑巴爬着回来了，像条虫子。我们跑过去。他瞪着我们，嘴里呜呜说着什么。他的左腿鲜红一片。蛇皮袋子和竹板不见了，只一条血迹跟着他。

“你的腿怎么了？”我们好奇地问。

他呜呜咆哮着，明显在骂人。可我们相视一笑，他没办法种树了。

“你要答应我们不再来球场捣乱，我们就用小推车送你去镇上的医务室。怎么样？”我跟大哑巴谈条件。

大哑巴说，滚。我听得很清楚，他说，滚。

我有点兴奋。他居然能说得清楚。

“你回家去推小推车，快点。”我命令黄豆芽。大哑巴小腿肚上的血已洇湿一摊，黄豆芽拔腿就跑。没一会儿，黄豆芽空着手回来，还一瘸一拐的。他跟他妈说了句，刚要推着车出来，他妈一擀面杖抡在他腿上。“叫你多管闲事！”

我只好再去推车。

刚一进家门，看见我爸正从三轮车上卸东西。他冲着堂屋里说：“敬水神的人太多了，鞭炮屑把桥洞堵死了。我去桥上观景，钱包落在摊位上，回来时，大哑巴正往蛇皮袋子里装。我拉着大哑巴去找黄四哼。黄四哼也够狠的，二话没说，拿起秤砣就砸过去……”

我没看我妈的反应。推起小推车往外跑。我爸回头，“快吃饭了，还往外跑，想挨揍啊。”

“一会儿就回来。”我应了声，跑得飞快。

来到大肚子河，大哑巴却不见了。黄豆芽说，他爬进了茅草屋。我去敲那扇木门，门已上了闩。凑近门缝，里面像撒了锅底灰。我转头对黄豆芽说：“这不怪我们吧，是他不肯的。”我又转头，对着茅草屋说，“你牛 ×，不稀罕我们帮忙。可你再拢沙丘，我们还是会平。我们不会认输的。”

我有些丧气。香椿牛帮我推着车，我们走了。

我做了个梦。梦见大哑巴死了。我居然有些内疚。我还想，要是那个傍晚，我们把大哑巴送进医务室，说不定，他就不会死了。可我不该内疚。他跟我们作对，还推倒过哥哥。我应该恨他。梦里，我犹豫着，眼泪都出来了，不知道该不该内疚。我跟着一辆木排车走。车上放着大哑巴的尸体，用凉席裹着。木排车走得缓慢，哥哥拉着。来到乱坟岗，大人们将尸体扔进一个坑里，埋得潦草。他们一边埋，还一边骂，妈了个巴子的，这天。我在大哑巴的坟前站了会儿，转身时，大人们不见了，哥哥也不见了。我喊叫着醒来。

大哑巴没死，他成了个瘸子，走路一颠一颠的。他不拢沙丘了，又像截木桩杵在柳树下。他翻着眼皮看天，天都让他看穿了。看了几天天空，他踅摸进草屋，翻出个蛇皮袋子。他拎着袋子去了下游。

大哑巴丢了丑。偷钱包，性质恶劣。大集的管理人员再次驱逐他。他也失了民心。摊贩子们都防贼似的防他。他丢了竹板，木在摊前时，像没了魂儿。差不多时间了，摊主没反应，他不再天荒地老地等，挪去下一个摊位。这样，他要到的小票和吃食越来越少，收获的挖苦和嘲讽越来越多。“毛票有的是，黄四哼那里更多，你去他那儿要。”“大哑巴来了啊，钱包在那儿，看到了吗，你拿嘛，我忙着呢。”大哑巴置若罔闻。

不逢集的日子，他就成了个拾破烂的。

四

其实我们并没看见憨妮哭着从茅草屋里走出来，更没看见憨妮出来时腿上流着血。我们只是在去踢球的路上遇到了憨妮。她穿了件长袖。天气本来热，她的衣服都粘在肉上。她靠着路边走，边走，边用脚踢着稗草。香椿牛故意把球踢到她腿上，她抬头乜了乜我们，又低下了头，眼神寡淡淡的。我们没再惹她。看见憨妮，我身上那里就痛起来。从麦秸垛上摔下来那次，刚开始，球在谁那里憨妮就追谁。可后来，他们总是把球传给我，憨妮就弃了球，奔我来。她不仅追，还咆哮，山崩地裂的。我身体边跑边哆嗦，受不了了，才赶忙爬上麦秸垛的。

后来警察找我们时，我们却说了谎。可谎并不是我们先说的。那之前，石桥铺已弥漫起了风言风语。谣言里说，我们踢球的孩子看见了什么。那时已到了暑假的尾声，我们就要告别美好的时光。我们的怀旧提前蔓延在球场上，沉醉且迷乱。但狗眼警察叫醒了我们。他让我们过去。我们惊恐而好奇。

“你们前些天看见憨妮了是不是？”

“嗯。”

“你们看见憨妮从茅草屋里出来？”

“嗯。”

“她哭着出来的，腿上还流着血？”

“嗯。”

……

我们当时似乎并没在回答狗眼警察的问题。我们只是吓着了。要知道，那是我们有生以来第一次与警察打交道。戴着墨镜的狗眼本身就非常吓人，而狗眼后边还站着个年轻警察。年轻警察的头发上染了一撮黄毛。他上身套了件警服，下身穿着喇叭裤。我当时并不知道那便是喇叭裤。是后来哥哥告诉我的。那也是我们有生以来第一次见。

我们的心被惊恐和好奇拴得死死的。我们的话被随便说出来，像另外的人在替我们敷衍。

我们不知所以地说，嗯。

嗯。

整个夏天快过去时，水神爷爷才想起了石桥铺。那当儿，不绝于耳的谩骂声已摞上了天，比乌云还厚。雨下得很大，也急，将功补过似的。大肚子河上游的水闸承受不住，洪水一泄而下。大哑巴住的那两间茅草屋转瞬被冲塌。不过，那时的大哑巴已被抓，不然的话，他将提前死于一场水灾。毫无疑问。

水库开闸，河水上涨，大肚子里又有了鱼。妈了个巴子的，大人们边骂边织起了渔网。

大哑巴被枪毙了，可没人去收尸。这气坏了派出所的警察。时节虽已进了秋，可尸体久置派出所，也不是个事儿。某天，疤瘌头的三轮车开进了石桥铺三村。按照区划，大哑巴的几个兄弟都住在石桥铺三村。狗眼警察指挥着疤瘌头和另外两个大盖帽将尸体卸在了村委会门口。书记不让卸，说晦气，但狗眼警察掏出了枪。书记就不说话了。一会儿，书记在喇叭里骂起了黄家的祖宗十八代。

狗眼警察也骂："人都死绝了吗？说了让去收尸，没人去，害老子还要送过来。这是老子该干的事吗？妈了个巴子的，真想一个个崩了你们。"他又用枪指了指疤瘌头，"你他妈赶快滚吧，开上你的破车。老子现在看见你的车就恶心。"疤瘌头如获大赦，跳上车，一脚油门，噌噌的，车转眼没了影。

尸体是我们埋的。尸体在村委会门口停了三天，书记跟黄家兄弟争执不下。书记的意思是，要火化，这是上面的规定。黄家兄弟想直接埋了，否则村委会要出火化的钱。可书记不同意，不是拿不出那几个钱。关键是，大哑巴是被枪毙的，丢脸。

我，黄豆芽，小甜瓜，香椿牛，我们四个偷偷把大哑巴埋了。趁着夜色。不像梦里，哥哥一个人用木排车把尸体拉去了坟地。我们用的是小推车，哥哥也没参与。

不知当时哪来的勇气。

而就在那个秋天的某个黄昏，有一次去厕所，我第一次发现，我下面长毛了。关于我们的敌人，大哑巴，有个石桥铺人都知道的传言，我一直没有交代。

是我忘了。

二十多年后，我跟打工回来的黄豆芽在石桥铺的一家酒馆里喝酒。我们都喝高了，吐了一次又一次。我们坐在卫生间里，脚蹬着马桶。外面砸门声响了很多遍，砸得我都尿湿了裤子。可我们并不想出去。黄豆芽耷拉着头，手把嘴边的秽物抹得满脸皆是。

他咕噜着问："你还记得我大爷吗？就是那个下边不长毛的哑巴。"

我眼前一片模糊。

嗯。我头一磕，哼道。

鱼尾葵之夜

一

李老师、赵晓阳面对面坐在餐桌的两侧。他们的眼光都虚着，仿佛没地方搁。房间本来空阔，可他们不能肆意地看，也不想看向对方，他们便心照不宣地眯起了眼，将目光悬在眼前的一小方空洞里。尴尬像个壳子罩着他们，赵晓阳的脸僵了，他轻轻摇了摇脖子，又无声翻了翻眼皮。时间好像停在了一个点上，赵晓阳屏着呼吸，试着往这个点上靠，但那种百无聊赖的感觉却愈加丰盈了。

赵晓阳抬了抬头，稍稍移了移视线的范围，餐桌上出现了一盘哈密瓜。餐桌上一直都有盘哈密瓜吗？赵晓阳疑惑了，他为什么现在才注意到呢？他的记忆似乎出现了盲区。他斜斜身体，那盘哈密瓜完全暴露在他的视域里。他就数起来，一瓣，两瓣，三瓣……他没法完全数清楚，哈密瓜更挨着李老师一边，而且，有几瓣随意叠着，他一将眼神凝过去，那几瓣瓜就晃起来。他本想伸伸脖子，却猛然觉察到了一丝寒意——他试图抓牢那些瓜瓣的眼神被另一层眼神覆盖了。李老师也正看着那盘哈密瓜出神儿，或者确切点说，他只是在往那碟哈密瓜的方向看。赵晓阳胆怯地低下了头，李老师的眼神并无恶意，看上去更像是无意的，但依然透着股事不关己的冰凉。

面前是张写满了字的A4纸。他刚才写的事件说明。但现在已经没用了。赵晓阳不敢再往别处偷瞄，索性将头耷拉得更低，惯性似的，一遍遍默念着纸上的内容：

我是××学院2011级文化人类学专业的学生赵晓阳，2014年6月5日我参加了硕士答辩。答辩主席是××教授。答辩委员为章明教授、××教授、××教授、××副教授、××讲师、××讲师。答辩时，针对我的论文，各位老师都提出了宝贵的意见，我受益匪浅。互动环节，我谈到了自己的田野调查经验，戏称，当时我面临的状态是，想阉割又无法阉割完全。这本是对自己半路出家转学人类学的一种嘲讽。之所以这样说，主要是想活跃下气氛。接下来××讲师又提了建议，××章节事实上跟研究主题的关联并不大，可以砍掉。章教授反应灵敏，说了句，疼啊。顿时，大家都笑了。我平时是个喜欢开玩笑的人，最喜欢聊天节目《锵锵三人行》，但开玩笑要分场合，事实上正是句玩笑话害了自己，更伤害了章教授。答辩最后致谢时，联想到章教授平时上课幽默风趣，我脱口而出，章教授爱讲黄段子。话一出口，我立即意识到了错误。我已当面向章教授道歉，今天正式以书面的形式向学院说明情况。我再次申明，我的本意只是想表达章教授授课风趣幽默，我也

再次向章教授致歉，希望章教授能够原谅一个学生犯
下的非常令人气愤的过错。

赵晓阳的嘴微微动着，字一串串地钻进脑海，可他的脑子却越填越空。有那么一刻，他确信，那些字是他写的，他还感到了羞愧，可恍惚间，纸上的字又陌生起来。像这个房间里的他和李老师，像那些胆怯和冷酷，忽而真真实实，忽而，又变成了道具。

一只弯曲的中指咚地敲了下桌面，赵晓阳一愣神，面前的A4纸被抽了出去。

赵晓阳依旧没有看李老师。他只从他的话里拼凑了他面无表情的脸。李老师说，字写得倒不错。

像在表演什么，赵晓阳抬手摸了摸额头，心里附和，字写得不错。

电话突然响了。丁零零的。赵晓阳瞥了眼李老师的斜身后。老式座机振得厉害。李老师递回《情况说明》，正襟危坐。赵晓阳撑直了身板，也正襟危坐。

但里屋没有动静，电话就那么一直响着。

二

一进门，赵晓阳的腿就软了。开门的是章教授的爱人，林老师。林老师五十上下，圆脸，大眼，皮肤很黑。她的热情明显有些做作，且仅朝着李老师。李老师连连道歉，林老师避开正事儿，一边跟李老师寒暄，一边从鞋柜翻出了两双一次性鞋套。李老师俯身套了鞋，他刚从球场上下来，还穿着运动鞋。赵晓阳也跟着套了鞋。

章教授就坐在客厅边上那张看上去更像餐桌的桌子前。他招呼李老师，让李老师过去。李老师坐在了他的右手边，继续道歉。赵晓阳低着头，站在李老师对面、章教授的左手边。章教授方脸，小眼，戴副黑框眼镜，皮肤也很黑。章教授也岔着李老师的话题，问他手头课题的进展状况。林老师走过来，站在章教授身后靠右一点，蜷起了胳膊。没人示意赵晓阳坐下，赵晓阳就站着。话题还没引到赵晓阳身上，赵晓阳就听着。赵晓阳没有抬头，但他感觉到了身上的目光。

“榜下捉婿。”章教授的话有些突兀，但因为大家正盼着，听上去反倒很自然。章教授停顿了下，有几秒，像陷入了沉思，“这几天我一直在想，怎么会给学生留下那样的印象，讲什么时留下的。我回忆这两三年给研究生上的大课，就猜测，可能是在讲宋代的这种婚姻文化时多说了几句。但也不至于啊。”章教授左手无名指上戴了戒指，中指轻轻点着桌面。“不至于啊。”章教授重复道。

无人附和。

“我记得这几年好像没有给文化人类学方向的学生开过课。”章教授眼睛眯成一条缝，看着正前方。他在等着一些回话，等了会儿，又看着正前方说，“你怎么会有这样的印象？或者，谁在你耳边说过什么？”

李老师的身体陡然一倾，左眼的余光扫到了章教授更硬的余光，他索性笑了下。

赵晓阳的一只胳膊正担在桌沿上，他不能不说点什么了，可他张不开口。

“赵晓阳。”李老师叫了声。

“你不要有负担，章老师把你叫过来并没有责怪你的意思，就是想问清情况。好在以后的教学和工作中留意和改善。”林老师催促道。

赵晓阳支吾着。

“章老师还是学院的副院长，主持学院的一些行政工作。说他讲黄段子，就算是口误，就算是捕风捉影，也总归有点耳边风吧？”林老师再催促。

赵晓阳眼闭得死死的，脸皮紧成一个疙瘩，又忽地松开。他的脑子滚成了糨糊。谁？他本科也是这个学校的几个师妹好像说过。同学院一块儿踢球的好像说过。那个左脸颊上长了酒窝让他欢喜又让他憔悴的小学妹，似乎也说过。可他们真的说过吗？什么时候什么场合说的？他又能说谁说的？

“我……我女朋友……也是我们学院的……她说章老师讲课好，学生喜欢。”

“什么名字？”

“褚……薇薇。”

“那给她打电话，让她也过来趟，咱们一块儿回忆下。”章教授脸如炭，严肃了，更像。

无人附和。

“给她打电话。”章教授一意孤行。

“赵晓阳，打个电话吧。”李老师推波助澜。

“你不要害怕，就是让她来讲讲她对章老师的印象哪来的。不要有什么顾虑。好好跟她说。”林老师绵里藏针。

章教授下巴一翘，示意了下李老师。李老师起身，围着桌子转了半个圆，抓起赵晓阳的胳膊半扶半推，去了阳台。“打吧，我保证没事。”李老师轻声说。“打吧。”李老师又说。赵晓阳犹豫着按了拨号键。万幸，没人接。李老师远远朝章教授摇了摇头。“停会儿吧，停会儿再打。”李老师得了旨意。

电话后来还是接通了。赵晓阳语无伦次，嘴哆嗦了半天，电话那头先不耐烦，“我去干什么？我什么时候讲了？跟我有什么关系？……”一连串的问号划拉着赵晓阳的耳朵，赵晓阳歪了歪头，阳台边上有口空空的水缸，养鱼的？栽盆景的？那一霎，他确乎想将手机扔进去。他还能依靠谁？她应该知道，彼时彼刻，他只能给她打电话。可给她打电话，不就是牵连吗？不就意味着出卖吗？——他们也是完完全全的两个人。他摁着挂断键，一摊烂泥似的蹲下时，倒清醒了。褚薇薇，他以为他在呼喊女朋友的名字，结果却只长长舒了口气。

他积攒了些力气，右手攥着手机，左手勒住脖子，片刻，冷静又大声地说："这下好了，她要和我分手了。"

"这下好了，褚薇薇要和我分手了。"赵晓阳猛地站起来。

三

赵晓阳想起来了，哈密瓜是林老师端来的。他们不再逼他给褚薇薇打电话。逼也没用，他关了机。他起先蹲在阳台那儿，手抓着水缸粗糙的边沿，头枕在胳膊上。一会儿，他干脆坐下了，还流出了泪，但他的心却在笑。冷冷地笑。他其实很好奇身后他们脸上的变化，也想看看，但他看不见，眼前是阳台，阳台外是夜色。夜色朦胧、温柔，有几处光，剩下的是黑。窗外的幻境，恍惚让赵晓阳觉得，这世界就是团黑白相互洇荡着的烟雾。林老师小跑了几步，声音还是软软的，过去坐吧，去沙发上。她又在招呼李老师，李老师过去了。林老师再走几步，手搭在赵晓阳的肩上。"不至于的，就是让她来聊聊天，不来就罢了，不至于的。"林老师拉赵晓阳，"起来吧，来这边坐。"她上身穿了件蓬松的短袖，一努劲儿，露出了半截儿腰身，确切地说，露出的是腰上的赘肉。赵晓阳循着她的牵引来到餐桌旁，这次，他坐下了。

章教授和李老师移步客厅的沙发。

那就写份《情况说明》好了。

林老师消失了会儿，转眼，端来了那盘哈密瓜。

“边吃边写。写详细点。”林老师推推椅子，坐在赵晓阳对面。刚坐下，章教授发话了，你坐那儿，他怎么写？林老师又站起来，往客厅那儿挪挪。一面听着章教授、李老师说话，偶尔还插两句，一面不时偏头查看着赵晓阳这边的情况。

吃块瓜。她又冲着赵晓阳转了转头。

那一小段时间是属于赵晓阳一个人的。有半小时，还是40分钟？他坐在餐桌前，铺开空白纸，老师们的谈话绕着他的笔转圈。怎么招了这么个学生？学习倒行，就是说话总没分寸。惹了不少乱子？有那么几次。你们两口子来学校六七年了吧？对，六年整了。嘟嘟（李老师的女儿）呢，多大了？三周岁了都……

老师们的话薄膜似的裹着赵晓阳的思绪。他头提一下，再提一下，仿佛正不自然地挠扯着那层膜儿。硕士答辩发生了什么？戳破老师们的闲聊攒成的遮盖，赵晓阳咬着牙往前几天的那个上午使劲蹭。他疯了吗，居然讽刺评委教授讲黄段子？他还能记起什么？章教授起身去抽烟。章教授又起身去抽烟。可今天，今天的章教授为什么没有抽烟呢？

他不能在白纸上写答辩那天章教授总是焦躁地去抽烟。他要写他的祸从口出，写他的追悔莫及。这是命题作文，但从章教授阴郁的神情能够看出，他的答卷并不那么令人满意。章教授抽着鼻子，读几句，哼哼下。再读几句，再哼哼下。

“重写。”章教授下了判语。

“我来。”章教授补了句。

里屋有间书房。书房里安了电脑和打印机。有键盘的嘭啪声间或传出。还有另外的声音，嘁嘁喳喳的，后来大了，听出是争吵。一会儿，争吵暗下去，键盘的敲击声也没了，阒静简直让人恐慌。还好，一会儿声音又有了，赵晓阳扬了扬右耳，声音拼凑出的含义如水中月，一贴近就凌乱了。

也过了将近半小时吧？章教授夫妇出来了。章教授递来他写的《情况说明》，已打印了，赵晓阳以为要签字，刚举起笔，章教授瓮声说，抄了再签。

章教授和李老师又移步客厅的沙发。

林老师坐在了赵晓阳的对面。她也抽走了赵晓阳写的《情况说明》，读着。赵晓阳则边默念章教授夫妇写的《情况说明》，边将其字迹工整地誊在一张空白纸上：

> 我是 ×× 学院 2011 级文化人类学专业的学生赵晓阳，2014 年 6 月 5 日我参加了硕士答辩。答辩主席是 ×× 教授。答辩委员为 ×× 教授、章明教授、×× 教授、×× 副教授、×× 讲师、×× 讲师。最后阶段，当答辩主席正式宣布我通过了答辩时，我非常兴奋，这意味着我三年硕士研究生的学习生涯画上了一个圆满的句号。正因为太过激动，致谢时，我本来想说，特别尊敬也特别喜欢章老师，因为章老师知识渊博，讲课幽默，结果说成了，章老师风趣，爱讲黄段子。答辩现场，我已当即做了澄清，并向章老师表达了歉意。考虑到事情有可能以讹传讹，并对章老师造成不必要的负面影响，今天我正式以书面的形式向学院汇报当日所发生事情之经过。我保证，我所言句句属实，绝无半句假话。最后，再次请求学院和章老师的原谅。

赵晓阳快誊完了，章教授隔空嘱咐了句，不用写得太工整，太工整显得假。赵晓阳想，工整了不说明心诚吗？但他肯定不会去反驳，只按要求重新誊了遍。很久没有用笔写字，抄完，手都要麻了。

“完了？”林老师觑着赵晓阳，见他手里的笔不动了，问了句。赵晓阳瞅了瞅林老师的鼻尖，咧咧嘴。章教授循声过来。李老师跟着。“怎么不签字？日期也没有。”章教授脸上的皱纹里窝着粼粼的光。赵晓阳赶紧埋了头添上。章教授扶了扶眼镜，间歇了会儿，没转头，只侧了身，“李老师要不也签个字，就当作个证明。”“好好好，我也签上。”李老师停顿了两秒，连忙应上。“李老师就不必了吧。”林老师硬硬地说。章教授没理她，“来沙发这边吧。”他和李老师一前一后回到沙发那儿。沙发旁的条几上搁着支现成的笔。李老师拿起了它。

“吃块瓜。”林老师折了赵晓阳写的《情况说明》，指了指餐盘。

“吃嘛。吃一块。今天下午刚从永辉超市买的，很新鲜。”

“你给我吃一块。”林老师居然怒了。

赵晓阳瑟缩着拿了块瓜，林老师又变成了笑脸。

“你老劝别人吃什么瓜！没事就回自己的房间。”章教授克制着语气。

“你管得着！”林老师扭了扭身，又转回来，“吃，多吃几块。”

章教授忽然起身，简直飞奔着，扑到餐桌旁，端起那碟哈密瓜，一个箭步蹿到阳台，啪一声，盘子连同哈密瓜炸裂在那口缸里。

林老师噌地站起，两个大大的眼珠瞪得冒火。“你干得好事，学生都——”噔一下，椅子倒了，林老师吓了自己一跳，她有些倒气，回过神，伸手压了压胸脯，“丢死人了！”她奓着胳膊，嘟囔着进了里屋。

四

李老师的车这个学期刚买的，才两三个月。2.0 版的福特蒙迪欧。20 多万。学校的青年教师里头，他算混得不错的。

赵晓阳也是第一次坐。

傍晚，毕业聚餐。菜刚上，李老师来电话了，劈头盖脸一句，我是真不知道该怎么说你了。哪儿呢？天生丽街元味老火锅。还有心思吃，出那么大的事儿也不提前说声，在那别动，我去接你，去章老师家——几分钟后李老师又改了口，我回家换件衣服，你去学府小区靠近学校的那个入口等我。赵晓阳的心扑通扑通跳，李老师的话提醒了他。他脚上还吧嗒着双凉拖呢，他一路跑着回了寝室，又一路跑着去等李老师。是很急。但李老师没电话里那么急。赵晓阳在小区门口一手捂肚子一手撑地蹲着——跑得太快，他的肠胃顶不住，一抽一抽地疼。等了 20 多分钟，两柱光终于直冲冲射过来。强光照得赵晓阳通体透亮，他不得不翻了手背挡住眼。喇叭又响了，嘟嘟地，他跟在车屁股后头，进了小区。

赵晓阳坐后座。车出了学府小区一段距离了，李老师也不说话。赵晓阳就干坐着。他特想说句抱歉的话，张了嘴，又闭上了。赵晓阳手里捏着一瓣哈密瓜，开车门时才发现。林老师摔了卧室的门，一句句“丢人！”嚷着。章教授脸上挂不住，李老师抓到了契机，《情况说明》写了，字也签了，便顺理成章也迫不及待地道了别。赵晓阳慌忙跟上。手里的哈密瓜忘丢在餐桌上了。此刻，置身章教授家时的尴尬蔓延进了车里。赵晓阳无所适从，就直勾勾盯着哈密瓜，像在提防一颗定时炸弹。

“以后出去了，说话千万过脑子，千万吸取这次的教训。”

李老师叹了口气。“多做事，少说话，跟你说过多少次了，唉。”李老师又叹了口气。

“对不起，李老师。”

“章教授还以为我在嚼舌根子呢。”

“真的对不起。”

“现在说对不起还有什么用，赶快想想，怎么跟你女朋友解释。真要因为这么个事分手了，多可惜。”

“那……那也没办法。”

“怎么会没办法，什么事别去走极端，好好去哄，女人不都是服哄的？”拐进学校，李老师又问，“什么时候谈的女朋友，我都没听说？”

“去年吧……学妹，小一级的。”

“嘉陵江边认识的那个？你师妹不是说分了吗？”

赵晓阳捏了捏手里的哈密瓜，“后来……后来又在一块儿了。”

“她真说要跟你分手？”

赵晓阳斟酌着李老师的话，“差不多吧。”

“唉，”李老师从后视镜里瞟了眼赵晓阳，声音里氤氲着绝望，“本来毕业季就是分手季，你倒是会给别人找台阶下。”

赵晓阳又支棱了眼那瓣瓜，仿佛那瓜上刻着他和褚薇薇的将来，他要一窥究竟。临到田家炳教育中心了，李老师若无其事地换了说话的方向，“章老师平时真那么讲课？”

赵晓阳又斟酌了下李老师的话，“我……我没听过，一块儿踢球的说过几句。”

“今天晚上的事就不要往外说了。”李老师停了车。

“嗯。”

“听见了？”

“听见了。”

“那好，下车吧。”

五

教育中心后面的树林里有供学生休憩的长椅。赵晓阳坐上去，开了机。并没有电话进来，也没有短信。夜已深了，路灯光幽幽的。空气里水汽浓重，天似乎要下雨。是真的吗？他和褚薇薇曾在这树林里从黄昏腻到黎明？是真的吗？他们还曾在这儿胆战心惊又旁若无人地拥有过彼此？赵晓阳一激灵，眼前的一切更像幻境。“我在樟树林。”他发了条短信。“好的，我去找你。”褚薇薇回得利落，赵晓阳咀嚼着，好像仅仅只是句回话。

等待并不漫长，可赵晓阳孤零零的影子阻碍了时间的流动。他想哭。他抹了把脸，并没有泪。他又发现了那瓣哈密瓜，他的心里竟泛起了一丝暖意。他张开嘴，一点点吃起来。他吃得仔细，连皮带瓤全都吞进了肚子。

褚薇薇影子似的坐在了旁边。他想他应该抱抱她的，可有什么无形的东西束缚了他，他只牵起了她的手。褚薇薇没有拒绝。

“我不知道给谁打电话。”

“就打了我的。”

“这算是背叛吗？”

“你不知道给谁打电话。”

“可只有最亲近的人才会背叛。”

“下不为例好吗？”

赵晓阳沮丧到了极点。什么叫下不为例呢？但他转身抱紧了她。

“他们没有为难你吧？”褚薇薇也将手搭在他背上。

“没有。就是写了个《情况说明》。”

“那下次能不能长记性？”

“能。”

他们抱了很久。校园空荡荡的。他们融进夜景里，远处的城市灯火渺茫成了一个梦。有虫子在叫。叫声荡漾成了一条河，河水清脆，溅起来，仿佛梦的碎片。

“宿舍要关门了。”

“我们出去睡。”

“可我没拿洗漱的东西。”

“没事。”赵晓阳抚了抚褚薇薇的头发，“我想要你。”他说。

“可以。”

“现在。”

褚薇薇推开赵晓阳。她盯着赵晓阳的眼睛看了好一会儿。仿佛不认识似的。赵晓阳也怔怔地看着她。她的眼眸深处渐渐生出了一点光亮，缓慢而决绝。他不认识她了。“可以。”褚薇薇抖了下左眼，那是一颗泪。

真的已经很晚了，校园连个人影都没有。她下身穿的是短裙。他的手伸进裙子里，拽下了她的小裤。他让她骑在大腿上。他的大腿坚硬、冷漠。他拉开了牛仔裤的拉链。他的左手寻觅着地方，他的右手反推着她的屁股。

他进入了她。

不知什么时候，褚薇薇发现了他身后的那棵树。那时他正扭动着她的身体，或者仅仅抱着。“那是什么树呢，还有一串胡须挂着？”赵晓阳停下来，转头时听见了自己的喘息。“我们去看看吧。”褚薇薇有了点兴致。“天天从这里过，竟然一点都没留意，它到底是什么树呢？”褚薇薇像在自言自语。

他们分开，整理了下衣服。他牵起她的手，来到树下。树上钉了树牌，但太高了。白天凑近了可以看清。“你真想知道这树叫什么？”赵晓阳问。“想。”褚薇薇答。赵晓阳欻地跳上了树，猴子似的往上爬。褚薇薇啊地尖叫了声。到树牌了。“鱼尾葵。”赵晓阳冲树下笑，“树的名字叫鱼尾葵。”

“那好了，你下来吧。”

赵晓阳是要下来的，可他抬头看了下那些倒挂的鱼尾，鬼使神差地，又往上爬起来。他一直爬，一直爬，直到双手抓住了两缕褚薇薇口中的胡须。他又冲树下笑，却瞬间愣住了。

褚薇薇呢？赵晓阳眨眨眼，夜色深沉，褚薇薇不见了。

赵晓阳再眨眨眼，笑里就翻卷出了泪。分手还需要台阶吗？他仰着头问黑沉沉的天空，又弯下头问灰蒙蒙的草坪。

那么高，赵晓阳跳了下来。

雨水与飞蛾

一

刘小丽按捺着自己的情绪。文件归好了类，每个文件盒上也都粘上了纸条。卞老师早就看见了的，他没说什么，可等刘小丽坐回座位，卞老师的表情变了。刘小丽低着头，她没乜卞老师，眼珠动都没动。但她还是感受到了一点光，亮盈盈的，在她左耳朵偏上的地方晃了晃。老板椅转动的声音很轻，卞老师没说话，坐在她对面的苏菲菲说话了。苏菲菲敲敲桌子，刘小丽抬头，“老师交代过，纸条不能直接糊在文件盒上。”苏菲菲故意压了嗓子。

刘小丽一脸疑惑，苏菲菲皱起眉。“先将粘着纸片的透明胶放进热水里泡一会儿，捞出来，把纸抠掉，字就会留在透明胶上。”苏菲菲歪着头，瞄了瞄卞老师。她嘴唇不自觉地伸了下，红润润的。顺着苏菲菲嘟嘴的方向，刘小丽也瞄了瞄卞老师。

卞老师正拿起手机，以屏幕做镜子，整

理头发。

“然后再往文件盒上贴。”苏菲菲偏过头，声音大了些。

刘小丽一阵木讷，想起什么似的，猛地起身，走向了饮水机。

拥挤和压抑是两种不同的感受，现在，它们正慢慢混合。卞老师的办公室的确很挤，因拥挤而压抑看起来顺理成章。然而，在刘小丽，仿佛是，先感觉到了压抑才意识到拥挤的。或者说，拥挤一直在，起先她视若无睹，即使觑到了，也没觉得不适。甚至，拥挤是理所当然的，不要忘了，这是一间博览群书的教授的办公室。可某一天，也似乎顺理成章，心底的压抑溢出来，流变成了拥挤。她看见了办公室的逼仄，看见了两种感受的翻涌和转换。刘小丽站在门口边搁脸盆的小架子旁，她的脑子短路了，没想为什么，只是按着苏菲菲的提示，机械地将重写的粘了胶带的纸条丢入脸盆。她听到了身后的声音，打电话的声音。卞老师总是在办公室打电话。要么坐着，摇晃着椅子，要么站起，走来走去。卞老师的电话太勤了，间隔几乎超不过十分钟。好像他来办公室，就是为了打电话的。刘小丽的头嗡嗡地响，脸盆里的热气氤氲着她的脸。一瞬间，她像是睡着了。她的身体轻飘飘的，灵魂出窍般，只往上升的气流里钻。电话那头说了什么，卞老师哈哈大笑。刘小丽看见另一个自己飞起来。卞老师又说了什么，挂了手机。另一个自己越飞越高，那些气流像是她的翅膀，无数双细小的翅膀。刘小丽的眼前出现了一颗灯泡。她飞那么高了吗？灯泡闪着，周围嘤嘤着几只飞蛾。哪里来的飞蛾？

虽是白天，办公室的灯也亮着。山城雾多。天总阴着。办公室在一楼，也在山的胸膛里，整栋楼是劈了山建的。办公室的右手边，一个扎着辫子穿着牛仔裤的女孩正发呆。那是她。脸盆架子右边，竖着台冰箱，上下门的透明的冰箱。冰箱旁依次排着台式电脑、打印机和复印机。台式机前支着拼在一起的两张桌子。每张桌子上各放着一台笔记本电脑。靠里，坐着另一个女孩。她脸扁平，皮肤白皙皙的，黑色的短裙遮不住板凳。那是苏菲菲。

对面横着张大办公桌。卞老师蜷在办公桌后面。电脑是索尼的。老板椅后面空着，旁边有张小床，小床一侧，是个简易衣柜。过道的左边，靠墙立着长长的书架。书架一格一格的，除了书，还陈列着一些少数民族的服装和饰品。另外，更多的是照片，卞老师不同场合不同衣着的照片。

的确拥挤。

空间上的，也包括心理上的。

日光灯嘶嘶响动。刘小丽下意识仰头，哪有什么飞蛾。她又仰了仰头。

苏菲菲削了个苹果。高跟鞋的声音，嘎哒嘎哒。果肉被切成了不大不小的片儿。咔哧咔哧。苏菲菲抬臀挨上桌子，头蹭向卞老师。她夹了块苹果，喂到卞老师嘴边。“吃水果嘛。”声音嗲嗲的。“再吃一块嘛。”声音嗲嗲的。“不想吃了。”卞老师温暾的回应。“不嘛，乖哈，多吃水果对身体好。”“那你也要吃。”“好啊好啊，老师吃一口，我吃一口。”

喂完苹果，高跟鞋亲吻了几下地板，苏菲菲拉开个抽屉。抽屉里存放着各种各样的药。她抽出个类似隐形眼镜盒的东西，打开，捏了几片。那是款安利的保健产品。哄了半天，卞老师的嘴还是张开了，苏菲菲的手一松，药片糖似的落进去。高跟鞋又笃笃了会儿，杯勺碰撞的声音。苏菲菲调了杯蜂蜜柚子茶。卞老师几乎每天都要出去应酬，应酬就要喝酒。而蜂蜜柚子茶，是用来解酒的。

苏菲菲的屁股斜着翘了翘，桌子一吱呀。夹子变成了勺子，“喝了嘛。”“全喝了嘛。”

声音没变，嗲嗲的。

刘小丽揩着透明胶上松了的纸片。外面好像下雨了。她确信她没有回头，可这一切，她怎么看见的？她听着自己轻微的喘息声，真有飞蛾围着灯在转吗？她翻翻眼皮，难道那飞蛾是她？

拥挤是密封的。压抑也是密封的。刘小丽想起来了，早上，开窗透气时，是有只飞蛾误打误撞进了办公室。她没见，苏菲菲告诉她的，她拿着办公室的钥匙，要先来。苏菲菲说，那蛾子很丑，一扑棱，粉末乱舞，吓坏她了。

后来呢？后来它飞走了吗？

苏菲菲没说，刘小丽也没问。

二

3 月初，还没收到复试通知，刘小丽先来了重庆。卞老师给她打了个电话。她记得清楚，那是卞老师第一次打她的电话，接听的时候，她的手都是哆嗦的。卞老师说，过来吧，过来适应下环境。卞老师又说，放心，我想要的学生，复试拦不住。手机屏幕还在闪，刘小丽的泪一下子就冒出来了。她把手机捂在胸口，蹲下来，哭得汹涌。不知怎么，她就是想哭，旁若无人地哭。初恋分手时，她都没这么哭过。

她觉得受宠若惊。她何德何能。

要说，考研的事也算一波三折。大学倏忽间快要读完了，刘小丽不知道下面该干点什么，能干点什么。那就继续读书好了。可读书，她又不想考试。正巧这时候，辅导员在群里发消息，说是可以推免。机会是学院里的一位姓周的老师争取来的。周老师并非她的授课老师，她不认识。但这并不重要。是整个社会学院的名额，每个学生都可以申请。她递交了材料。经过层层的筛选和评议，她被推免了，推免到卞老师所在的学校。她联系了卞老师，以邮件的形式。卞老师很快回复，表示了祝贺和欢迎，同时希望她发一份尽量详细的简介以及几张个人生活照。

刘小丽的心头掠过了一丝忐忑。怎样的简介才是尽量详细的？还有，她不想发生活照。不想不是因为她心里画了问号，觉出了可疑，而是源于自卑。学院里的女孩子多，即便如此，也有不少人说，她长得挺好看的，起码占到中上游。可收到卞老师的邮件以及邮件里的希望，她魔怔了似的，反复照着镜子。她脸上生了痘痘，不是一颗，不是两颗，是很多颗。她厌恶自己了，并固执地认为，她是丑的，且胖。权衡了半天，以近乎悲伤的心情，刘小丽选了三张照片，发出去了。

可这时，事情又起了变化。她的推免资格被取消了。不仅她的，整个学院的名额都收了上去。其实，不要说学院层面，她所在的学校都不具有推免的资格。然而，法外开恩还是受了扶持，具体不知道怎么回事，学校还是搞到了几个名额。不过，本来说好的，这名额里有社会学院的份儿，后来转给其他学院了。又有传言说，周老师接了个他不怎么熟的师兄的电话，说他那儿接收推免生，可以避过学校，院系与院系之间谈。周老师去院里找了领导汇报。两边谈了，最终没谈拢。

总之，不管背后的运作和利害怎样，结果是，刘小丽空欢喜了一场。

那怎么办？还读书吗？读书的话，就要考了。考的话，就要选学校了。如果没有前面简直像是瞎折腾的推而未免，或许，刘小丽真就不会再想读书的事了。推而未免刺激了她，考试真有那么可怕吗？考就考，谁怕谁！老家省城的一所大学曾是她高中时梦寐以求的，后来，她最要好的一个高中同学去读了。她联系了她。大约有那么一周的时间，刘小丽重拾了梦想似的，信誓旦旦。她上网买了参考书，托同学找到了位所要报考专业的师兄。她加了陌生师兄的 QQ，还和他聊了一个晚上。一切准备停当，再也找不到不开始的借口或理由的时候，刘小丽坐进了图书馆。考研的人很多。她环顾左右，密密麻麻的人头，密密麻麻的刀子般的坚毅。她顿觉无路可走。路上都是脚。脚多了，路就没了。高考不就是这样败下来的吗？她不能原谅自己发挥得那么差，可关键时刻掉链子几乎成了她的宿命。她害怕了。她承认她畏惧考试，尤其可以决定人生走向的考试。她想走捷径。不考试当然算捷径，可老天只是开了个玩笑而已。

考试。捷径。考试与捷径之间。退而求其次的捷径。刘小丽想起了卞老师。省城那所学校并不比卞老师所在的学校好多少。而陌生师兄与卞老师的分量却不可同日而语。她为什么不能去重庆读研？难道仅仅因为离家远了点吗？

一线天光越过窗户漏在掀开的《考研英语分级词汇记忆宝典》上，刘小丽茅塞顿开，卞老师，她喊出了声。卞老师就是那条退而求其次的捷径。

刘小丽去找了辅导员。辅导员找了周老师。周老师说，接着联系卞老师就好了，他会跟卞老师打招呼。刘小丽还在酝酿措辞，卞老师先来了邮件。他表达了遗憾和鼓励。用实力证明自己没什么不好，卞老师说，何况你有这个实力。

需要什么资料，有什么疑难，随时联络。卞老师说，如果有缘，山城见吧。

刘小丽很感动，再次坐进图书馆，再次凝视那些备考的身影，她镇定了。笑话！考的不是一个学校，报的不是一个导师，她慌什么？她掏出小镜子，脸上的痘痘快不见了。有光，寒凛凛的光，摇曳在她的瞳孔里。

学习累了，刘小丽会上网搜索卞老师的新闻。她点开关于卞老师的百度百科，一遍遍读。这成了她的动力来源，也演变为她的休闲方式。

某一年，卞老师晋升为副教授。仅仅两年后，他便破格晋升为教授。卞老师还是个帅哥，英俊潇洒，风流倜傥。他的五官有点像彭于晏，或者，彭于晏有点像他。

每隔几天，刘小丽的邮箱会收到新邮件。准备得怎么样了？现在在哪儿呢？最近学习上遇到困难了吗？一定要注意身体呀！临考的前两天，邮件里发来了几道大题。卞老师说，说不定会考，多准备！结果果然考了，两道原题，三十多分！拿到试卷的一刻，刘小丽目瞪口呆。

她竟然默默背诵了一会儿百度百科里卞老师的简介。

连真题都泄给她了。先不管别的。她只能觉得受宠若惊。她何德何能。

接到卞老师电话的当天晚上，刘小丽决绝地坐上了去重庆的火车。山城的细雨迎接了她。她以为她来得够早了，毕竟，复试通知都还没收到。然而，到了才知道，同一级报考卞老师的，卞老师认为能被录取的，她来得是最晚的。

她以为苏菲菲是师姐。一问才知道，她们同级。苏菲菲早来了，一年前就来了。整个备考阶段，她一直在重庆。

她以为那些邮件都是卞老师发的，也是卞老师回的。

然而，她以为的，不过是她以为的。

三

有什么不对了。不是这样的。简直南辕北辙。她来重庆读书，可卞老师说，要用办公室的培养标准来锻炼她。她被安排守办公室，和苏菲菲一起。而另外的人，都去了城乡统筹与规划研究中心。那里，一层楼，几个房间里十几个人，正忙着帮卞老师做课题。

短裙，丝袜，细高跟。这是办公室人员的标配。开始，卞老师只是开玩笑地说。但很快，刘小丽意识到，她错了，这不是个玩笑。苏菲菲就是这么打扮的。她还喷了淡淡的香水。卞老师教她如何检索文献。苏菲菲坐着，卞老师站在她后面，弯着腰。苏菲菲的手摸着鼠标，卞老师的手轻触着苏菲菲的手。

牌子换了。卞老师说。

苏菲菲抖抖头发，哪个好闻？

卞老师呵呵地笑着。

刘小丽还是一贯的行头。牛仔裤，平底鞋。卞老师靠过来问她事，她赶忙站起来，或者撤一撤。事情早就有了端倪，不是吗？当初，发生活照时，她激动得像是要被临幸似的。可来了，真成了祭品，她倒没办法了。卞老师说，活泛为的是自己，亲近人为的也是自己，小刘，你什么时候能上道呢？

进办公室有一段时间了，刘小丽一直打着杂。苏菲菲以师姐自居，指挥着她干这干那。她拿着办公室的钥匙，掌握着办公室的财政大权。卞老师也是她的，她负责照顾卞老师的衣食住行。而刘小丽，居然默认了这一切。打杂没事，任劳任怨也没事，一个士兵从不想当将军，那就有事了。

吃早饭，卞老师要人陪。以前都是苏菲菲。那些天，卞老师总叫刘小丽。去的是学校外面的小店。小面上来了，刘小丽低着头，拿了筷子分给卞老师。卞老师没接，下巴指了指下面的锅，去烫烫。刘小丽烫了筷子，回来了，卞老师说，你应该烫三根，万一掉了根呢？刘小丽没说话。我说的不对？对。刘小丽拉了拉脸。剥鸡蛋呀，快凉了，小苏以前都帮我剥鸡蛋的。刘小丽照办。一个鸡蛋剥成了两瓣。卞老师点点头。等吃完了面，卞老师抬起手，伸了下。刘小丽送过去两张餐巾纸。卞老师没动。刘小丽不知所措。牙签，卞老师有点调侃，和我们这样的人一起吃东西，要时刻准备牙签。刘小丽乖乖地递上了牙签。

苏菲菲忍不住了。刘小丽抢了她的工作，冒犯了她的权威。她气呼呼的，跟刘小丽说话的语气里都带上了阴阴阳阳的鄙夷。但她对卞老师更好了，好得刘小丽的脸一阵一阵地红。

他们出去接待访学的教授，打包了剩菜。没吃过吧？没见过吧？卞老师问刘小丽。刘小丽老实地回答，没有。你要学的东西还多着呢。卞老师乐呵呵地说。趁着卞老师没注意，苏菲菲插进话来。刚做出来的更好吃。应酬完了，卞老师专门带我去吃的。他还说将来会推荐我去读博士呢。

苏菲菲做了个鬼脸。

刘小丽哭笑不得，苏菲菲在争宠。

她无语，那她们成什么了。

一次，苏菲菲不在，卞老师问刘小丽，小苏有个男朋友，你知道吗？不知道。她没跟你说过偷偷谈恋爱的事？没有。你看，她什么都不告诉你，你还把她当朋友，她把你当朋友了吗？刘小丽无言以对。小张，你师兄，对你挺好的？挺好的，请我吃过火锅。请吃火锅就是对你好呀？你不知道的事多着呢。刘小丽无言以对。小董跟你走得很近？没有，只是偶尔一块儿去吃饭。你留心，这姑娘人品有问题，她间接地打过你的小报告。不止一次了。刘小丽无言以对。她能说什么呢？她不想说什么，也说不出什么了。一把剑悬在她的头顶。这把剑曾经是条捷径，是根救命的稻草。可故事才刚刚开始，接下去的三年，卞老师几乎将会是她在重庆最重要的社会关系。这把剑，随时有可能刺向自己，自己也随时有可能用以自刎的剑，也是她的全部。

卞老师说，小刘，老低着头干吗，我又不是鬼。你不是说我长得像彭于晏吗？你就要上道了，相信我。交给你个任务吧，小董这些天收集资料不认真，你过去跟她谈谈。不管你怎么说，要让她明白，能给她前途的只有卞老师。另外，将你们的谈话用录音笔录下来，回头放给我听。聊到什么程度呢？——直至小董认识到错误，哭了为止。

恐惧，泡在山城的夜雨里，一点点发酵了。刘小丽没打伞，她去了操场。她围着操场一圈圈走。雨淋湿了她的脸，覆盖了她脸上的泪。仿佛有什么一刻不停地追着她，她不愿意回头，走得越来越快。她好像跑起来了。可她穿着高跟鞋呢。

穿高跟鞋就意味着上道了吗？高跟鞋与上道有什么关系？她为什么不能穿高跟鞋？她为什么不能穿着高跟鞋跑步？

回到住的地方，已经十一点了。卞老师为他的研究生们统一租了公寓，女生一块儿，男生一块儿，女生每人一间，男生两人一间。房租，当然谁住谁出。

关了门，外面的世界远了。但也只是远了一点而已，永远无法隔开。这里并不安全。卫生间是公用的，某一天，刘小丽吃坏了肚子，夜里蹲了三次。第二天，卞老师便送来了关切的问候。她习惯于晚上回来了给家里人打电话，每周两次，时间固定。卞老师很快掌握了这个规律。

不知道谁告的密。不知道谁是告密者。或许，谁都是告密者。可她不记得跟谁说过，卞老师长得像彭于晏。她仔细想了，她不可能跟任何人说过这话。

可即使她也是个告密者，她怎么可能告自己的密呢？

难道她真的上道了吗？难道不知不觉间，她正朝着另一个苏菲菲进化？

刘小丽没开灯，湿漉漉的衣服也没脱，她径直钻进了被窝。雨水绵密，雨水掩埋着雨水，雨水滋生着雨水。雨水只是那种用来听的东西吗？山城为什么那么多雨水？墙角蹿出了菌子，人身上起了霉。卞老师说，来吧，先适应下环境。可这环境该如何适应？

恐惧在膨胀。恐惧开出了花。恐惧结下了果。恐惧的果实炸了。冷不丁地，刘小丽蹬开被子，坐起来。那个老问题卷土重来，那个老问题野火似的点燃了她的脑仁。

还要不要读书？

还要不要读书？

刘小丽下了床，光着脚走来走去。她急切地想抓住点什么，抓住点什么。

百度百科，卞老师的。

她一拳打在自己翕动的嘴唇上。

四

他们出了趟差，重庆下面的一个县。县上的旅游局与卞老师合作了个项目。本不打算让刘小丽去的，办公室不能没人。可临出发，卞老师改了主意。来重庆几个月了，刘小丽还没出去做过调研。

刘小丽见到了大师姐。大师姐是卞老师带的第一个研究生，早毕业了，在一个地级学院里当老师。传说，大师姐开创了给卞老师洗内裤的传统。当然，大师姐开创了不止一个传统。这些传统一代代因袭下来，到刘小丽这一级，苏菲菲接过了衣钵。

所谓出差，无外乎吃饭喝酒唱K。女孩子不能扎堆坐，要穿插在当地的领导之间。大师姐做了分配。刘小丽活动着眼球，她的左边，是个老头，右边的男人，挺着个大肚子。她倒吸了口凉气。

你身材好，长得俊俏，他们会很愿意和你碰杯。什么时候拖延什么时候速战，什么时候该敬什么时候不该敬，要学会看眼色，要把握好时间。饭前，大师姐一再告诫刘小丽。大师姐的意思，她懂，说白了，就是不能让这些人逮着去敬卞老师酒的机会。

刘小丽端着杯凉白开敬了一圈，还没等当地的领导回敬，她趴桌子上，装起了醉。

装醉也没能逃过唱K。几乎是连拉带拽，刘小丽被按进了包厢。路上，她都后悔装醉了，那个大肚子以扶她的名义摸她。她的一个师兄也趁机摸了她两把。她心里骂着娘，牙齿咯噔咯噔地，恨不得咬死他们。

包厢里乱作一团。诡异的效果灯砍斫着更加诡异的躯体。刘小丽抱着胸斜靠在沙发角落里。还有人过来敬酒，她用力挡了挡，酒洒在那人衬衣上。她笑眯眯的。

大师姐在陪人唱歌。《纤夫的爱》。《小苹果》。苏菲菲在陪人唱歌。《香水有毒》。《北极雪》。大师姐在陪人跳舞。苏菲菲在陪人跳舞。交际舞。双人舞。贴面舞。卞老师也在跳。跟当地的一个女领导。女领导好像不是这里头最大的领导，可来KTV时，卞老师还是一路狂奔过去，揽住了女领导的脖子。卞老师扭着屁股。女领导扭着屁股。卞老师拍了下女领导的屁股，卞老师又拍了下女领导的屁股。

那女的丑极了，真的。可卞老师那么英俊。

刘小丽闭上了眼。

大师姐喝得烂醉如泥。回宾馆的路上，她拉着刘小丽不放手，刘小丽只好扶着她走。苏菲菲也喝得烂醉如泥，一路上，她往卞老师怀里扑了三次。大师姐哭了，一把鼻涕一把泪。小刘啊，你要照顾好卞老师，他很辛苦，不容易的。小刘啊，拜托了，要帮卞老师挡酒，你可能不知道，他挺器重你的。小刘啊……哇的一声，大师姐吐了自己一身。

苏菲菲也吐得浑身都是秽物。刘小丽跟她住一屋。安顿好大师姐，进到房里，卞老师在。卞老师喝得也不少，舌头都直了。苏菲菲又吐了，吐床上了，房间里弥漫着一股馊臭的味儿。刘小丽擦了床。要帮苏菲菲换衣服。卞老师不走。天早热了，苏菲菲穿着身连衣裙，外面裹了件外套。刘小丽翻她的包，包里备了身连衣裙。卞老师还没要走的意思。刘小丽脱掉了苏菲菲的外套。卞老师不走，也不回避，就那么站着，直勾勾看过来。停了片刻，刘小丽又脱去了苏菲菲的裙子。暗红的胸罩。鲜红的小裤。刘小丽一步到位，解下了苏菲菲的胸罩，拽下了苏菲菲的小裤。她又张了张苏菲菲的双腿。

苏菲菲的阴毛稀松，灯光下，痉挛了般颤了颤。

刘小丽走向卞老师。她走到卞老师的身后。她伸手环住了卞老师。她松了卞老师的皮带。她拉开了卞老师的裤链。她伸手抓住了卞老师的老二。

刘小丽的眼没动，愣巴巴的，又空洞洞的。

苏菲菲的胴体恍若一处深渊，扑朔迷离，雾气霭霭。

她的手动了，卞老师的老二热乎乎的，也硬邦邦的。

卞老师捩颈，惊愕地盯着刘小丽。你想干什么？！卞老师挣了挣身，陡地推开了她。你想干什么？！卞老师舌头顺了，醒过来了似的，收拾着裤子，迅疾地朝门口走去。

刘小丽杵在房间里，灯灭了，灯又亮了。她的腿麻了，她笑了笑。

灯照着她病恹恹的脸，灯光油腻腻的，她拳头抵着嘴唇。是笑了吧？

章院长来了，社会学系其他的硕士生导师也来了，卞老师没到。章院长坐中间，右手边是老师，左边一排是学生。章院长扶了扶眼镜，低头看了下表。什么时候，他的桌前出现了张纸条。他摊平，目光转了一圈，说，时间到了。章院长念了四个人的名字。这是卞老师的选择，他请假了，委托学生转交了这张纸条。没有刘小丽。她预料到了，心里慢慢沉淀着一口气。这是她希望的，只是这希望化成现实后，更类似一摊死水。

也没有小董。

外校报考卞老师的学生多，剩下的主要的事儿就是将卞老师挑剩的她们调剂给其他的老师。

小董说话了。出乎所有人的意料，她说，我是冲着卞老师来的。教室里一片寂静，连章院长也错愕了。小董掏出手机，当着大家的面给卞老师打电话。无人接听。她再打。章院长脸紫了，皱纹堆成疙瘩。他啪地拍了下桌子，声音里的愤怒也闪出一种青紫色，你这个学生，怎么这么说话。还冲着卞老师来，在座的老师哪一个的学问比他差？

老师们目无表情，有的夹着胳膊闭着眼，有的托着腮玩手机，也有的仰头盯着空茫的地方愣神儿。

他凭什么不要我？小董像在自言自语。她迎上了章院长愤怒的眼神，眼眨了两下，还眨出了笑意。她像故意的，故意出自己的丑，出卞老师的丑。

你这话说出来，还让老师们怎么选你？！章院长也像自言自语。他也拿出手机，给卞老师打电话。无人接听。他又打了个。无人接听。真是不像话！章院长气愤至极，呼吸都重了。你们四个，刚才念到名字的四个，赶快给卞老师发信息，就说我说了，无论他在哪儿，现在，立刻，马上，赶过来。包括我这个院长，我们所有的老师都在这儿等着他，他不来，这个会就不散。

气氛异常沉闷。老师们默然，丝毫没有打圆场的兴致。

时间的脚步橐橐地响。时间的脚步又踉跄了。章院长的愤怒有了回音，驾轻就熟的回音。老师们的默然也恍惚是驾轻就熟的。还有那些可疑的沉闷，它们也像是驾轻就熟的。

边上的一位老师起身，拉开了窗帘。外面好像下雨了，一只蛾子扑簌簌飞进来。也有可能，它本来趴在窗帘上，刺啦声惊扰到了它。它飞起来，看上去一点目的也没有。它落下来了，不堪重负似的，落在了刘小丽面前的桌子上。它的翅膀抻开，兜上，又抻开，又兜上。刘小丽还从来没有这么近距离地观察过一只飞蛾。她迫不及待一般，又逃避一般，目光收紧了，注视着它。它的颜色是枯黄的，或者不是，她没办法形容。那是它的眼吧？凸出来，泛着蓝光，类似一个小小的晶体。还有那条触角，头上打了个结似的，晃一下，又晃一下。一，二，三，四，五，从她的位置，她只能看见它的五条腿。它们动了动，同时动的，一些磷粉留在了原地。它扑棱下翅膀，又飞起来了。它在往高处飞，往她的视线外飞。房间里湿气重，翅膀上沾了水似的，它飞得吃力。刘小丽的眼皮一点点上翘，她可以抬起头的，她的脖子都僵了，人也僵了，但她只用余光瞟着，尽力地瞟。它是要飞到天花板上去寻觅那盏日光灯吗？

可灯没开。

她看不见它了。

刘小丽一阵心跳。她耐不住好奇，抬头了，那只蛾子不见了。好像只是一瞬间的事，好像做了个梦，她的心咔嚓了下。她轻轻叹口气，卞老师不是一条退而求其次的捷径，他就是条捷径。她坐收了渔利。她不想的。她有什么好处呢？可她还是没忍住，飞蛾扑火似的，伸手点开了桌洞里的手机。

她瞥了瞥小董，小董也瞥了瞥她。

她瞥了瞥苏菲菲，苏菲菲正襟危坐。

她给苏菲菲发了张照片，苏菲菲的照片。

你想怎样？苏菲菲回得倒快。

小董真是个可爱的姑娘。

什么意思？

硕士研究生入学考试，卞老师泄露了真题。

你到底想怎样？

刘小丽屏了会儿呼吸。她转了转头，起风了，窗帘的角儿一阵翩跹。窗外，那日渐黑暗的地方，山城的雨，正一丝一丝下进她的骨头里。她感觉到了冷，抽丝剥茧的冷，以及某种决绝，快意的决绝。

要不放把更大的火吧？她回道。

缙云山

门是半掩着的。刘小丽进来时刚要关，卞老师说，不用了。卞老师的办公室很挤，到处堆满了东西。虽然进了门就一直低着头，缩着身子，但刘小丽还是莫名地觉得自己占了房里太多的空间。她把扣着的双手合得更紧些，又下意识地并了并腿。她一直站着，卞老师让过座，但旁边的椅子上躺着个电脑包，还搭着卞老师的西服外套，卞老师让座时没有起身收拾，她便只好站着。卞老师也没再让。刘小丽以为谈话很快就会结束，卞老师也说了，他一会儿就要出差。可卞老师似乎并没那么着急，他一边翻着学生论文，一边聊着电话。电话好不容易挂了，他说句抱歉，接着又拨了个号。刘小丽很局促，脖子有些僵了，她不敢太抬头，只略微仰了仰脸，卞老师讲电话时的表情很丰富，他的头随着摇晃的老板椅轻微转动。漫过卞老师满头浓密的黑发，窗户外面，山城的雨正很细很细地落着。下雨了，刘小丽的心动了下。可这会儿时间走得太慢，刘小丽微闭了眼，雨水像是种错觉，她屏起呼吸一截一截吸着房间里的水汽，的确下雨了，刘小丽嘀咕了声，她感觉她还笑了，在仿佛已经凝固成一种坚硬外壳的尴尬中，慢慢拉了拉嘴角。

卞老师终于挂了电话，也没再拨。他的关心姗姗来迟，来了，又有一搭没一搭，刘小丽跟着卞老师的节奏，认真回答着问话，间或沉默。她显得拘谨，卞老师却仿佛驾轻就熟。事实上，看到卞老师来电的那一刻，刘小丽就已经预料到事情如愿发生了。但卞老师一直绕着圈子，刘小丽又惶惑起来，切入正题前，卞老师抬起头打量着刘小丽，像观察一件古董，过了似乎很久，卞老师略有些失望般地说，如果想读书的话，跟着我继续读吧。

刘小丽被保送了。

退出半掩着的门，刘小丽不知是否该轻轻关上，她犹豫了下，还是关上了。办公楼的走廊狭长而阴暗，但她丝毫不想麻烦头顶那些古怪的声控灯，她快步迈进雨里，雨水熟稔，落在脸上钝钝的，如一把把小小的生锈的刀，生产着恰如其分的痛感。刘小丽长长地舒了口气，她居然有种想要流泪的冲动。她知道这有些过分了，她所在的学校既不是985又不是211，她读的又是冷门到极致的民族学，保送美其名曰深造，倒不如说被判了死缓。她喜欢民族学吗？三年多了，她有弄明白民族学是门怎样的学问吗？当年她不知怎么就被稀里糊涂调进了这个班，三年多就仿佛在云雾里转圈圈，现在冷不丁地，看见自己要坠地了，惶恐了，就想再回头躲进云雾里去，这就是保送的意义吗？“死缓”，刘小丽咂摸着这个词，多么形象又摇曳生姿的一个词！对于一个不知道要什么和爱什么的人来说，“死缓”就是最爱，就是灵丹妙药一样的需索。她被保送了，这多好，前面的三年，那么一望无际的时间，她都不用再想她应该去做什么了。想流泪的冲动又泛上来，她恨死自己了，但又清晰地感觉到了愉悦和幸福。哪怕，她切切实实地明白，这保送的名额原本不是她的，她是被施舍的，她应该羞愧和恨，可她脸上还是流下了感动的泪。她擦着泪去教工食堂吃午饭，擦着擦着，她又笑了。笑得像个大贱货，她想。

饭点的食堂像个马蜂窝，刘小丽踟蹰着看了下一楼和二楼打饭的队伍，她叹了口气，来到稍清净些的三楼。一个猪扒饭十五块，算是犒劳自己了。她寻到个空处坐下来，饭吃到一半，桌角处一只弓起的中指突然当当敲了两下，她抬头，消失很久的谢磐石正侧着身肆无忌惮地盯着她。刘小丽满脸木讷，她还沉在自己深潭般的心思里，竟一时想不起谢磐石的名字了，她多么希望这一时是永恒的，你谁呀？她回归了错愕和愤怒，鼻子里哼着气，埋头将米使劲塞进嘴巴里。

刘小丽自顾自吃着东西，谢磐石问她最近怎么样，她懒得搭理。谢磐石就交代起自己的近况来，刘小丽皱着眉头，猪扒吃完，只喝了两口饮料，她起身离开。谢磐石跟着，外面雨大了，他问她要去哪儿，他送她。

刘小丽确实不知道该去哪儿，她只是惯性地朝宿舍的方向走。谢磐石打着伞，试探性地将手搭在刘小丽的腰上，她嫌恶地挣开。宿舍很快就到了，谢磐石说，他租了个地方，从公司的宿舍搬出来了。刘小丽不回头，没听见似的径直走进宿舍楼。

刘小丽并不想回寝室，寝室像个地窖般冰冰的。蒋丽君被父亲接走已有几天，她本以为这下好了，春天真正来了，可出乎意料，蒋丽君搬走后，她的失眠症不仅没有好转，反而不争气地加剧了。寝室里只剩她一人长住，这曾是她梦寐以求的。临近毕业，宿舍其他两人结伴去旅行了，她们通过爸妈的关系在自己的家乡小城谋到了差事，后顾已经无忧。没了室友们尤其蒋丽君的吵闹，安静的夜里，刘小丽依然无法好好入睡。这真是荒谬，她躺在床上，山城丰沛的夜雨像某种诱导素刺激着她的传导神经。有时候，听着窗外振聩的雨声，她甚至恍惚间能感觉到神经元被电击似的一阵阵麻痛。没有办法，为了排遣憋闷和委屈，夜深人静里，实在受不住了，她就冲着虚空挥舞拳头，嘴里一遍遍骂着，“妈了个 × 的”，“妈了个 × 的，蒋丽君”。可她这是又在干什么呢？她早干吗去了？从始至终，她懦夫似的，活在别人的阴影里，活在所有人的阴影里，她怪得着蒋丽君吗？

那个晚上，雨水起先断断续续的，到了后半夜，才真正繁茂起来。跟着雨水一块儿膨胀的是蒋丽君抑制不住的号啕。她的哭泣仿佛从刘小丽的梦里钻出来，它撑破了刘小丽所有支配睡眠的细胞，刘小丽如这哭声诞下的新生儿，慌忙惊醒在现实和梦魇衔接的罅隙里。似乎从那个晚上起，刘小丽就没办法好好睡觉了，她掉进了某条缝里，当然，蒋丽君早也掉进了某条缝里。不同的是，她是被逼的，蒋丽君逼的，而蒋丽君自己，却像飞蛾扑火。她不能理解蒋丽君怎么就在夜里号啕起来，怎么就在号啕后变得丢了魂似的神神叨叨的？在她看来，蒋丽君前途无量，她只不过需要在好的和更好的诸多前途中选一个就好了，她的保送成绩第一，她考上了中央民大的研究生，又考上了家乡小城的公务员，她凭着自己的能力争取来三个机遇。当然，本校的保送她应该是不屑的，刘小丽也盼着她的不屑，可不同的机遇更像是沿着不同方向狂奔的野马，她的身心被野马撕裂了。按照蒋丽君的意思，她想去读书，学校的老师很愿意留她，还许诺了条件，北京那边也要她了，中央民大可是 985。如果读书，蒋丽君要做个关于读哪所学校的决定。但她的父母却希望她能回家乡工作，不仅是希望，还有胁迫的意味。她的父母是性格很强的人，他们心疼自己的女儿，女儿 1988 年的，也不小了，公务员的工作又是别人挤破头都挤不进去的。女儿回了家乡，工作稳定，找个门当户对的男人把婚结了，他们的心也就算操完了。所以，在做出读哪所学校之前，蒋丽君必须首先做一个还要不要读书的决定。她的父母意志坚定，不幸的是，蒋丽君也是个性格要强的人，不要强也就不可能有那么多机会。大学的专业虽然是调剂的，可几年下来，她却从枯燥的书里不仅读出了趣味，还读出了一个硬扎扎的念头——她要一路读下去，直到成为这个世界上的第三种人类——女博士。可蒋丽君又是个孝顺的人，她也心疼她的父母，甚至更心疼她的父母，于是，她就这么掉到一条缝里了。

寝室里的那只塑料桶本来只裂了条纹，平常谁要去楼下洗衣机那儿洗衣服了，就用它拎。不知从哪天起，蒋丽君把它当成了泄愤的工具，她将塑料桶踢来踢去，口中还念念有词，仿佛她连环的艰难的抉择都是这塑料桶引起的。也不知从哪天起，塑料桶就不可避免地迎来了它千疮百孔的命运。伴随着塑料桶的呻叫，蒋丽君开始向刘小丽提一些空洞而深奥的问题。她的声音似某种蔓延的病菌传进刘小丽的耳朵："刘小丽，你相信宿命吗？""刘小丽，他人即地狱吗？""刘小丽，人为什么非要活下去呢？"……说实话，刘小丽也有些心疼蒋丽君，虽然这心疼往深里究非常可疑，一个弱者有什么资格心疼一个强者呢？更何况，蒋丽君还捏着她的七寸，保送成绩年前就公示了，刘小丽第五名，可学院只有四个名额，如果蒋丽君弃权，她很有可能顺利补上去。她心疼不着蒋丽君，蒋丽君还有父母心疼着，倒是蒋丽君该心疼她摇尾乞怜似的小九九。但刘小丽确实不仅忧愁着自己，还感同身受着蒋丽君。无论如何，蒋丽君是值得同情的，她的强悍一步步带着她走到悬崖边上了，刘小丽不能不拉她一把。夤夜里，听着窗外虚幻的雨，刘小丽试着用些词不达意的话安慰蒋丽君，可她的回答听上去更像是某种潦草、自相矛盾、言不由衷的敷衍，甚至在说出口的刹那就漫漶不清了。她是个一无用处的人，给予不了蒋丽君助力，也不配给，她可悲地想。后来真就这么应验了，那一次，她还在后知后觉地酝酿着如何劝慰三年多来对她多有照顾的室友，蒋丽君忽然跳下床，赤脚将那残败不堪的塑料桶踢飞在空调洞的红砖上。一声炸响后，刘小丽在颤音里听到她室友的怒喝："刘小丽，你知不知道，你是一个大贱货！"黑暗里，加了重音和间隔的"大贱货"三个字粗粝粝戳扎在刘小丽身上，她愣怔了好长一段时间才反应过来。黏稠的夜并没能包裹住蒋丽君眼里亮晶晶的仇恨，刘小丽看得清楚，她的室友，她大学最好的姐妹，终于在崩溃的边缘暴露了对她掩之不住的鄙夷。

四年里，算上谢磐石，刘小丽谈了四个男朋友。蒋丽君，相貌比她端庄，学习比她优秀，家境比她宽裕，却一次恋爱也没有谈。刘小丽知道，背地里，很多人拿她的恋爱经历当笑话一样讲来讲去。尤其她的第一个男朋友，她们班的男生，他们的纠纠缠缠更是一度被同学们当成茶余饭后的消遣。之前的蒋丽君，从没像别人那样对她指指点点，更没像别人那样脸上尽是捂不住的幸灾乐祸。她跟她们班的那个男生分手时，她躺床上抹眼泪，蒋丽君帮她打来饭，递给她的饭盒上插着张卡片。卡片上写着：分了好，他不值得你哭泣。他给我们班所有的女生都发了求爱的短信，傻姑娘，没有瞧不上你的意思——只有你回了……夜在刘小丽的眼前晃，蒋丽君的鄙夷也在刘小丽的眼前晃，刘小丽只觉得头皮沉沉的，她多么想起身送给蒋丽君一个结结实实的巴掌，可她就那么躺着，一直躺着，生生地看着自己像个做了亏心事的孩子，一点点在蒋丽君的怒目而视里矮下去，矮下去。蒋丽君不寒而栗的几刀笑声后，她绝望地闭上了眼。

刘小丽站在空荡荡的寝室，雨水带来的昏暗充斥着整个房间。她不想开灯。有一个星期了吧，那天也是个下雨天吗？……蒋丽君的父亲外表看上去更像个平和顺遂的男人。那天，他默默地帮着蒋丽君收拾行李，表现出了极大的耐性。临行，蒋丽君突然想起什么了似的，都下楼了，又踅回来，木讷讷杵在桌子那儿良久。桌子是寝室公用的，上面铺了块防水的玻璃，玻璃下压着张照片。照片里，她们同寝室的四个，穿着军装，并排站在山巅，将录取通知书高高举过了头顶。蒋丽君就那么呆呆地站着，她的父亲拎着皮箱也呆呆站在门口。“现在可以走了吗？”仿佛经过了几个世纪，蒋丽君的父亲翻了翻眼皮，空洞洞地看着天花板上的歪把子风扇。这是他进寝室后说的第一句话，也是最后一句。刚见面时，他只对着刘小丽点了点头。

蒋丽君轻蔑地哼了声，一口痰啐在照片里另一个蒋丽君堆着兴奋的脸上。

“妈了个 × 的，缙云山。”蒋丽君也留给刘小丽这么最后一句。

刘小丽咬着手指头流泪，她也抬头看了看歪把子风扇，又走到桌子旁看她们的留念。照片上的她如此陌生。现在好了，一切都过去了，她看着照片上的刘小丽强迫自己这样想，过去的就让它过去吧。现在，她被保送了，最应该想的是近在眼前的那件小小的尖锐的事，学费，九千元。

离毕业还有一段时间，传言本科答辩只是个过场，刘小丽已准备了几千字。她很快找了个临时的工作，在学校附近的一家水吧当服务生。以前干过的，不过以前是兼职，现在全职了。全职又带来个麻烦，为了方便小情侣们谈情说爱，水吧一般要营业到夜里两点。虽然临近毕业宿舍楼的阿姨不怎么管学生了，但每晚敲楼门也终归不是个事儿。自从上次在教工食堂偶遇后，这几天，谢磐石来了不少电话，也发了不少短信，刘小丽没接，也没回。他的短信屏蔽了长长的一段空白，他毫无征兆地割去了她一块肉，疼痛是次要的，关键的，他让她觉得，她不过是个卖肉的。

但电话铃声再一次响起的时候，刘小丽接了，她说，你过来帮我搬行李吧。

谢磐石和妹妹蓝蓝合租的两室一厅其实离学校并不远，从学校五号门出来，左拐，穿过文星湾大桥，转往缙云山索道的方向，有几排自来水厂的职工宿舍，他们租的两室一厅就在C栋的负四层。重庆的房子都是依山而建的，尤其一些老房子，进楼口也依着山势，往往一进去就是楼的半腰高了。C栋的负四层，如果从下往上算的话，就是那栋楼的一楼。阳光照不到一楼，倒是霉潮的雨水经常从一楼窗外的阴沟里喤喤地过。房间白天也要开灯，刚一搬进来，刘小丽恍然像栽进了一口井，她下意识有些后悔了，这样的环境里，她的失眠症似乎只可能更泛滥些。不过，她并不是为了治愈失眠症才搬过来的，那也就无所谓了。

谢磐石搞了一个丰盛的晚宴来欢迎她，同时欢迎她的还有蓝蓝的热情。谢磐石高她一级，去年毕的业，他在北部新区的机械厂里画图纸。最早见蓝蓝时她还是个高中生，来跟哥哥商量不准备高考了，后来她如愿在新区的一家叫“未央宫”的KTV里当上了“公主”。此前，两居室的房子，谢磐石住一间，蓝蓝住一间，现在刘小丽加入进来了，这好像成了个问题，秘而不宣的问题。谢磐石很殷勤，饭后，他主动张罗着去洗碗。刘小丽不知该不该去帮忙，正踌躇间，蓝蓝端来盘水果，还把电视打开了。“姐姐，前一段你们吵架了吗？”蓝蓝剥着橘子皮，两只脚后跟蹬着沙发垫，懒散地问。“现在和好了吧，”没等刘小丽回答，蓝蓝又老练地说，“姐姐，如果以后哥哥欺负人，你告诉我，咱俩合起伙来对付他。”蓝蓝拿遥控器随意换着台，冲刘小丽诡秘一笑时露出嘴里含着的半个橘子瓣。刘小丽扯了扯脸上的肌肉，有些难为情。厨房传来的隐隐的水声嵌进电视音包裹的客厅，不知怎的，刘小丽哆嗦了下。一旁的蓝蓝是欢悦的，又问她有没有想看的节目，刘小丽客气地敷衍着。之前，她挺喜欢蓝蓝，她们都从乡下来，蓝蓝又是个天生乐观神经大条的人，虽然蓝蓝不读书了，可她觉得她们有聊不完的话。但现在，偶尔瞥一眼蓝蓝脸上厚厚的脂粉，余光偶尔扫到蓝蓝穿着丝袜的瘦长的腿，刘小丽仿佛被冒犯了似的，说话的欲望迟迟产生不出来。可她也不能总是如此泾渭分明地区分着主客，毕竟，她准备长时间在此寄人篱下。更何况蓝蓝面前，说什么她都不至于太拘束。蓝蓝说的要和她一块儿对付谢磐石的话，当然是开玩笑的，她的身份和位置决定了她和事佬的角色扮演。或许，她不过是个缓冲，她所有的话也仅仅考虑的是她的哥哥。可刘小丽要留在这里的，暑假有可能也要留在这里，她不得不巧妙且让自己觉得不那么难堪地达到这个目的。蓝蓝是有用的，蓝蓝甚至必须要存在。于是，电视机说话的间隙，她试着找回曾经跟蓝蓝聊天时的美好感觉，她试着聊点什么。可一张口，她就烂泥扶不上墙地暴露了自己。她装作无所事事地问，这个房子一个月多少租金啊？“不知道呢，我哥租的，你问他。”——幸好，蓝蓝“公主”还是以前的那个蓝蓝。

刚进门的那个纠结似乎天真且多余。从宿舍搬来，好像就意味着命运已经注定了。蓝蓝回了自己的房间，大家要睡觉了。没有人说刘小丽应该跟谁一块儿睡，她也不能主动提出要求，更不能说睡在客厅的沙发上。她本想再赖一会儿，可赖从来就不是个办法，她总不能不睡觉，即使躺下睡不着，她也要有一个可以躺下的地方。那天经地义地，别无选择地，谢磐石一句“睡了吧？”的征求后，刘小丽走进了谢磐石的房间。

房间里的灯昏暗，刘小丽还没来得及适应油腻腻的光亮，谢磐石变了个人似的，一把就将她推倒在床上。他脱了她的鞋子，剥了她的衣服，压过来。她的嘴唇、鼻尖、眼睛上霎时沾满了口水，乳头的痛感也瞬间传遍全身。他脱了自己的鞋子，剥了自己的衣服，跷起她的双腿，进入她的身体。她慌乱中伸出胳膊挽住他的脖颈，指尖嵌进他的皮肤，他的脖颈黏答答的。她听到了他的喘息和伴随而来的她自己的喘息。喘息加重，重叠。颠簸中，刘小丽恍惚听到了隔壁房间的几声动静，她脑海中幻化出蓝蓝的那双小眼睛，廉耻是什么？她感觉到自己的嘴巴在动，她听见它们如压抑的快感般汩汩流出。

“我被保送了。”

“……”

“要交学费，九千元。”

“……”

“可以贷款。”

“……”

“只能贷五千元。”

“……”

“有奖学金。”

“……”

“但开学核实了身份才返给。”

“……”

“暑假会另找工作。”

“……”

“到时就没寝室了。”

“……哦……”

“近的话，就在这里住。”

“……哦哦……”

“如果学费还赚不够——”

“……哦哦哦……”

“你借我！”

“……哦哦哦哦……”

刘小丽还想说些什么，谢磐石捂住了她的嘴。他放下她的一条腿，换一个姿势。他一用力，她的头顶在床头木板上，嗡嗡的，满世界都嗡嗡的。声音打着转，声音又像隔壁传来的。刘小丽似乎听到蓝蓝正跟她说着什么，她闭上眼，原来是那个黄段子。那时她不过刚当上“公主”不久，一个“少爷”讲给她听的，她不怀好意地转给了她。说的是一个男的嫖妓的事。本来已讲好，五十块一次，男的说，能不能把内裤全脱了？全脱了加钱的，女的说。罩子脱了，吃上面。吃上面加钱的。亲亲嘴总可以吧？也要加钱的。隔了几分钟，女的又说，你快点，超了时间也要加钱，我看着表呢——那男的就阳痿了。无聊的节奏里，刘小丽迷糊了会儿，心里莫名地哼了声，要加钱的。她还想说什么来着？她感觉她好累，脑子一团糨糊，她推了下谢磐石，不知什么时候他已经完事了。恍惚中她听到了谢磐石的呼噜声，那呼噜又像是她的。

谢磐石去上班了，蓝蓝的房间静悄悄的，刘小丽推了推门，门好像已反锁，或许昨晚他们的折腾扰到了她，她还在补觉。刘小丽一个人坐回客厅的沙发，也不开灯，房间里灰蒙蒙的。她站起来，在狭窄的客厅踱踱步，又转去谢磐石的卧室，当然，现在她也挤在这卧室里。她帮他规整鞋子，收拾电脑桌，打扫卫生。擦洗床头柜时，那只没把的杯子吸走了她眼里的神儿。不知是不是谢磐石故意翻出来的，那是她送他的。她很少送男朋友东西，却总是忍不住收男朋友送的东西。她其实早就意识到了这点。拿人手软，吃人嘴短。但惯性似的，她成了蒋丽君眼里的“大贱货”。想到蒋丽君，她的脑子疼了下。

她停下来，看了会儿杯子上如印象派的画般不知所云的图案。她找了根烟点上，重新坐回客厅的沙发。烟很呛，她以前没吸过，咳嗽声一截一截掉进烟灰缸里，她忙把它揿灭了。像个可以打发时间的游戏，她又点了根烟，掰着手指头数起来：U盘，电水壶，空调板，水杯，发卡，太阳镜，耳钉，头绳，指甲剪，舒肤佳，蓝月亮，大宝SOD蜜……它们都是他们送的，谢磬石，刘庆丰，陈雨霖，杜东升，她曾经的四个男朋友。还好，她还记得他们的名字，可她早已不记得他们分别送了什么，更无法辨清他们分别给她的身体和精神留下了什么。谢磬石也算是曾经的吗？虽然现在住着他租的房子，但她的确也回答不了蓝蓝的疑问。前一段他们吵架了吗？她跟谢磬石分手了？现在又和好了？她也想知道答案啊，可真的没什么征兆，谢磬石突然消失又突然回来了。妈了个 × 的，连句解释都没有。谢磬石回来了，她就屁颠屁颠跑来和他睡，刘小丽一阵反胃，她恶心到自己了。妈了个 × 的，怎么可以这样呢，忽然有一天就联系不上了，手机，QQ，邮箱，微信，微博，人人网，所有的联系方式上的所有留言都杳无回音。她隐隐记起那个时候她水银泻地似的崩溃，她想着跟谢磬石还能想起来的渺茫的过往，用烟头烫了下自己的手指，又用舌头舔着痛的地方，昨晚居然跟他睡了？她掏出手机，发了个短信："从寒假到现在，三个月了。""晚上去水吧接你。"谢磬石回得倒快。

"恋恋情深"水吧是一个学姐毕了业开的。店面很小，只用四个纱帐隔开，每个纱帐里圈着两张小沙发。店虽小，品位却有，地板、灯光、音乐，细处的布置都用了心。店里只雇了刘小丽一个全职服务生。学姐说，这样的安排配的不是店里的营业额，而是小店的气质。平常，学姐负责调配饮料和收银，刘小丽负责端盘子。学姐人不错，但有时性格有些古怪。那天快打烊时，谢磬石来了，他点了杯西瓜汁。学姐当然有经验，一眼看出这人是来找刘小丽的，调好果汁后，她清了当天的账，又嘱咐刘小丽一会儿别忘了锁门，她便锁好抽屉先撤了。

刘小丽清洗杯盏，收拾垃圾，一切停当后，她褪下围裙，坐到谢磬石的对面。刚谈恋爱那会儿，谢磬石带她来过这里，不过那时店里的装饰是另一种风格。

她等着他说话。他喝着果汁，抬头说的只是，咱们走吧。

她不说话。

他喝完了西瓜汁，抬头说，就当什么都没发生好吗？

她不说话。

他就拿出了手机，传给她一张照片。

刘小丽定在座位上。照片接收缓慢，但她的心跳在加快。

蒋丽君发给我的。寒假时，她给我打了个电话。谢磬石说。

照片只接收了20%，刘小丽明白怎么回事了。看来田野的时候，蒋丽君果真看到了这张照片，不仅看到了，还把它拷走了。照片是她的第一个男朋友杜东升拍的。照片里，她全裸跪在床上，屁股和勾着的头对着镜头。那一天，她从一个女孩变成了一个女人，屁股上的血可以作证。那时候，杜东升几乎是她的天，他的哄骗就是圣旨。后来，很多次，她都想把照片删了，可最终只是隐藏了它。她以为天衣无缝，可忘了将它放进隐藏的文件夹。有一次，她翻看与田野调查有关的海量照片时，电脑屏幕上竟然弹出了它。它是隐藏着的，点击永远点不到它，可因为它混在没有隐藏的大文件夹里，鼠标一滚动，它就出来了。而那些田野调查的照片，是蒋丽君拷给她的。也许，蒋丽君顺便拷走了这张照片。当然，或许事情并非如此，或许真相更加简单，杜东升那里不是有这张照片吗？他当然可以像他求爱时那样，再来一次群发。或许，每个熟悉的人的电脑或手机里都保存着她的第一次。谁知道呢？

“除了这张照片，蒋丽君还说了什么？”

现在轮到谢磐石不说话了。

“如果你受刺激了，那为什么又来找我？”

谢磐石沉默。

“是的，蒋丽君说的一点都没错，我就是个十足的大贱货！”

“我们以后不提这事了，好吗？”谢磐石脸色阴郁。

“不提你就会忘记吗？整整三个月，你为什么又来找我？”

谢磐石再次沉默。刘小丽看了下手机屏幕，56% 了。

“我们走吧。”谢磐石数着，马路上过去了十辆车后，他近乎哀绝地说。

“走不走？”马路上又过去了十辆车。

“你他妈的到底走还是不走？！”

刘小丽表情木然。谢磐石火了，两眼放光。他噌地蹿起来，绕过桌子，扑到刘小丽身上。刘小丽本能地反抗，但吃了狠狠一记耳光后，她咬着指头无声地哭了。很快，她被谢磐石翻过来，头抵进沙发里角。谢磐石将她的牛仔裤连同小内裤一把拽下来，他要用照片上的方式强行进入她的身体，就像强行覆盖一种耻辱。

电话响了，谢磐石的。他不顾。电话响了，刘小丽的。电话就在刘小丽的右手里攥着。谢磐石不耐烦地打了打刘小丽的手臂，手机被哐到一边，落进沙发里一朵浅蓝的花上跳起了舞——手机是谢磐石送的，他用过的二手的，三星 S58301。也许，那天在教工食堂三楼，他最先看见了自己以前的手机，睹物生情，才弓起手指敲响了桌子。

片刻，谢磐石叹着气说：“你接……接嘛……蓝蓝的。”

——那么快，他射精了。

刘小丽缩在沙发里，瑟瑟发抖。手机终于不响了，谢磐石又在哀求，“求求你，咱们走吧。”“咱们走吧。”“我就是个畜生，”谢磐石哭了，“咱们去领证，我要娶你。”刘小丽眼神空洞，“妈了个 × 的，谢磐石，”刘小丽嘟囔着，一句又一句，“这里又不是你家！”“这里又不是你家！妈了个 × 的。”他们各说着各话，像两个咫尺天涯的精神病患者，孤独而无助。电话再次响起时，谢磐石抹了把泪。“对不起，刘小丽。”谢磐石徒劳地道了声歉，蹒跚着走出了“恋恋情深”。

刘小丽感觉自己正一步步坠入无底深渊。外面车子的碾压就像风，呼呼的。一整夜，风的呼啸刮走了她心里近乎所有的生机。天早明了，她好饿，但她一动都不想动。她打开微信，查看江灏近期的更新。大三暑假的实习，她们这届民族学的学生，统一去了渝湘黔交界的几个苗族聚居村。江灏是她们带队老师的研究生，被派分给她和蒋丽君组成的小分队，一是为了安保，二要协助她们两个完成田野作业。当时他们三个寄居在一户苗族人家，这家的房子挺空，家里只留守着一老一少——伍奶奶和她的孙子三毛。江灏脾气好，家境更好，刘小丽对他是有好感的。但她又不确定。她感情的触觉似乎早已钝了。刚入校，还不知情为何物的状况下，她便匆匆谈了朋友。她犯贱吗？她哪里晓得杜东升是那样的人。一个笨笨的乡下姑娘初来城市，身上穿的还是高中的校服，不知道打扮也不会打扮，更没钱打扮，有一个男生如此耐心地陪她聊天、吃饭，她只觉得恩宠。她无法确定肉欲的自己是否喜欢上了江灏，即使确定了，她也只会将这份美好放在心里，她那时已经跟谢磐石在一起了。但下到田野没几天，她便发觉那个谈恋爱只为了结婚的蒋丽君看江灏的眼神不对了。刘小丽是愉悦的，或者说，她的愉悦大过了嫉妒。蒋丽君一直很照顾她，群山中深夜的交心更增加了她对蒋丽君的信任感。她甚至暗中主动为他们创造了不少独处的机会。正因此，她不得不总是跟房东家的小屁孩三毛混在一起，以至于后来田野结束了，小屁孩还经常会在 QQ 上用错别字和拙劣的语言表达对她的粗糙的爱慕。记得田野期间的某个夜里，说话倦了，蒋丽君用手机逛学校的樟树林论坛。论坛里一篇名为《不要以为是学霸就了不起，巴山就是缙云山，你输定了》的帖子火得要命。两个文学院的学生打赌，一说李商隐《夜雨寄北》中的“巴山”指的是缙云山，另一个坚持认为是巫山。他们正在论坛里寻找高人的可靠论据。帖子能被置顶的原因是，两人赌红了眼，商定输者要为赢者和论坛里提供权威信息的人分别购置一台苹果5S。一时，跟帖的人众多。蒋丽君跟她分享完了这则帖子，莫名地发了声感慨：“跟喜欢的人一起在缙云山上宿营，会不会像钻进了一首诗里？”那时，她们住在三毛家木结构的房子里，左边，江灏和三毛的房间，灯还没有熄。右边，三毛家的水牛梦呓似的哞了声。

蒋丽君真的没有必要给谢磐石打那个电话，她难道嫉妒她和谢磐石漏洞百出的爱情？刘小丽冷笑了声，她也应该嫉妒，并报复。田野回来后，有一段时间，蒋丽君似乎陷入了某种单恋中，她爱上江灏了，可她又惧怕表白后被拒，她压抑着，后来这事就仿佛真的不存在了。蒋丽君不能跟江灏在一起，虽然卞老师通知刘小丽已被保送，可考第一的是蒋丽君，只要研究生还没正式入学，蒋丽君就有悔改的机会，而江灏就是她最大的悔改的理由。蒋丽君不该给谢磐石发她的裸照，她疯了吗？是的，蒋丽君的确疯了，既然她可以卑鄙，那也应该允许她刘小丽下作。

“蒋丽君回家了。”刘小丽给江灏留言。

“嗯，我知道了。”江灏在线。

“田野回来后，她有邀请你去缙云山上宿营吗？”

“啊？没有啊！”

“她很喜欢你的。”

“好像是哎，寒假时她给我表白了。”

“她是个烂货！”刘小丽编辑好了信息，一直没有按键发送。那边又来信息了：“她很优秀，但不是我喜欢的那种类型，我拒绝了。不知道这事是不是小小地打击了她。请帮我说声抱歉，也恳请小丽姑娘多宽慰丽君姑娘。前途无所谓好坏，爱情不能强人所难，每个人都只活在自己的幻象里。共勉。”

信息再回过去已经无用。但刘小丽还是重重敲了下手机屏幕。那一刻，她恍然听到了谢磐石射精时的呻吟，似乎还闻到了精子四溢的腥味。那就是所谓的高潮和快感吗？她起身去卫生间，洗脸，锁了水吧的门，她要去街上吃点东西，她都快饿死了。她还想去租套装备，一个人去缙云山上宿营。她真去了，远远的，她背着个军绿色的鼓囊囊的包，走上登山的阶梯。她踽踽独行，一些似雾非雾似烟非烟的气团围绕着她，云雾缭绕中，她像走进了一首诗里。

就快到山顶时，下起了淅沥的小雨，雨水渐密时，QQ 信息提示音嘟了声。

蒋丽君居然给她留言了。是一张照片。她怎么那么喜欢发照片呢？15%，她以为是她那张。22%，好像不是。她看了会儿远处的山岚，78%，的确不是。92%，一个稍弯着腰的裸体男人的背影照。

“卞阡陌。”蒋丽君又发了条。

刘小丽滑了一跤，卞阡陌就是卞老师。

“我在爬缙云山，就快到山顶了。”许久，刘小丽回了条。

秘 密

“一指禅”跷着二郎腿坐在讲台右侧的板凳上。她闭了眼，轻微摇晃着身体。她那只一起一落的脚肥嘟嘟的，晃得一明的眼有些疼。“一指禅”脸上的褶子已凑得没刚才那么紧了，可一明的心还咚咚跳个不停。天很热，教室里满是汗味。窗外的知了如丧考妣，叫声打得一明的额头盈盈发亮。鹅鹅鹅，曲项向天歌。白毛浮绿水，红掌拨清波。那么难的一首古诗吗？他还是背不下来。“一指禅”颠动的脚上套着肉丝袜，一明不想看的，可肉丝袜的大脚指头内侧边缘上破了一个洞，那个洞总是一刻不停地吸着他的眼光。他万分惊恐。那个洞出现有几天了，好像跟他心里的那个秘密一块儿冒出来的。这几天他都没有睡好。他梦见“一指禅”把他开除了。他在梦里哭起来。

通过了“一指禅”的验收就可以放学回家，教室里已没几个人了。一明急得掉了泪。他很羞愧。“一指禅”刚刚第一次当着同学的面将沾着粉笔灰的右手食指点在他额头上。黄昏就要来临时，教室里只剩了一明和“一指禅”。

“今天怎么回事？以前都是最先背下来的。”“一指禅”的关切让一明的泪汹涌开了。

“老师，我不想当班长了。”一明哽咽着。

“怎么了，出了啥事？”

“没……没怎么，就是不想当了。”

“哭什么哭，没背下来明天再背。一点小事就哭鼻子，以后还怎么给别的同学当表率。”

“一指禅”撇开一明不想当班长的话，让他赶紧回家。一明也不知道为什么忽然就想说不当班长了。他垂着头走出教室，走出学校。黄昏涨潮似的扑来。他抬头，天上有条彩带飘着，他又把头低下来。

“班长。”

一明听到谁的呼唤，歪了下头，蹲靠在学校围墙那儿的文倩噌地跳起来，两根马尾巴辫子闪出金属光泽。

一明继续垂着头往前走。

“班长。”文倩又喊了声。

“不是说让你先走吗？”

“我要等你。”

“等我干吗，看我笑话吗？”

“怎么会呢，你被‘一指禅’点穴时，我可没笑啊。”

“以后不要叫我班长了，我不当了。”

“不当班长，我也不笑你。”

“我们以后不一块儿走了，你先走吧。”

文倩没动。

“那我先走了啊。”说着，一明迈开了步子。

文倩受了委屈，还站在原地。“乐果刚才又吹口哨吓唬我了。”

一明犹豫了下，朝前面看看，又左右看看，他踅回来。

“一块儿走吧。”

一明和文倩一前一后走着。两个人都没了话。一明心里的那个秘密又蹿出来。他斜着头偷偷瞥了眼文倩，赶忙加快了步伐。

文倩家跟一明家是邻居。一明家是开杂货铺的，文倩每次吃完饭总是跑到杂货铺那儿，等着一明也吃完了，一块儿去上学。那时候，整个丰泉镇只有两家杂货铺。一家是一明家开的，另一家是乐果的二爷爷数代开的。数代是个光棍汉，杂货铺赚的钱都给了乐果家，所以，也可以说，另一家是乐果家开的。乐果家离一明家也不远，只隔着一条巷子。丰泉镇太小了，只有一条东西大街和一条南北大街，其余的都是些坑坑洼洼的小巷子。一明家的杂货铺在东西大街上，乐果家的杂货铺也在东西大街上，不过乐果家的杂货铺位于两条大街的交汇处，也就是镇子的中心。这是一明的爸爸一直愤愤不平的事。

往前走遇见了乐果。乐果这些天也是垂头丧气的。他爸爸的死刚过去不久，他妈妈和他二爷爷间的流言就变成了朵鲜艳的花儿，引来了一拨又一拨蝴蝶似的高年级大孩子们的嘲讽。而乐果以前那些同龄的玩伴，狐假虎威般，也仗着胆慢慢疏远他了。

乐果兜起双手吹了几声口哨。

一明的头皮发麻，口哨是他们的暗号。

他让文倩先走。文倩不肯。“你快走嘛！”他吼了声。文倩又受了委屈，努了努嘴，吸哼着鼻子，但她执拗了下还是默默走了。

“一明。”乐果叫开了。

“干吗？”

“我让你过来，你没听到吗？”

“听到了。”

“那你为什么不过来？”

“我不想过去。”

“不过来，你知道你会后悔的。”

一明不情愿走了过去。

“你越来越不听话了。是不是想让我的人收拾你一顿？”乐果学着大孩子们的口气说。

“你别吹牛皮了。现在除了我谁还会听你的。我以后也不会再听你的了。”

“你也想造反。小心我把你的秘密说出来。”

一明的心沉了下。他低下头。“我听你的，你别告诉别人。”

“这样就对了嘛。”乐果得意地说，“我现在没事，你先走吧，晚上吃了饭找我。”

“没事，你叫住我干吗？”一明耸了耸书包，丢下这么一句，又想扔出一句让文倩等等的话，但他赶忙捂上了嘴巴。乐果在后面喊：“不许跟文倩一块儿玩。”一明跑着，又丢下一句：“知道啦。”

一明走进家门时，爸爸正就着袋装花生米喝三孔啤酒。一明心想，爸爸又要恶狠狠数落爷爷顺便骂骂光棍汉数代了。果不其然，一明刚坐到饭桌上，一明的爸爸就喋喋不休起来：“你爷爷真是吃饱了撑的，咸吃萝卜淡操心，虽然是本家，但也不能把自己的家当分给数代一份，平白无故给我添个竞争对手啊！他数代成分不好讨不到老婆关咱屁事！有了饭碗大姑娘就能跟着来？就凭数代？笑话！……”

很久以前，当然，也许不是太久，丰泉镇上只有一家杂货铺。杂货铺的主人是一明的爷爷。那时，杂货铺还不叫杂货铺，叫供销社。一明的爷爷是供销社里的售货员。后来，由于大人们众所周知的乱七八糟的时代的原因，交了些钱后，一明的爷爷从供销社的售货员摇身一变，成了杂货铺的主人。杂货铺已为私有，但一明的爷爷还存着为公的心。他把光棍汉数代叫来做助手，教他使秤、看账本、打算盘。后来又把镇子中心打算用来养老的两间祖屋租给了徒弟，还分了些器物给他，让数代也凑凑合合开起家杂货铺，以期他将来能混上个女人。这些都是一明的爸爸饭桌上灌输给他的，当然，他爸的措辞要抑扬顿挫些。

一明爷爷的大公无私使小镇上多出了家杂货铺，也使一明爸爸的酒桌上永远多出了份下酒菜。这会儿，一明的爸爸又用筷子起开了瓶啤酒，他对着嘴喝一气，吐着啤酒沫说，妈的，数代杂货铺里的酒缸、柜台、秤砣都是咱家的。还有那白酒勺子，小时候，我还往里面尿过尿呢。

已经搬去镇子南边苹果园住的一明的爷爷突然走进来。他背着手，身后晃悠着两个塑料桶。一明的爷爷看见桌子上堆着的啤酒瓶子，喀喀干咳两声，忧心忡忡地说："过日子哪能这个过法？杂货铺是小本生意，这样吃喝，不塌铺了才怪。"一明的爸爸仰脖子一碗酒，嘴张得老大，瞪着通红的小眼一睃："这点东西值几个熊钱？也不看看这都什么年代了？""什么年代了？"一明的爷爷怒不可遏，"什么年代了，也得过日子。混账玩意儿！"

一明的妈妈端着个菜盘子从厨房出来。面对丈夫和公公的吵闹，她熟视无睹。她放下菜盘子，接过公公手里的塑料桶，去杂货铺打了酱油、醋，拿了火柴和盐，递还给公公。一明的爷爷杵了会儿，一明抬起头，对他咧嘴干笑了两下。一明的爷爷觉出了尴尬，点头呼应了孙子的笑，弓起背，一声不响出去了。

一明爸爸收回顺着一明爷爷的背影斜出去的眼神，眯了眯，嘴巴忽然一撇，嘿嘿笑起来。他又喝了口酒说："数代的侄子死了，这次数代可有机会了，娶自己的侄媳妇，乖乖，这买卖划算，肥水不流外人田嘛，你爷爷的良苦用心就要修成正果啦。”

一明的妈妈打量了下她的男人，进茅厕似的耸了耸鼻子。“孩子面前，乱嚼什么舌根子，赶紧喝，饭都凉了。”“关你女人家屁事。”一明的爸爸顶一句。一明的妈妈一脸木然，她转过身，敲了敲埋头扒饭的一明的饭碗，“快点吃。”一明莫名其妙从碗里翘出两只眼睛，又赶忙缩回去。

饭还没吃完，门外响起熟悉的口哨声。一明推开碗，飞快跑出去。夜色轰隆一声如隔夜的浓茶水似的泼了他满身。天已黑透，头顶上满是吐着幽辉的星星。远处河沟里的青蛙也叫起来，听上去比傍晚的知了叫得还欢实。

乐果：怎么没去找我？

一明：还没吃完饭呢，听到你喊我，我放下筷子就跑出来了，我妈还在屁股后头骂我呢。

乐果：吃个饭都这么慢，走吧，玩去。我带了样好东西，咱们去吓唬维克。

以前，乐果、一明、维克是最好的朋友。自从乐果的爸爸死了以后，学校大孩子的嘲讽使得乐果作为一个小孩子头的威信急转直下，那时候，维克就声明不再和乐果一块儿玩了。今年刚入春，空气里还凝着冰粒子，喝醉了酒的乐果的爸爸半夜踉踉跄跄去茅厕解手儿，一不小心掉进了牛栏的粪池子里。乐果的爸爸在粪池子里待了大半个晚上，早晨被发现时已一命呜呼了。有人说，乐果的爸爸是醉死的，有人说，乐果的爸爸是淹死的，还有人说，乐果的爸爸是冻死的。更有传言说，乐果的爸爸是呛死的，他们的依据是，乐果爸爸被捞上来时，鼻孔和嘴巴里都塞满了猪粪。乐果爸爸的死扑朔迷离，小镇上的人各执一词，争执不下。但是，不管是哪一种死法，乐果爸爸的死都不体面。乐果家的粪池子结果了乐果爸爸的性命的同时，也仿佛把猪粪的臭味涂抹在了乐果的脸上，让乐果的头慢慢低下去，低到了跟粪池子相同的高度上。那些日子，小镇上的人总是临街而立，议论纷纷。他们遇到乐果，就会像遇到了救星，拉住乐果的胳膊说："乐果，让你说，你说你爸是怎么死的？"他们信誓旦旦的架势总是让人觉得，好像是乐果害死了他爸。

维克的家临着大街，离镇子中心数代的杂货铺很近。街上每隔不远就会有一簇坐着马扎呼扇着蒲扇的人群。乐果和一明猫进啤酒一样浓得起泡泡的夜色里，他们一脚一脚踩着人们的说话声，靠近维克家的门楼时，隐藏进夜的深处。

乐果：给你一个。

一明：什么？

乐果：激光灯。我让我二爷爷置货的时候捎来的。

一明：太棒了，是不是你以前跟我说的，一拧它的帽就会有妖怪跳出来。

乐果：当然了，每一种帽可以变形五次，我这里有好几种帽呢。

一明拧了拧激光灯的帽，一束红光打在维克家门楼的墙壁上，果真有个手握板斧的妖怪张大了嘴。他又一拧，一个满头金发长着獠牙的小鬼跳进了维克家。

乐果和一明伴着虫子的嘤嘤嘻嘻笑起来。头顶的星星满车满斗，脖子里的痱子一样密麻麻的。

一阵风吹来。有只夜行的蝙蝠神色匆忙地剪过他们的头顶。夜幕像是被裁剪开了，一些细密的声音荡起了波纹。不远处乘凉的人群像个蜂房，一句句缠夹的话蜜蜂似的飞出来，嗡嗡地蜇着他们的耳朵。

"我每次去杂货铺都会试探，一拐弯抹角提到乐果妈，数代的眼睛就血红起来。从他合不拢嘴的笑就能判定，这事十之八九是真的。”

“四十多的光棍汉，大半辈子没碰过女人，家伙什儿还能用吗？”

“用你操那份心啊。就你们瞎撺掇，这差着辈儿的事能闹着玩？！”

“话不能这么说。乐果那家没人了。他爷爷奶奶死得早，唯一的儿子也被猪屎噎死了。就剩数代和乐果娘儿俩。再说，这几年多亏了数代，乐果爷爷奶奶的病丧，乐果爸的葬，钱不都是数代开杂货铺挣来的。本来，人家数代还指望着用赚的钱娶媳妇呢。现在他把钱全赔在他哥一家人身上了，就是他侄媳妇跟了他，也算个人情事。”

“你这话说的，数代的哥死了，他出钱发丧，还不是应该的。这事主要还是得两厢情愿，只要乐果妈愿意跟数代过，要我说，这也算好事一桩。”

“乐果妈水灵灵的，长得也不孬，一看就精怪得很。也就是老辈成分不好才摊上了乐果他爸。她可不像是可以委屈自己的主。再说了，要是他俩真成了，乐果叫数代后爸呢，还是二爷爷？这可难为乐果了。”

……

乐果和一明都断续听了些人们无所事事的谈论。有些话，他们不懂。但有些话，傻子都听得懂。乐果和一明静了会儿，一晃，他们似乎从眼前的报复行动中抽离了，冥冥中去了很远的地方，那感觉，就像是一阵霜落在几片残叶上，凉凉的，又很清醒。

一明：乐果，我跟着你玩，我算你的朋友，是吗？

乐果：是。你想问什么吧？

一明：你妈妈和你二爷爷住一块儿，你同意吗？

乐果：我不知道。

一明：那你喜欢你二爷爷吗？

乐果：不知道。我并不想他们住一块儿。他们住一块儿，我就会天天看到我二爷爷的脚。他一个男人，穿拖鞋还套着双袜子。看到他的袜子，我会想起“一指禅”，他的袜子上也破了洞。

一明：原来是这样的。我还有个问题。

乐果：你怎么那么多事。

一明：你爸爸死了，你害怕吗？

乐果：有时候害怕。

一明：没了爸爸是什么感觉？

乐果：那你现在有爸爸是什么感觉？

一明：没什么感觉。

乐果：我也是没什么感觉。

一明还想再问几个问题。乐果拍了拍他的肩膀，嘘了声。维克要出来了，他们分别把一束光打在门前的墙壁上。维克的脚步声刹车似的猛一停，好奇地朝墙上瞥了瞥。乐果晃了晃手里的发射源。维克大叫了声：“鬼——”奔跑着的维克只喊出这一个字，就栽到地上滚起来。与此同时，他的哭声也陀螺似的打起了圈圈。

乐果和一明从黑暗里一跃而起。他们哈哈大笑，有那么一瞬，周围的虫子都噤了声，以为会有什么灾祸从天而降。不过它们很快又歌唱了。

“这不是乐果吗？”一个高高的身影将乐果拎起来，“乐果，你说，你妈跟你二爷爷数代那个了吗？你告诉我，我替你保密。”那个人拎着乐果原地转了半圈，又说：“你妈是不是已跟数代睡在一张床上了？”乐果扑腾着身体，抬头啐了那人一口。那人抹了一把脸，气呼呼将乐果蹾在地上。

一明灵机一动，拧开激光灯，直直剜进那人眼里。那人呱嗒一声，巴掌打在自己脸上："奶奶的，什么咬我？"乐果就势挣脱了那人宽宽的手掌，逃脱出来。

乐果和一明一路狂奔。身上的汗水扑扑融进广博的夜。空气更加湿润了，仿佛伸手就能攥出大把腥臊的汗渍。

"一明，谢谢你救了我，那个激光灯送给你了。"一明跳过自家门槛时，乐果气喘的声音也冲进了院子。

大热天里还要上课，所有学生都有怨声。那也没办法。丰泉镇的小学校只有三个老师。除了"一指禅"，还有一对夫妇。也是因为老师少，"一指禅"才不得不变得多才多艺。她既是校长又是清洁工；既教数理化，又教音乐、美术和书法。而那对夫妇，也正朝着"一指禅"的方向进化。暑假之前，学校接到通知，让学校抽调两个人 9 月份去市里培训两个月。学校总共三个老师，抽去两个，如果按照正常放假正常开学，那开学后的两个月，小学校里就只剩了"一指禅"自己。即使"一指禅"的能耐再大，她也没有分身术的本领。所以，只好先委屈下那对夫妇老师，凑这个暑假，提前把 9、10 月份的课上了。当然，学生们一律没觉得老师有什么委屈的，该委屈的是他们。而"一指禅"，只可能比以前更可恶了。

早上，吃过早饭的文倩小辫子跳跳地走向一明家的杂货铺。一群麻雀在她的头顶啾啾叫。她抬起手一摇，轰一声，它们只当是个游戏，飞跑了又聚过来。电线上有两只燕子，相偎着将头埋进翅膀里，静静的，一点都不闹。书上说，燕子是益鸟，吃虫子。而麻雀，并不是什么好东西。文倩进了杂货铺刚一会儿，就一个人气嘟嘟出来。一明要她先走，还一副急躁躁的样子。那群腌臢的麻雀还候在门外，文倩拾起块石头扔出去。它们一哄而散。

一明喝着稀粥，看见妈妈从厨房里熄了火过来，他很想问一句，爱是什么？有天课间休息，他被乐果拽到茅厕，乐果诡秘地告诉他一件事。乐果说，文倩爱他。乐果还说，只要他把这事抖出来，就没人再跟他一块儿玩，他还会被学校开除。秘密是乐果硬塞给他的，可秘密又像是从他肚子里长出来的。他感觉心里装了个炸弹。他还老做噩梦。梦见被人打，被“一指禅”、被爸妈揪着头发打。爱是什么呢？他想问问妈妈，她爱不爱爸爸？但妈妈只催着他去上学。

一明磨蹭着，直到妈妈的脸色越来越难看，才背起书包。但刚出了巷子，他就被文倩拦住了。

文倩：你为什么躲我？

一明：没啊。我吃饭慢，怕连累你迟到。

文倩：那以前怎么不怕？

一明语塞。文倩瞪着他。他紧紧咬着牙，可心里的炸弹还是炸了。他颓然地咧着嘴，我们再一块儿走就露馅了。

文倩：什么露馅了？

一明：别人都说我们俩在谈恋爱，说你爱我。这要是被“一指禅”知道了，我们会被开除的。

文倩：是不是乐果告诉你的？他是不是还说要去告发我们？你怕什么。他要是去“一指禅”那里告状，你也去告。我告诉你，乐果爱凤娇。

一明：你听谁说的？

文倩：你忘了？凤娇的妹妹凤娥跟我是同桌啊，她告诉我的。

“这样就好了。”一明叹了口气，他还有些胆怯，“但是我想好了，有乐果在的时候，我还是要假装不理你，他前几天还给了我一个激光灯，我不能跟维克一样，乐果现在没有其他的朋友。”

文倩：那好吧。我听你的。对了，你知道吗，乐果的妈妈要嫁到外镇去，乐果也有可能走呢。他走了更好。那时，我就可以一直跟你在一起了。

一明：谁说的？

文倩：我妈妈。

一明：不是说乐果的妈妈要嫁给他二爷爷吗？

文倩：谁知道呢？也许吧。

一个晚上。月亮像弯船摇摇晃晃挂在天上。满河床的星星闪着晶莹的光。本来，乐果正跟一明聊着维克有意重新跟他们一块儿玩的事，但不知怎么，乐果突然抽了抽鼻子，哭了。那时，他们正坐在一户人家堂屋后面的石凳上。有些惨淡的灯光照着乐果哀戚的脸。一明当时一阵惊慌，他连连问着，怎么了乐果，怎么了乐果。乐果用胳膊抹了抹眼睛。“一明，你是我最好的朋友。我告诉你的事，你要替我保密。”“我替你保密，你别哭了。”一明满脸无措。“一明，你觉得凤娇漂亮吗？”一明犹疑着眼里的光芒，他不太能确信乐果需要他怎样回答。他试探着，“漂……亮……吧？”“可是，你知道吗，她是个万人摸。我今天亲眼看见徐亮把手伸进她的裤头里，摸来摸去，可她一点都没反抗。”一明不知道说什么好，他抬头望了望天，新月如钩，繁星璀璨。他耳朵里尽是虫子没完没了的叫，近处的地缝里，还有只癞蛤蟆瓮声瓮气帮着腔。一明一阵沮丧。“她怎么可以这样呢？她怎么可以这样呢？……”乐果一遍遍重复着这句疑问。末了，他哀求似的说：“一明，你能帮我个忙吗？”“当然。”一明正裹在无法分担乐果痛苦的痛苦中，他将“当然”说得很响。“你帮我把这个纸条递给凤娇好吗？”“可以。”一明接过纸条，小心翼翼放进口袋里。“但你要答应我，你要亲手交给凤娇，除了凤娇，不许别人看，你也不能看。”“我保证。”一明一脸严肃地看着乐果，他的手伸进口袋，触到纸条时，感觉手被重重地碰了下。

乐果抱了抱一明。一明的嘴唇碰到了乐果的脸，乐果的泪痕咸咸的。

转天，一明跑去乐果家告诉他纸条已送出的消息时，看见个黑脸汉子正堵在乐果家的大门口破口大骂。门口聚了不少看热闹的人，有的还搬来了小板凳，像来听戏文的。那黑脸汉子自称是乐果的舅舅，是乐果姥娘家的人。他骂乐果的妈也就是他的妹妹是破鞋，搞自己丈夫的亲叔叔。他踹了乐果家紧闭的大门，还冲着门缝吐唾沫。“要么老老实实守寡，要不就滚回娘家去。别在丰泉镇丢人现眼。”黑脸汉子来回踱着步，光膀子油腻腻的。乐果爬上墙头给了他一弹弓。黑脸汉子的秃头顿时鼓了个包，血汩汩流出来。阳光下，他的血也显得油腻腻的。“妈的，这活干的，这活干的……”挨了弹弓后，黑脸汉子没那么嚣张了。他左手捂着头，右手骑着辆破自行车，顺着大街往北走了。直到看不见黑脸汉子的人了，直到又瞅完了乐果家的门缝，围观的人群才悻悻然地离开。

人群散尽，一明去敲乐果家的房门。咚咚咚，乐果，我是一明，快开门。一明的嗓子都快喊破了，里面无人应声。正是知了叫得欲仙欲死的时候，慢慢地，一明的敲门声被夜色淹没。一明踏着疲乏的步子走回家。

接下来的一天，乐果的姥娘来了。她也像前一天那个黑脸汉子那样在乐果家门前踱来踱去。看热闹的人猫循着了腥似的又来了。很多人带了马扎。街巷里不少人在吼：快点，走，看戏去。乐果的姥娘见人已是里三层外三层，就清了清尖嗓子骂开了。她骂道，前一天那黑脸汉子不知是从哪个娘胎里冒出来的，冒充乐果的舅舅。真是个没屁眼的货。也不知这个王八羔子要造什么孽，受了哪个下贱玩意儿的指使。这些坏货全家都不得好死。乐果的姥娘——人群里马上有人确认是真的——生了张农村泼妇的悍嘴。经乐果姥娘的提醒，人群里似乎有人惊诧地喊道，那黑脸汉子以前在哪里见过的，肯定见过的，可一时想不起来了。乐果姥娘的谩骂开始只局限于乐果家门口的弹丸之地，后来，乐果姥娘骂得起劲，小碎步走起来，于是，丰泉镇的街巷被一串串脏字笼罩了。乐果姥娘前面走，人群默默后面跟着，乐果姥娘振聋发聩，人群芸芸噤若寒蝉。相比之下，知了的歇斯底里倒有些相形见绌了。乐果姥娘的詈骂使人们突然重温了不久前的时代，在那个时代里，总是发生着无数像这样的与万人空巷有关的事。

一明只跟着人群转了半条巷子就意兴阑珊了，他去乐果家的门口看了看，大门反锁着。他兜起手吹了几声口哨。口哨声已似炊烟远去，可乐果却没有如约而至。这两天乐果都没去上课，一明想告诉他，他已将纸条亲手交给了凤娇，并且，没有让包括他自己在内的其他人看到纸条的内容。一明有些落寞，他抬头，天上有片紫色的云霞，他边走边仰着脖子看。附近一只蛐蛐孤独地叫了声，一明驻足，刚要寻觅下，冷不丁被人推了把。他趔趄着，还是栽倒了。

“你还我激光灯。”乐果如一颗不知哪儿飞来的石子，身上呼呼生风。

一明睁大了眼。“激光灯在另一件裤头的口袋里，我没带。”

“我妈说，你爸是孬种，是下三滥，是想吃独食的畜生。你们欺负人，这丰泉镇，我们是待不下去了。”

乐果的话里带了哭音，也带了恨意。说完他转身离去。一明盯着乐果直挺挺的身影，一时忘了爬起来。乐果已走出去很远，他才猛地喊道：“我已经把纸条亲手交给了凤娇，我没看。”

乐果回了下头。他眼里汪着泪，久久不落。

那天发生的事似乎匪夷所思。小镇上的人们记忆深刻。那天，乐果的妈妈嫁去了杨柳镇，她嫁给了杨柳镇上一个死了媳妇又没孩子的鞋匠。她把乐果也带走了，带到了那个距丰泉镇百里之遥的陌生之地。那天下午一明放学回家，他家的杂货铺是锁着的。一明正纳闷，一个拄拐棍的老太太告诉他，他爸爸去苹果园他爷爷家了，而他的妈妈，他的妈妈已经跟着数代跑啦。一明撒丫子往苹果园赶，身后老太太的话如群肮脏的苍蝇尾随着他的脚步。“怎么会呢……不可能呀……数代整天待在自己的杂货铺里……你家也是开杂货铺的，你妈也用不着买东西啊……没有勾搭的机会嘛……啊啊，你慢点跑啊……”

一明一溜烟灌进苹果园的土屋。爸爸正抓着张纸条疯了似的大吼大叫。他看见爸爸一屁股瘫在地上，手拍着大腿冲爷爷哭。“都是你干的好事……都是你干的好事……”一明爸爸的哭声黏答答的，像有口痰堵着喉咙。一明注意到了爸爸的腿，爸爸的两只裤管是卷起来的。他以前从未发现，爸爸的左腿原来比右腿细很多。还没来得及更仔细地观察，爸爸拖拉着身体哐地向爷爷扑去。围观的人忙拦了。爸爸手里攥着的那张纸条甩出来，纸条如轻盈的羽毛，一阵肆意的飘荡后落在了一明的左脚上。一明蹲下来，仿佛盯着阳光下用放大镜聚焦着的一只蚂蚁，安静而好奇。

“我知道，我杂货铺的家当本应该是你的。今天，我全都还给你。”

一明认真读着纸条上一个个歪七扭八的字。爸爸的哭闹声充斥着整间土屋。“丰泉镇我是没脸待下去了……丰泉镇我是他妈的待不下去了……”爸爸扭转了身躯，边嚷边朝地上撞头。人群惊愕，又忙去拉拽。一明不得不抬起头。他看了眼爷爷，爷爷也看了眼他，他们脸上都没有表情。“妈的，就是跑到天涯海角，我也要亲手宰了那对狗男女……我操，这算是怎么档子事儿……”一明爸爸的哭腔里有了血丝，一明被吓到了，正要咧开嘴哭，他爸爸却单脚撑地爬起来，倏忽间夺门而出。围观的人们慌乱地跟出去。他们带起的风使那张纸条惊诧地翻动了几下。金黄色的斜阳透过窗户洒在纸条的跳跃上，一明闭上了嘴巴，陡然想起了什么。他扭扭身体，也伸手从口袋里摸出了张纸条。他并没向凤娇保证不看上面的内容。他不用愧疚。一明迅疾地拆开来。偌大一张纸上，只有短短的一行小字。凤娇对乐果说：你不要伤心，我是爱你的，我以后只让你一个人摸。一明也夺门而出。他一口气跑到乐果家的大门前，但他来晚了，迎接他的只是一把看上去重若千斤的大锁。一明的泪断了线的珠子似的嘭嘭砸在纸条上。他慢慢将纸条团起来，团成了一个球，紧紧握在手心里。许久，一明抽搐着转身，他肿起的眼看见了文倩。文倩不知什么时候站在了他的身后，满脸的泪水也已如花儿怒放。

文倩：你妈妈不要你了，你不要难过。

文倩：乐果走了，你不要难过。

文倩：以后不当班长了，你不要难过。

文倩伸出小手抱了抱一明，她轻轻拍着一明的后背，喃喃说着，不哭，不哭。但她自己却哭得凶起来。

“文倩，我能摸摸你吗？”

一明的声音哽咽难辨，但文倩还是立马听懂了他话里的意思。文倩脸上的泪花僵住了。可以，她说。她说得很轻，但镇定。她脱了裤子和三角小裤，将它们褪到了脚跟。她撩起褂头，下巴揿在胸口上。一明伸出了手。他抚摸着文倩的身体。一点一点地。他腾出一只手，也把自己的裤子和三角小裤褪到了脚跟。他没有摸到她的小鸡鸡。她摸到了他的。他又摸了摸。她说，痒。他又摸。她说，想撒尿。他也说，想撒尿。她蹲下，他站着。

撒尿时他们哭了。他们都感到了恐惧。巨大的恐惧。这下“一指禅”真会开除他们了。

给你打个电话吧

电话响了，赵晓阳迷迷糊糊睁开眼，摸索着将手机放到耳旁。一个女人的声音，嗡嗡的。赵晓阳哼哼哈哈了两下，丢了手机，翻了个身，蒙起被子，又睡了。

阳光透过肮脏的窗帘落在被子上。光线偶尔忽闪两下，像手，在抻被子上的褶皱。赵晓阳已经醒了，近处，某个寝室粗粝的关门声惊扰了他。赵晓阳蹬开被子，依旧躺在桌子拼凑的床上。他平摊了身体，闭着眼，张了嘴喘气，他的呼吸笨重而懒散，像刚刚跟某个女人做完了爱。赵晓阳又摸过枕头旁的手机，十一点多了。他伸了个腰，磨磨蹭蹭地，还没有要起床的意思。他从挂在椅子上的衣服口袋里，摸出了打火机和一包利群。利群只剩了三根。他弹出一根，用打火机点燃，抽了起来。赵晓阳一边吸烟，一边抬头用布满眼屎的眼睛看天花板。天花板没什么好看的，白色的墙壁已霉成了黄乎乎的颜色。一把吊扇斜挂在头顶，扇叶上，岁月和蝇子交媾而成的排泄物攒出了密密麻麻的黑。

烟灰掉在了被子上，赵晓阳扑打了下，手指传来一阵轻微的麻。他挪了挪身，伸手拉了拉窗帘，刺啦一声，一阵烟尘无声地跳跃开了。阳光很好，好得简直一塌糊涂。赵晓阳眯缝着眼望向窗外，近处，几个女孩子手挽手走着。远处，生活区门外的大马路上，车流如潮。他慢腾腾抽完了一根烟，吸了口气，将烟屁股啧进墙壁旁的纸篓里。抻长脖子的一刻，他扫见了墙上宣传栏里那只振翅飞翔的老鹰。它看起来滑稽而可恶。

赵晓阳又在桌子上木讷讷坐了会儿，良久，他穿了衣服，趿拉着鞋，去他的寝室洗漱了。

年后，赵晓阳搬进了这间活动室。类似的活动室每层楼都有一间，用来给学生党员定期开会，名字就叫党员之家。房内有个不知哪儿退下来的书架，书架里陈列着几张落满灰尘的报纸。房子中间摆着张长桌，几把椅子散乱在周围。这里是党员的家，但三年多了，赵晓阳从未见有党员回家来，看看报，开开会，最主要的，打扫打扫卫生。去年，学院考虑到资源的空置和浪费，贴了告示，允许考研的学生来活动室自修。于是，党员之家便新增了个头衔——考研小屋。赵晓阳得到了把钥匙。不过，他并不来活动室学习，只等晚上加点的考友走了，他来睡觉。

活动室西面墙上镶了个宣传栏，宣传栏里罗列着共产党员的义务以及党的基层组织的基本任务。活动室东面墙上也镶了宣传栏，但有两个。靠南的一个，几个老师说了几句鼓励学生考研的废话。还有那只老鹰，抓着那些废话，击打着长空。靠北的一个，张贴了几个考上研究生的学生贩卖的成功经验。赵晓阳对老师的话没有过多反感，对抻长脖子的老鹰没有太多意见，对贩卖经验的人，也没有嗤之以鼻。只是，交流经验的人里有个女孩，她说了话，还附了照片。有了这个女孩，以及这女孩想含而没有含住的笑，赵晓阳就不想来自修了。他不可能一面背诵着马克思一面看着这个名叫瞿晶晶的女孩老鹰一样飞向天。要知道，瞿晶晶在展翅翱翔前，曾跟赵晓阳躺在一张床上。

瞿晶晶比他大一届，刚入校时，瞿晶晶作为学姐，帮着赵晓阳办了入学手续。这一办不要紧，赵晓阳还未开垦的巴掌大的世界一下子就被瞿晶晶的喜怒哀乐给填满了。填得严丝合缝，天网一样，疏而不漏。从头到尾，赵晓阳都说不好爱不爱这个女孩。爱，还是不爱，这是个问题。直到两人分手，赵晓阳都没弄明白他们之间是怎么开始又是怎么结束的。赵晓阳一直处在瞿晶晶编织的云雾里，山山海海，弥弥漫漫，他辨不清方向。痕迹当然还是有的，但都是些零星的片段，不连续，也不刻骨，只有些泛泛的概念做底，没多少铭心的细节支撑。好像是，瞿晶晶奋不顾身跟赵晓阳谈恋爱时，赵晓阳还没准备好。而当赵晓阳慢慢对女孩有一些悟性时，瞿晶晶又义无反顾离开了。可是，谈恋爱还需要准备吗？准备的话又能准备些什么呢？赵晓阳不懂了。

仿佛又是这样的，没有准备好的是爱。赵晓阳还没有从心出发，想一下爱是什么，手足无措间就遭遇了瞿晶晶气势磅礴的爱，她的爱可真是汹涌，洪水猛兽般夹杂着政治、经济、文化、虚荣心、羞耻感和控制欲，她说，这就是爱。她定义了爱。赵晓阳无从反驳也不知道反驳。他只是随从着，附和着，任劳任怨地做着瞿晶晶的男朋友。只是，瞿晶晶不光定义了爱，还定义了不爱。某一天，毫无征兆地，瞿晶晶对赵晓阳说：我不爱你了。赵晓阳听到不爱他的话就像当初听到爱他的话时一样，有些目瞪口呆。还没来得及深度惊诧一下并问一句为什么，仿佛眨眼间，他不是瞿晶晶的男朋友了。

赵晓阳并不想住活动室，可他实在没心情去收拾惨不忍睹的寝室。寝室四个人。一个找到工作，搬去实习的地方了，剩下不穿的衣服和穿过的袜子丢得遍地都是。一个是所谓的富二代，不需要找工作，只需要躲避工作的寻找。他的生活作风更加离谱，喜欢把所有的东西都放在地上，不只衣服和袜子，书、香烟、可乐瓶子、红星二锅头、鞋、吉他、漱口液、女孩送的宠物狗，总之，桌子上只有台电脑和节能灯，剩下的全都随机排列在地板上。寝室背阴，地板上常年长着毛，地板上的东西被毛茸茸的霉斑包围着，就像放进沼气池的杂物，随时间不停发酵。这个腰缠万贯的富二代就这样在这猪狗不如的环境里生活了三年多，真是件不可思议的事。还有个室友，他很反感别人动他的无论什么东西。他行事诡秘，总是很少去上课，似乎对是否拿得到学位也显得漠不关心。QQ 群里没有他，微信群里没有他，校内网里也没有他，手机是有的，却总处于关机状态。起初，赵晓阳和其他两个室友都有些担心，传说中那个杀人如麻的马加爵就是这样一种性格。但值得庆幸或遗憾的是，三年多了，什么都没有发生。

第一次进到活动室，赵晓阳发现，宣传栏里瞿晶晶的笑上沾了墨迹。不知道哪个孙子用毛笔写了个大大的“FUCK”。“FUCK”的笔迹遒劲而张扬，连累到了分享经验的所有女孩。“FUCK”中“K”的最后一笔穿越了瞿晶晶的左眼、鼻子和嘴巴，赵晓阳瞅了会儿，还是有些愤怒了。他回寝室找了件富二代的名牌内衣，蘸了水，小心翼翼把所有女孩脸上、身上的“FUCK”都抹了去。忙活完了，赵晓阳再盯着瞿晶晶算不上漂亮的脸看，突然就觉得，她的笑并不是冲着他的，她的笑像她制造的云雾样飘起来，变遥远了。他们两个已经没有关系了，这是事实，跟他搬不搬过来没任何关系。事实是不会改变的，那他为什么不能搬过来呢？

赵晓阳就搬过来了。

考研成绩早就下来了，可以说，一败涂地。赵晓阳并没觉得有什么失望的，考试的当天也没兴奋，不像高考，临考前几天就睡不着了，想想那时候，真是有点沧海桑田。考不上研，就要找工作，这无须思考。其实，这些天，赵晓阳是在找工作的，也面试了几次。

可找工作真是件无聊的事。记得第一次去面试，应聘的是电子产品的销售员岗位。三个被面试者一块儿进去，最后选一个。面试官总共也三个人，两男一女，但两边的一男一女基本是个摆设，差不多只有中间戴眼镜的胖子在假模假样地提问。赵晓阳这一组被面试的人也是两男一女，他们进去后，胖子面试官开始谈他们公司的发展前景谈他们对人才的渴求谈他们许诺的待遇，谈完之后，被面试的人做自我介绍。同一组面试的另一个男的先说。他穿着西服打着领带说话好像有点口吃。他哏哏嚓嚓地说，他其实是个非常喜欢沟通的人，所以要来面试销售的工作。赵晓阳脸绷着，想笑，但忍着，后来没忍住，笑了出来。当胖子再次一本正经提问题时，赵晓阳又不合时宜笑了下。结果，两次笑葬送了他的前途，面试还没结束，他就被请了出来。

就说刚辞的那个工作好了。那是个卖保健品的公司，赵晓阳的工作就是打电话。每天打成百上千个电话，这些号码是经理给的，他只需拨通号码后，问对方想不想健康长寿。电话那头都是些老头老太太，根据他们的意向程度，赵晓阳做好登记。下面的事，另外的人会负责。实习期每个月八百。赵晓阳不明白，打电话为什么还要实习。公司的位置在市中心，中午吃饭最低花费十八块，来回两班公交车要八块，这样算下，工资仅够这两项开支。更可恶的是，第一天上班，没找到公司地址，打的还花了四十多。电话打到第四天下午，赵晓阳的喉咙不听使唤了，他硬撑了一天，晚上居然梦到家里老人上吊了，他惊恐了半晌，辞了职。

翻看完新闻，赵晓阳有些百无聊赖。他浏览了就业信息网站，打酱油似的在几个地方报了名。接着，他想打一局CS或者魔兽，没找到人。他转头眺着窗外的阳光，突然不知道该干什么。仿佛有些不由自主，他插上耳机，打开播放器，放起了哼哼哈嘿。哼哼哈嘿也就是A片。这些天，赵晓阳比平常更加频繁地自慰，几乎每天晚上回来，他都要听一会儿日本女人的呻吟，然后，自己帮自己弄出来。他并不觉得非常需要，只是感到无聊。起先，赵晓阳有些不好意思。身后，瞿晶晶正朝着空荡荡的活动室笑呢。他有点羞耻，瞿晶晶看着，他不容易勃起。可后来，时间一长就无所谓了。瞿晶晶跟他有什么关系呢？有时候，赵晓阳要射精了，还会专门回头冲着瞿晶晶。

赵晓阳看了会儿哼哼哈嘿，没什么感觉，关了以后，抽了根烟。本来他想叫个外卖，后来决定下去吃饭——烟没了，他要下去买烟，那就不如顺便把饭吃了划算。

外面的阳光真是好。暖融融的现世，也没有风，像西方电影里的镜头，多愁善感的人，估计会感动得流出泪来。为了买包烟、吃顿饭，赵晓阳走在了恍如隔世的人群里，他觉得这理由很充分。生活区的小广场，在活动室，有其他的寝室楼挡着，看不到。现在，赵晓阳看见了广场上熙攘的人群。今天，那里正在办一个跳蚤市场。这事，他早就知道了。反正也没什么事，赵晓阳就过去瞟了两眼。乱七八糟的东西，什么都有卖的。赵晓阳瞥了瞥，场面比年前也在这里办的美食工坊还热闹。

可他并没有要买或要卖的东西，瞅一会儿，他去吃饭了。

吃饭也要排队。这一点，他早也知道。但仿佛看到浩浩荡荡的队伍后，才又记了起来。既然来了，也没必要再回去。赵晓阳排起了队。排队也是件无聊的事。赵晓阳随着人群缓慢地往前移，不经意间，瞍见左手边队伍里一个熟悉的女孩。

“是你啊，真巧，考得怎么样？”

“倒是能去复试，不过成绩比较靠后，很担心被刷下来。你呢，考得怎么样？”

“初试都没过，好悲催啊。”

“还准备考吗？有没有找工作什么的？”

“谁知道呢，走一步看一步吧。你呢，一直在准备复试吗？”

……

赵晓阳只知道这个女孩的名字，叫许心蕊。去年暑假，学校为留校考研的学生准备了间空调房，他们都在那房子里自修。暑假留校的人出出进进也就那几十个，赵晓阳没有跟她说过话，但打水啊去卫生间啊，如果遇上的话，彼此也会点下头，笑笑。许心蕊像她的名字一样，很漂亮，而且是大众情人的那种。去年暑假留校的男生里，很多人惦记她，请她看电影吃饭什么的，可她好像对他们，兴趣寥寥。像她这样的女孩，大学里最应该做的不是考研，而是谈恋爱。可她居然去考研了，还很认真。她走路总是目不斜视而又行色匆匆，很多次，赵晓阳想过去问一问，当她行色匆匆的时候，她都在想些什么。夏天的杭州，大小也是个蒸笼，许心蕊喜欢穿只到大腿根的牛仔短裤和短裙，很让人受不了。赵晓阳不止一次地窥到，许心蕊离开后，有男生便去她的位置旁逡巡。每当这时，赵晓阳都会对着梦游的男生睁大眼睛，怒目而视。要说，赵晓阳也没什么资格瞪别人，他也偷偷掀过许心蕊的书，不止一次。许心蕊这个名字，就是从她的书里翻到的。

赵晓阳也惦记她。好像比那些男生还狠。自修的时候，赵晓阳总是望着许心蕊的背影发呆。螳螂捕蝉黄雀在后。他盯着许心蕊的长头发时，总是想到这个成语。他不知道，在他、许心蕊以及另外那些男生之间，谁是蝉谁是螳螂谁又是黄雀。有一次，他又想上去跟她搭讪，还是不知用什么方法，思来想去，他写了平生第一首诗。说到这首诗，赵晓阳觉得窝囊。他不会写什么狗屁诗歌，就把以前瞿晶晶写给他的短信改成了诗。其实，改动得很少，只是把里面的性别换了下。直到现在，他还能背下来，这是他能背下来的唯一一首诗——如果，它可以叫诗的话。这首诗是这样的：

天空是檀木色的
像一口棺材　上了漆
他睡在
里面　整整一百个夜
而那个女人
还在梦乡里　采摘着星星
她不知道
她拿走了他　所有的光

1 月 15 号考试。1 月 14 号要去考试地点熟悉考场。赵晓阳憋到 1 月 13 号晚上，像诗中所说的，历经了上百个夜，才在最后一刻把这诗塞到了许心蕊的书里。估计，她根本就没察觉。赵晓阳觉得失败，他把这失败带到了考试中。英语考试的小作文题目是给朋友介绍一部电影。赵晓阳就想向许心蕊推荐，也想借推介电影的方式向她表白。他想到了杜拉斯的《情人》。于是，赵晓阳在考试中向他的朋友许心蕊介绍了一部名叫《情人》的电影。在文章的结尾，赵晓阳写道：

You are my angel and you are my lover, forever.

赵晓阳很高兴能够在这么重要的考试中写了几句真话。事实上，写真话并没有影响成绩，虽然考研失败，但他的英语却发挥得很好。只是，考试结束以后，赵晓阳才猛然想起，《情人》这部电影是瞿晶晶推荐给他的。有一次，瞿晶晶问赵晓阳有没有看过杜拉斯的作品，赵晓阳回答没有。瞿晶晶就说，王小波最推崇杜拉斯的《情人》。赵晓阳问，王小波是谁？赵晓阳那时才刚刚上大学，的确没听说过王小波。瞿晶晶觑着赵晓阳，老一会儿，才说，男人不可不读王小波。于是，赵晓阳为了证明自己是个男人，回去读了《黄金时代》，也看了电影《情人》。

吃完饭，赵晓阳去餐厅旁的小超市里买了包利群。排队结账时，手机屏幕上弹出了一个呼叫。他错愕，也有点疑虑，高祥贵几乎不打他电话的。寝室四个人，编了号，他存的不是高祥贵的名字，而是他的编号。在赵晓阳心里，这 2 号还有个意思，即另一个马加爵。电话响了三声，赵晓阳接了。没什么事，跟你说声，我在钱塘江边，刚才看见了晶晶姐。是吗？赵晓阳迟钝地附和。她一个人在江边走来走去。高祥贵说。哦，哦。赵晓阳类似喃喃自语。屏幕上的 2 号消失了，赵晓阳又哦哦了两声。他听见了自己的心跳，咚的一下。

直接从小卖部左拐，再右拐，赵晓阳回了寝室。今天还没上大的，他关了卫生间的门。学校在大学城里，大学城临着钱塘江。瞿晶晶考上的是邻省的一所学校。她回来了？她一个人在江边干吗？她考走了，为什么就不能再在江边走来走去？这跟他还有关系吗？高祥贵去江边干吗？他怎么想起来要跟他打个电话？

不错，入校时，他和高祥贵，都是瞿晶晶带进这个寝室的。他们谈了恋爱，瞿晶晶请他寝室的其他三人吃了顿大餐。瞿晶晶付的钱。他们分了手，瞿晶晶又请他们吃了顿大餐，也是瞿晶晶付的钱，他争了，没争过她。

这些好像都是上辈子的事了，他的大学就要结束了。

赵晓阳空洞地盯着马桶旁的拖把，他有点便秘，一边使劲，一边发着呆。眼神什么时候落实了上去，他的思绪回来了。拖把的烂布上竟然冒出了一朵蘑菇。那蘑菇水灵灵的，散着妖气。他的头皮一阵儿发麻。拖把上怎么会长出一朵生机勃勃的蘑菇？正纳闷，他瞪着蘑菇的眼睛上忽然感到痒痒的，他皱皱眉，定了定目光，几只蚂蚁正手忙脚乱地行走在蘑菇菌细微如鳞片的褶纹里。这是在五楼。这群形迹可疑的蚂蚁怎么爬上来的？它们不屈不挠的蠕动又为了头脑里怎样一个想法？

恐惧的感觉袭来，他早就没有瞿晶晶任何联系方式了。不能这么说，他没删她的号。QQ，微信，微博，手机号，都没删。只不过，她的每一种联系方式都再无更新。或许，她申请了新的。叫我晶晶姐就好了。时间的迷雾里，她粲然一笑。他就存了她的号，晶晶姐。后来他们恋爱了，他没改名字。后来他们分手了，他也没改名字。他怎么就没改过她的名字呢？她早换手机号了，他知道。但他还是翻了通讯录，点开了晶晶姐。一个说方言的听上去很老的女人接了电话。他挂了。

擦了屁股，冲水的一刻，他觑到了马桶的黑洞。恍惚间，一只笨拙的螃蟹割破了他的视线，一脚跌进了下水道里。螃蟹。赵晓阳咕哝了句。

他出了门。

路过跳蚤市场，热闹的买卖里，赵晓阳点燃了之前那包的最后一根烟。市场是流动的，摊位可增可减，空了的摊位也可以补上。赵晓阳没有逗留，他去了钱塘江。学校离钱塘江步行只有二十分钟的路。路过火车票代售点，两个女孩子正蹲在路旁观摩一只藏在冬青树丛里的猫。他也看见了那只猫，它病恹恹的，骨瘦形销。它的眼皮翻动不止，不时地叫一声，声音拖得很长，如一条线，一针一针穿引着阳光的碎点。它怎么了？一个女孩问。它要死了，猫要死的时候，总是偷偷躲在人不容易发现的地方。另一个女孩答。它真可怜。一个女孩说。它真可怜，另一个女孩重复。

赵晓阳加快了步伐。

午后，除了江水低低的嘶鸣和阵阵的腥味，江边空渺渺的。赵晓阳茫然四顾。行人稀少。瞿晶晶刚刚来过吗？她现在还在吗？谈恋爱时，他跟瞿晶晶一起来散过几次步。不经常来，她怕水，小时候学游泳时被呛到过。钱塘江涨潮时，同学们都去瞧新鲜，他们也没去。沿江道路崎岖而漫长，每隔不远，就有一处记录着血的教训的警示牌。赵晓阳走来又走去。他这是要干什么？他在找瞿晶晶吗？他停下了，望着近处江面上一波波的涟漪，甚觉荒谬。他打了高祥贵的手机。他没接。过一会儿，他回过来了。他已不在江边，走了，去了市里。赵晓阳支支吾吾，想问他去市里干什么。高祥贵答非所问，应该没有看错，你去江边了？赵晓阳说了谎，你还有她电话吗？他问得突兀。分手了就删号，这不是个好习惯。高祥贵说，一会儿发你手机上。

一对情侣挽着胳膊走过临栏远眺的赵晓阳的身后。几步远的地方，他们站住了脚。赵晓阳转身，男的正翻栏杆，他跳上了堤岸，钱塘江水汹涌在他的脚旁，几乎伸手可触。他喊了一声。女的循声望去，赵晓阳也望过去。水岸交接之处，一只猫浮着，它已经死了，一小堆庄稼秸秆样的垃圾棺材似的挽留了它，使它不至于顺着奔腾的江水一泻而下。

是猫，不是螃蟹。

那对情侣走了，不再挽胳膊，而是手牵着手。高祥贵还没发来短信。那对情侣已走出去很远，赵晓阳也抬起了腿。明明在他前面的，可倏忽间，他们不见了。赵晓阳紧走几步，来到跨江大桥下，他踉踉跄跄靠近了挨着公路不远的桥墩。他窝在桥墩靠着路的一侧。桥墩的另一侧，一圈又一圈的喘息正在加重。喘息声渐渐有了抑扬，汹涌不止，宛如一路之隔的滔滔江水，颠沛起伏，暗涌不息。赵晓阳扶着桥墩站起来，桥上车辆的呼啸类似罩在头顶的密不透风的云，他走到桥墩的另一侧，杵在那里，像另一个石礅。

神经病啊。男的怒气冲冲，骂骂咧咧的，还想扑过来打人。女的拉着他走开了。赵晓阳睖睁着，许久，也对着桥墩骂了句，神经病啊。他想起来了，有次散步，瞿晶晶心血来潮，钱塘江里有没有螃蟹？她纠缠着问，还要和他打个赌。

你神经病啊，真没劲。他搪塞了句，她便不说话了。

跳蚤市场还没散。这个世界可卖的东西真多。路过一个女孩的摊子，赵晓阳被拽住了。她处理的是不用的化妆品、旱冰鞋、球拍和跳绳。赵晓阳没什么要买的，何况，他马上毕业了。女孩说，帅哥帮帮忙吧，很便宜的。她的眉眼像一个人。是有一点像。赵晓阳买了两根跳绳。女孩的声音也跟她有点像。结账时，女孩连声道谢，嘴角和眼里都是笑，她问了句，你是大一的吗？赵晓阳说，是啊。

打开考研小屋，赵晓阳端详了一阵瞿晶晶的脸。不知怎么了，一股邪恶止不住往上泛。FUCK，为什么要擦掉那些毛笔的字迹呢？他想用圆珠笔再把那个英文单词填上去。他压制着自己的情绪，就要按捺不住了，逃似的，他回了寝室。手机这时候叮了一声，房间里没人，他下意识地环顾了一圈。房间里确实没人，他还是去了卫生间。高祥贵的短信来了。他蹲在卫生间里。他先翻到了晶晶姐。自欺欺人似的，他将晶晶姐改成了 FUCK，又改成了亲爱的。他打过去。一个说方言的听上去很老的女人接了电话。他挂了。

他又上上下下打量了会儿卫生间，想起什么了，移移靠着下水管道的拖把，仔细找了找，没有一朵蘑菇。他蹲下身，倒是有几只蚂蚁莫名其妙地爬在墙根里。还有句话：“撒泡尿照照自己”，小号的红色字迹，已经模糊，落款是马加爵。字迹像他的，可他没写过这句话，更不会署一个杀人犯的名字。他又看了看下水道的黑洞，心陡然哆嗦起来。他拨了那个号，没顾得上存，不知道为什么要这么迫切，他直接拨了那个陌生的号码——瞿晶晶如果接了怎么办？他们早没关系了，不是吗？

是个空号。你拨打的号码是空号。

他打了高祥贵的手机。

关机了。你拨打的电话已关机。

赵晓阳拧着眉头，他的心跳声震耳欲聋。他握紧了拳头，手里原来还有东西，他发现了那两根跳绳。像是才感觉到，他攥着，攥出了汗。两根跳绳如此结实，那种被从这个世界抛出去的感觉霎时来了又似乎霎时走了。他扽了扽绳子，如此实实在在的存在，他又抻了抻。卖跳绳的女孩长得的确有点像她。当然不如她漂亮。他想象着地上蚂蚁窸窸窣窣地忙碌，积攒了一些力气。她好美。长长的头发，瓜子脸，双眼皮，高鼻梁，睫毛稍稍卷着，眼影和唇膏恰到好处。她的乳沟和胸——她为什么那么美呢？

赵晓阳去了图书馆的阅览室。

阳光穿过圆拱形的玻璃洒进图书馆的大厅。大厅中央的池塘里，鱼儿正在欢蹦乱跳。非双休日的下午，图书馆的人并不多。赵晓阳去自修室看了看，不出所料，许心蕊还是坐在年前的位置上。赵晓阳径直去了卫生间。男女卫生间挨着，他躲进男卫生间，拆开了新买的利群。很多次，许心蕊如厕，他都想着把她堵在里边。现在，赵晓阳不光在想，已经准备要做了。他右手吸着烟，左手握着口袋里的跳绳，放任时间一分一秒在悬崖边跳动。

大约半小时后，许心蕊拎着个空杯子出现了。而这时，卫生间里并没有其他人。这是上帝的意思。上帝也是这么想的，所以要这样安排。许心蕊走进卫生间，把杯子放在盥洗台上，拐进一号小门。赵晓阳蹑手蹑脚跟进去，插了女卫生间的门。他拿了盥洗台上的抹布，身体贴在一号小门的门口。

赵晓阳的心跟着许心蕊小便的哧哧声起伏不定，又随着抽水马桶的咣叽声震颤不已。门刚开了条小缝，赵晓阳就冲进去插上了小门的插销。许心蕊吓得啊地叫了声，当她看清眼前的人时，似乎冷静了。你想干什么，我喊人了。许心蕊刚说出这句，她的嘴就被湿抹布堵住。她奋力反抗。赵晓阳将她粗暴地推到墙上，用一根跳绳捆住了她的双手，又用另一根跳绳捆住了她的双脚。赵晓阳按着许心蕊的肩，她的反抗越来越吃力，扑通一声，她泄气了，一屁股坐在地上。她还在挣扎，赵晓阳用腿和手抵住了她。许心蕊脸上的愤怒慢慢变成害怕，害怕涨红了她的脸，她通红的脸看上去更加迷人。她用双手砸他，用双脚踹他，眼睛里仿佛流出了血。赵晓阳直视着许心蕊，猛地给了她一巴掌。这一巴掌非常用力，声音久久回荡着。许心蕊蒙了，一时忘了反抗。赵晓阳往后退了步，离开许心蕊一点距离。他看着她的眼睛，褪下了自己的裤子。他用手敲他的小和尚。许心蕊把自己团得紧紧的，闭上了眼睛。赵晓阳就这样一边看着许心蕊惊慌失措的漂亮脸蛋，一边抚摸自己的小和尚。可摩挲了半天，他的小和尚一点动静都没有。

外面有人推门，推了两下没推开，又撞了两下，嘴里嘀咕着怎么开不了，离开了。赵晓阳提起裤子，坐在许心蕊旁边，掏出利群烟，点上。他一边抽烟，一边掉眼泪。一缕光线从木板缝里绕进来，时间的脚步清晰可见。赵晓阳吸完了烟，解开许心蕊的手和脚，拔出塞在她嘴里的抹布。他开了小门，对着身后说，你去报警吧，就说有人要强暴你，我去楼顶上等着。赵晓阳走出了小门，开了卫生间的门，这时，他听到了身后的声音，这样有意思吗？赵晓阳顿了顿，继续往外走，你杀死了你的机会。赵晓阳抹了抹眼睛，一大颗泪掉了下来。

他去了图书馆八楼的楼顶。

赵晓阳坐在楼角的边沿上，他没泪了，一根接着一根抽烟。他这是干什么？他跑到楼顶来，是要跳下去吗？赵晓阳抽着烟，看了眼楼下，靠着图书馆是一条水泥路，水泥路右面是学校里的花园。花园里有水有桥有草有树，百转千回，曲径通幽。他是不可能跳下去的。他还不敢。

时间走得太慢。赵晓阳抽着烟，烟却消耗得太快，转瞬，半包已经吸完了。赵晓阳抬头放空着自己，阳光伸进他的眼睛，他的眼里冒出了漫天的星星。他想起了默尔索，《局外人》里的默尔索。瞿晶晶说她最喜欢的小说就是加缪的《局外人》。她说如果现实中找到了个默尔索，她会毅然决然地投入他的怀抱。赵晓阳不知道，瞿晶晶说不爱他的时候，她的生活里是不是真的出现了默尔索。赵晓阳也看了《局外人》。他不明白，默尔索为什么要射杀那个阿拉伯人，为什么要对着他的尸体再开上四枪。

三枪不好吗？五枪呢？

楼角出现了阴影。阳光里渗入了丝丝缕缕的冷。难道，许心蕊没有报警？他不可饶恕，她该报警的。赵晓阳又点了根烟。脚下的花园里，一对情侣正躲在一棵柏树后接吻。从他们急切而浓烈的抚摸方式可以辨别，他们或许正热恋。他们慢慢不再满足于接吻和抚摸，男孩的手伸进了女孩的内衣，女孩颤抖着。赵晓阳移开了视线。他无所事事地掏出了手机。一个未接电话，陌生的号，打了多遍。他拨过去。对不起，您拨打的电话暂时无法接通，请稍后再拨。他又拨过去。对不起，您拨打的电话暂时无法接通，请稍后再拨。他记起上午有个电话进来，他接了，是个女人的声音，不记得说什么了。他查了下，不是同一个号。也不可能是高祥贵的号。他怎么会突然间换个号码？难道是瞿晶晶的，难道这个世界上真的存在心有灵犀？他让自己的想法吓到了，也气到了。

推销保健品的那几天，他最怕对方不接电话了，当然，他也怕对方接了电话，骂，操你妈的。

赵晓阳再拨过去。一次又一次。

楼下的情侣停止了动作。女孩指了指赵晓阳的方向。男孩循着指引抬了下头。

二十分钟后，图书馆前停了辆警车。伴着警笛，楼下开始有人群围拢。

“赵晓阳，怎么是你，搞什么名堂？”

赵晓阳扫了眼，那个警察，他认识，外号大伟，经常来学校的操场上打网球。他们一块儿玩过几盘。

“原来你是个警察。”

“怎么了你，有什么事想不开，要跳楼。”

大伟说着话，要过来。

“别动。”

“好好，我不动，你也别动，有话好好说。”

“你办案为什么不配枪？”

“我来不是处理你这个事嘛，不需要枪。你别激动，命只有一条，你还这么年轻，路才刚刚开始。”

“你开枪杀过人吗？”

“什么？”

“你向人开过枪吗？”

“啊……没有啊。”

“真没劲。”

“啊……是啊，不，你到底怎么了？”

大伟稍稍往前迈了步。

“你的号是多少？”

“什么？”

“你的手机号？”

“我的？——187××××××××。”

“给你打个电话吧？”

“……啊，好啊，好啊。”

大伟的手机响了。铃声是汪峰的歌曲，《飞得更高》。

“收到了，收到了。”大伟说着，挂了电话。

大伟的手机又响了。生命就像一条大河，时而宁静，时而——

他挂了电话。

赵晓阳窒息了下。

一瞬间，他的眼前，黑了。

在志成该做些什么

一

赵晓阳所在的学校有两座标志性建筑。一座是桂园宾馆，学校的公共接待处，赵晓阳帮导师的朋友安排住宿时进去过一次，里面的装潢传说是四星的标准，但除了稍精致点外，赵晓阳并没看出客房有什么特别的，倒是结账时吓了他一跳。另一座便是志成大厦。志成大厦位于宿舍园区旁，以前也是学校的财产，后来不知怎么转卖给了私人，不久又被按层或按间承包出去，当然大部分还是被布置成了廉价客房，只有顶楼的两层，装成了个可以搓麻和打桌球的休闲会所。由于房价和地理位置的原因，学校源源不断的校园情侣成了志成大厦最主要的顾客。每天下午或傍晚，志成大厦的门口总有十几个重庆大妈肩上挎着包边聊天边在那招揽生意。“帅哥，住宿不?”“妹儿，进来住撒，这里有葩火。”……渐渐地，志成大厦就有了更贴切更如雷贯耳的名字——炮楼。有一次，赵晓阳匆匆从志成门口经过，一大妈还硬塞给他一张红色传单，他在将传单扔进垃圾桶的瞬息瞥见了上面的四个艺术字：初夜八折。一霎时，他都想伸手将那纸片从垃圾桶掏出来看个究竟了，他鼻孔哼着气，终究没有止步，但脑子却热火朝天地滚起来。初夜？怎样才算是初夜？大妈们又怎么知道别人是不是初夜呢？难道别人做完了，她们会去查房，看处女膜有没有破？

想到处女膜，赵晓阳的心头一紧。有那么很长一段时间，像是一句口头禅，氲儿总是冲着他嚷："你还我处女膜。""赵晓阳，你还我处女膜！"氲儿努着气嘟嘟的嘴，如一个索债的，拿大眼睛瞪着他，他缩着头，心里嘀咕，怎么还？但他说出口的永远都是一堆堆的道歉，永远都是空头支票似的许诺，他承诺用他的时间来还，用他一辈子的时间。可那个平安夜的晚上，氲儿欻地从床上跳起来，眼里打着泪花，指着他的鼻子骂："赵晓阳，你他妈的还我处女膜！"他足足看了她两分钟，像是用眼光在她身上挖着什么，后来她的眼仁都被凿穿了，他才脱口而出，还你妹！声音大得他自己浑身都哆嗦了下……那是他们第一次去志成，也是唯一的一次。他软磨硬泡了很久她才勉强同意去的，她说她不想赶那个时髦。"志成有什么好去的，脏兮兮的不说，还有蟑螂和老鼠。"她说这话的语气好像她去过好多次了似的……可这一切都真实发生过吗？

重新回忆起那个诡异的夜晚，电梯旁的巧合就恍如一把利剑，将连贯的夜劈成了两瓣儿，一瓣糟糕，另一瓣更糟糕。氲儿彻底生气了，刚才还泛着泪的眼里蹿出了火星，她靴子敲击地板的声音也打出了火星，咣咣的，她走得迅疾，他在后面追着，脸上和心里死灰一片。电梯还没停稳，只抻开了条缝儿，她就横着身子钻了进去。他紧随着，也要一脚往里迈，迎面呀的一声，他撞在了一女孩的身上。“赵晓阳！”他脸上的死灰还没来得及换成惊讶或惊喜，楚楚的尖嗓子就针样扎过来。他嘴角咧了咧，生疼生疼的，僵僵的笑漶散上扭曲的脸。“……呃，楚楚，幸亏是你，要不然就被讹上了。”“谁会不长眼睛讹你，看你的样儿长得像有钱人吗？”楚楚大咧咧调侃着，眼睛吊下来，身体侧了侧，她在乜氲儿。楚楚的头又斜了斜，电梯的缝儿越来越窄，氲儿不见了，他脸上伪装出的笑如一层蛇皮般，秃噜噜掉在地上。“我走了哈。”楚楚提了提包，一身轻松样，小眼睛蝴蝶似的眨出了蜜。他杵在电梯口，脑袋里空空如也，却又仿佛有呼呼的声音响个不停。“我走了哈。”楚楚顺着走廊走出去很远，忽然折回来，摆着手笑眯眯地又道了个别。他转头尴尬地回应了下，呼出的气里满是愤懑。

他还是追上了她。但他不敢说什么，也不想说什么，只默默跟在她身后。冬夜又敷了一层冷，他们陷进薄雾里，沉默混杂了夜的呼吸，苍茫茫的。脚下落叶的吱嘎声仿佛从遥远的地方传过来的，而远处操场上隐隐升起的欢叫又像是近在耳旁。他的心伴着脚步咕咚咕咚响，里面的委屈涨潮似的止不住泛滥。他不想追出来的，可他还是追出来了。操场上有人在放孔明灯，他抬头看天，几个大小不一的亮点游弋在某些吵嚷声的尽头，他闭了闭眼，泪却不争气地滑下来。他无声跟着，任着泪流进嘴角，牙齿咬得紧紧的。沉默大起来，像一种原因，又像一种过程，直到她走进寝室，面无表情说了句“你回去吧”，然后砰地关上门，那沉默才果实般沉甸甸砸在他头上，他醒了，又像睡着了，木讷讷出了宿舍楼门。

去志成的路上氲儿还好好的。一个大苹果，她咬一口，又喂他一口。她抱怨着说他咬得太小了，命令他张大嘴。她将苹果抵着他的牙齿往嘴里塞，他猛一使劲，她又倏忽间拔出了苹果。他咬了个空，牙齿打着颤音。她就放肆地笑。笑得他的小和尚都一动一动的。她来了信息，要从包里掏手机，让他先拿着苹果。他躲闪着，苹果不剩多少了，她紧吃两口就可以丢了。她非要他拿，他又躲了，她一转身就把没吃完的苹果囫囵扔进了垃圾桶……躺在志成大厦十五楼的软床上，她的表情似乎就有了异样。他吻她。她没什么回应。他手试着往她的内衣里伸，还没摸到什么，她就挣脱了。“师兄太坏了，说好了今天晚上什么都不做的。”他比她高一级，平常时候，她都喊他师兄的。他就道歉，一迭声地说：“都是师兄不好，不知怎么就惹氲儿生气了。”“那你向我保证，今晚不许碰我。”氲儿气呼呼的脸总那么好看。他嘿嘿笑着，逃也似的，说先去洗个热水澡。

莲蓬头里的水漫在赵晓阳的身上，舒服极了。人在洗澡间里总习惯于盲目乐观，赵晓阳揩着身上的垢，小声哼着跑调的歌，并没把氲儿的变脸当成多么不好的预兆。氲儿一直都这样的，心里仿佛总对做爱这事儿存着不必要的偏见。所以，每次他想做那事，他的哄都必须格外地漫长，也格外地耐心细致，俨然一个拆弹专家的工作。他曾经跟她探讨过性的必然性问题，甚至有时还夸大性在爱情里的作用。她都没有什么反驳，可她就是不自控地觉得他的小和尚脏兮兮的，做爱这事儿脏兮兮的。刚跟他在一起那会儿，她喜欢抖弄老古董般一本正经地跟他说，只有结婚了才可以上床的。“真的，只有结了婚才能上床，不管这个观念多么陈旧落伍，它已经烙进我心里了，你千万不要试图改变我，你改变不了我的，我自己都改变不了我。要是可以的话，也就轮不到师兄宠氲儿了。”他点着头附和，表示十二分的理解，心里却暗暗趸着不屑。她之前谈过恋爱的，还不止一次，用他跟她开玩笑时的话说，也是劣迹斑斑了，做过就做过嘛，这样端着，就有一点装了。直到那天，灯光下，他看着她私处流出的殷殷的血，心漏气的球似的一点一点软下去……

二

赵晓阳裸着躺在床上。氲儿去洗澡了。从卫生间出来，他就这么裸着。氲儿扫了眼他赤条条的身体，没说什么。他裸着去烧开水，裸着帮她脱衣服，裸着往她身上蹭，她推攘着，哄孩子似的说，师兄别闹。她脱得只剩胸罩和内裤了，又若无其事地说，大叔下午打电话了。他搭在她后背上的手怔了下。“是吗，说什么了？”“没说什么，就是随便聊了聊。”“哦……这样的。”他想拍拍她屁股的，手张了张，犹豫的半瞬，那屁股一扭一扭晃出了他的眼眶。它圆圆的，翘翘的，他听到他的呼吸莫名地停了会儿。

大叔特指一个人。遇见他之前，她曾做好了飞蛾扑火的准备迎接那个人。大叔大氲儿八岁，早年没读过多少书，现在广东谋生，兼做户外领队，而她，她自己说她只是个四川的学生妹。在这个男女关系异常迷乱的时代，在这个七十二岁的老人娶二十七岁的姑娘被当作完美爱情连篇累牍的当下，他们间这点客观的距离算不得什么问题的。可她却固执地认为，问题大了。很不幸的是，大叔好像也认为这是个问题。于是事情变得复杂起来。暑假里，大叔带着氲儿去了一趟草原。她渴望着发生些什么，又害怕着真的发生了什么……天空高远，草原辽阔，他们的帐篷里一豆灯火在翩翩摇曳，那到底是一次怎样的奇幻之旅呢？

直到赵晓阳的加入，两个人的复杂又变成了三个人的更加复杂。他是一个后来者，这几乎成了他的原罪。他该怎么面对氲儿的大叔？怎么面对在心里始终为大叔留着位置的氲儿？又该如何面对氲儿跟大叔持续至今又会绵延至明天的情感的动态过程？他确信，氲儿是喜欢他的，或者爱，但他更确信，氲儿喜欢大叔，或者更爱。他一直有一个宽容的姿态，也用理智化解着嫉妒，但记忆深刻的，还是她坐在电脑前展示草原之行的照片时他内心里那无法描摹的感受。草原太美了，她浏览照片时的笑太澄澈了，可身旁的他轻触着她干净的笑，笑里分明就长出了毛茸茸的刺儿，那密密的刺儿仿佛是针对他的，他抿了下嘴，想碾碎了品品那刺儿的味儿，那刺儿就忽而全不见了，他眼望着一撮一撮的黑暗渐渐从心里冒出来，宿命似的——她花朵般肆意飘香的笑不是他给的。

氲儿你说我是第三者吗？他跟她第一次睡在一张床上时，他问。

不是。氲儿说。

氲儿你说大叔现在是第三者吗？他跟她黏腻到彼此都觉得不可思议时，他问。

不是。氲儿说。

有时候，氲儿也会调皮地问他，或者迷惑地问他。

师兄，我去广州玩可以跟大叔见见面吗？

不知道。他说。

那我们见了面可以牵牵小手吗？

不知道。他说。

接吻呢？

不知道。他说。

他确实不知道。虽然，随着他们在一起的时间越拉越长，她不止一次地告诉他，她对大叔的情感正一步步往亲情的方向发展。他相信她说的。他也不想去怀疑。但那也并不意味着他已经自负到完全无视他们三人之间那诸多情感枝杈的可能性蔓延。说到底，他掌控不了什么，预测也仅是预测，他也不能轻易地将某种行为视为爱或不爱的表征，于是，他只能反问。

有了师兄氲儿该不该在大叔那里稍加节制？不见大叔算是一种节制吗？

牵手和爱情的关系是怎样的？接吻和爱情的关系又是怎样的？氲儿怎么看待牵手和接吻？氲儿又怎么在言行的表达上区别大叔和师兄？

氲儿皱着眉头，忽然亲他一口，撒娇似的莞尔，反正我还是会去广州见大叔的，师兄就等着到时以泪洗面吧。

她没有去广州。大叔来重庆了。他们一块儿去接的。住宿就安排在志成。他问是不是太寒碜了，她倔强地说，她想跟大叔住得近一点。他有玩笑含在喉咙里，攒了会儿唾沫咽下去了。现在，他对大叔的印象已不甚明晰。只一个场景，湖面上的水鸟似的，偶尔闪过。吃了火锅后，氲儿不知为了什么要回趟寝室，他就先带大叔去志成。他是热络的，大叔也是善谈的，场子并没有冷下来，但两个陌生人之间要始终维持这场子的热度，就如反刍的牛要时不时倒草似的，两个人的脑子就不得不间或往外吐话题。可他们能言的话题又确实不多，这不多里，大部分又跟氲儿有关，他们又要回避。为了使两人的谈话不至于显得那么刻意，来到房间后，他们几乎是抢着去开电视的。开着电视，他们名义上的主要的事儿就变成了看，看会提供彼此沉默的合理理由，制造毫无危险性的公共话题，并掩盖话题转换时必然会产生的突兀感。他们打对了如意算盘，但电视却一时开不了。房间里是有电的，电源插座的指示灯也亮着，但电视机的电线插头插上去却毫无反应。他们如两只无头苍蝇，按按这里，敲敲那里，后来他就记住了那张画面，电视屏幕忽地蓝了下，他看了看他，他也看了看他，他们笑了。

除了那客气的对视，他们还有一点挺默契，是氲儿告诉他的。她先问他觉得大叔怎么样，他说大叔挺好的。她又问他是不是真心话，他说是。然后她脸上的酒窝就溢出来了，志得意满地说，她问大叔觉得师兄怎么样，大叔也说师兄挺好的，她也问大叔是不是真心话，大叔也回答是。

莲蓬头哗哗的，氲儿的话隔着水声和玻璃门传过来，“志成没有吹风机，我不洗头发了。”他含混地应着，想着氲儿忽然的不高兴是不是大叔打来电话的原因。他没有那么肯定，只忧郁地想，如果是的话，那他刚才低声下气地哄就真的下贱了。他有一点悲伤，为了避免在纠结中继续悲伤下去，他拿出手机来刷屏。以前的话，他会玩玩微博或微信，但她让他染上了没事翻 QQ 好友说说的毛病。他打开 QQ 空间，第一条更新就是她的。时间显示的是几分钟前。“大叔的声音听上去为什么那么憔悴呢？”他瞪着屏幕上的字，很久，字都变花了，他还空洞洞瞪着，后来他的胃猛地痉挛起来，他忍着，身体在缩，肚子也在缩，手握成拳头顶进胃里。就在他洗澡的眨眼的工夫，日月悬置，黑白颠倒，现实伸出它狰狞的獠牙，只轻轻一碰，就戳破他自己用时光做原料织就的捆缚自己的那厚厚的茧。他以为过去的都不曾过去，大叔从来都没有被完成，他如影随形，洗澡间里的镜子似的，照着他一丝不挂的身躯。他洗不净他的小和尚的，他也不可能洗净他的小和尚的，她的眼里，它生就的，令人作呕……他把眼神搁在虚空中，呼吸又停滞了会儿，白炽灯的炸响噼噼啪啪的，迷蒙里，他终于看出了从未觉察的另一种事实，她也是脏兮兮的，还猥琐，也包括大叔。他们耽于算计，徘徊不定，从未有勇气径直走向对方。他们又自私有余，贪心无度，舍不得放开手来成全彼此。他们就那么牵绊着，将所谓的爱情生生拖入泥淖，满足于自我幻想的不完美。而他，竟然在无意间成就了他们，有了他，他们的无能变成了不能，他们的市侩精明也顺理成章被罩上了一层梦想的光影。他恨他们了，更恨自己了……事情是怎么一点一点坏下来的呢？

他赤裸着背对着她。她穿着睡衣睡裤背对着他。

他给她发了条短信。

“我在你说说下面留了言。”

“你转过身直接问我不好吗？”

他转身了。扑在她身上，撕扯她的衣裤。她从没见过他如此野蛮，一时错愕，反应过来，抓挠着他的脸。玻璃墙外，几束平安夜的烟火载着美好的祈愿飞向天空，有那么一道红光，划错了地方似的透过帘隙落在他们扭动交错的腿上。冰凉冰凉的。

三

房间是退不了的。但他也不打算住。他回来收拾电脑，短信提示音响了。“女朋友怎么让你睡跑了？”楚楚的短信。他心里恓惶得很，懒得听风凉话。一会儿，手机又嘟嘟了两声，“不方便回？在哪儿呢？”他丢了电脑包，仰躺在床上，“志成。”“一个人？”“你说呢，两个跑了一个。”“哈哈，干吗呢？——看A片？”她发了一串笑脸，他的脸都被憋青了，嘴里骂着脏话，正要回一串怒脸，突然的敲门声惊了他一激灵。他以为听错了，当当当，真是他的房门。

“谁？”

“扫黄的。”

楚楚的坏笑。他打开门，疑窦写在脸上。

“是不是以为我在跟踪你？”她说话的气流喷过来，像只红笔胡乱画着××。“做贼心虚了吧。”她边说边往房间里走。

“以前我邀你来志成那么多次，你都不来，现在可是你自己送上门来的，出了什么事——呵呵，后果自负哈。”他将他失落的情绪收好了压在心底，深吸一口气，恢复了跟她一贯的说话方式。

她摇着头环顾了房间一圈，没脱鞋子，检测床的承载能力似的，一努劲儿，将身体摔上去。

“这是玩的哪一出，真要跟我上床？”他也纳闷了，还发怵了，自从他们很久前过了那段暧昧期，他们的谈天是变得非常随意了，举止也轻佻，但像这样的架势，孤男寡女，躺一个房间里，还是志成的房间，无论如何都越雷池了，他猛然意识到了自己的危险，仿佛是不期而遇的，荒谬的现实一下子就触到了他深藏的某个秘密的阀门。他的后背被什么击了似的，一凛。

“你想得美，一个你都搞不定，还想搞两个。”她甩了甩头发，侧起身，言语里都是挑逗的意味。“我要是在师妹那里随便说点什么，你跳进黄河了也洗不清。”他们同级，又算是好朋友，他跟氲儿刚确定关系时请她吃了顿饭，那次以后，她就管氲儿叫师妹。

“不就是楼梯口撞了下嘛，真要讹我？”他嗅到了房间里四处游荡的荷尔蒙的气息，但他绷紧的神经却在慢慢松弛，床上躺着的女孩是楚楚，那个小宠物似的傻姑娘，他没有必要害怕的。

“不跟你闹了，师妹过会儿会不会回来？如果看到我们现在这样，那可真就说不清了——我愣个老女人还是要找男的噻。”

“看来你自私的毛病一点都没改，你恶作剧一样闯进来，不说连累我，倒只想着自己的清白——”他的话顺着惯性蹦出来，心思却绕着楚楚的担心转，氲儿回来就麻烦了，可氲儿当然不会回来了，他沉潜着的愁苦倏地水泡般冒上来，他咂了咂嘴，满嘴不是滋味儿。“咦，你怎么知道我住这个房间的？”他突然想起什么似的问道，“你不会真跟踪我吧？”他的脑子开了窍般，问题连上了问题，“你平安夜来志成做什么？”问题荒草似的燃起来了，“不要说你玩的是一夜情？！”

楚楚是重庆本地的姑娘，个不高，单眼皮，白白的，听别人讲话时喜欢将眼皮冷冷地吊下来，一副心不在焉拒人千里之外的表情。认识氲儿前，赵晓阳曾在楚楚身上花过不少时间和心思。有人说，男女的感情就像抛物线，顶点的时候捅不破那层纸儿，关系也就会眼睁睁淡下来。他那时是翻来覆去地想过要不要跟楚楚谈场恋爱的，她也明显觉察了他对她的好感。他去过她家玩。他们在一个脚盆里洗脚。他还拍了张照片，四个脚丫子摞起来的照片，像个特别的寓言似的，一直存在他手机里。但也是在她家客房的床上，他辗转反侧，最终做了个艰难的决定。他不要跟楚楚谈恋爱。他发现感性上他越来越亲近她，而理智上他又越来越排斥她。她太像个小动物了，她会为了所谓的感情或随便什么忽然打来电话，哭得伤心欲绝，又会迫不及待把他找来只为抱怨跟某人不值一提的摩擦。她仿佛只活在生活的表层，也只需要他的表层，他们更像彼此的宠物。他受不了这一点，他不能跟她谈恋爱，可他的欲望已被自己撩拨起来了，他又想跟她做爱。这是个多么荒唐的境地啊！他费尽周折最后确认的只是想当一个嫖客！嫖也不能真嫖，他的行动在暧昧的当口停下来，但他们毕竟暧昧着，他的嘴就口无遮拦了，怎么样，我们什么时候去趟志成？她开始还挺反感这样轻浮的玩笑，后来明白，他玩笑开得越大，他们关系中爱情的成分也就越少。他已经放弃了所有的主动，不打她的主意了，因此，像一个固定的话题似的，哪怕有其他的朋友在，他偶尔也会随口说道，一会儿散了咱们去志成？——斗地主吗？她也随口应道。

四

楚楚变回了她小动物的本来面目。她坐在床头，怀里抱着枕头，目光哀戚。赵晓阳则坐在床尾，腿盘着，低头听她说话。他有些走神，想起以前，也是这样，电话里，她讲着讲着就带哭腔了，越哄，她的声音就越湿漉漉的。她入住登记时在信息表上看到了他的名字，顺便记下了房间号。她绕了很大的圈子才告诉他来志成的目的。她说她要跟他道歉的，她把他当成一个很好很好的朋友，但她骗过他，其实也不能说是骗，应该是误导。他们相熟了之后，曾交换过一些隐私。她说她只看过一次A片，还是本科时，她看着看着竟睡着了。她说她虽然谈过一个男朋友，但直到他告诉她之前，她完全不知道女孩子也可以自慰这回事儿。她说的都不假，但她看出她的话误导了他，却没有纠正。

“我告诉你，你可千万别往外说！”这是楚楚的惯用伎俩，以前也总是这样，“你保证，也不能跟师妹说。”

“那还是算了吧，你还是别说了，万一……”

“不能万一，你快保证！”

“那我保证。”赵晓阳无奈地笑了笑，看来楚楚真的长不大了，她连说话的口吻都跟以前一模一样，每次，她告诉他点什么，让他当个秘密听着，鬼鬼祟祟的，可回头她又跟别人说了。后来他不想听她的秘密了，可她偏要说，还让他保证，说出去就天打五雷轰。

“我是做过那事的。”楚楚两手抱紧了枕头，很痛苦似的。

“做过就做过呗。”

“是那事。”

“我知道，不就是性交吗？我也做过。”

“你怎么那么恶心，当你朋友才跟你说的。”楚楚的泪说来就来，她拿枕头沾了沾眼角，“就在志成，大四的平安夜，那时你还没来读研，”楚楚的泪大颗大颗冒出来，琥珀似的晶亮，“我以为别人都不这样的，真的，我心里面愧疚极了，不知道愧疚什么，我不后悔的，是我自己要做的，可我还是愧疚，愧疚得要死。”

“这不是很正常的事吗？那时你们彼此欢喜，两厢情愿，然后水到渠成做那事。”赵晓阳似乎不太明白她的愧疚指什么，但他还是安慰着。

“你不觉得哪里不对吗？就是……我也说不清楚，我不后悔的，但是……”她说不下去了，抱着枕头抽泣起来。

他挨过去搂住了她，她的哭声大起来，泼染成一片混沌的海，他在海浪里浮浮沉沉，重重的脑袋忽然不合时宜地闪过了四个字：初夜八折。那是楚楚的初夜吗？他的心孤独地叫了声。他眨了眨眼，那唤叫更像是氲儿的，氲儿一面眼泪河水似的淙淙往下流一面又笑着似的喊，“师兄，你还我处女膜。”……那是他跟氲儿的初夜吗？哪次算是他跟氲儿的初夜呢？他想也许这辈子他都不会忘记那一小摊血液了，他盯瞅着它从氲儿的私处流出来，就仿佛一个全新的世界轰隆隆碾过，他什么都看不见了，恐惧是漆黑的，还缠着凄厉厉的哀鸣……那几天，氲儿的周期迟迟不来，他们都害怕怀孕了，可他们根本就没做过，怎么可能怀孕呢？他们没做过吗？他的小和尚那么多次亲吻着她的私处，她不允许它进去，可它却在一点点试探着深入着。到底是哪一次试探又是哪一次深入可以被命名为初夜呢？直到血液流出来那次吗？可它刚渗洇着时，他们以为那只不过是经血呢。他们还一块石头终于落了地般傻乐呢……不要哭了，不要哭了，他喃喃地劝慰着，内心的失败感愈发强烈，不要哭了，他抚摸着她的背，她的裙腰，她的大腿。“不要。”他听见她说，又像是他自己说的。他把她放倒，手伸进她的裙子，她的丝袜滑腻腻的。他亲吻她。她闭着眼。他听见他说想要上她。他听见她说不要。他的手扯了扯她的内裤，他的手寻觅到那汪黏答答的湿地。他又听见自己绝望地说，“你之前怎么不跟我来志成呢？你可知道我在这里给你留了秘密的。我看到我们的距离了，沟壑纵横，可来志成就是我搭的桥啊，你该迈过来的，迈过来，我就会告诉你，来志成不是为了上你，是要在这里跟你表白，是要跟你表白啊。”他又听到她的哭声了，嘤嘤的。“可我现在想上你了。”“想上你了。”“求求你了，不要。”“真的不要。”他解开了她的裙子，褪着她的丝袜和内裤。“你怕什么呢，你不是做过吗，你不是在志成连初夜都给别人了吗？你个贱女人。”她突然过了电似的，警然一惊，浑身着起熊熊的仇恨，冷不丁一脚踹出去，他还没来得及反应头就磕地板上了。他趴地上张着嘴望她，她草草穿好衣服，看都没看他一眼，小跑着撞开了门……

五

赵晓阳一丝不挂地站在志成 1505 号房间里，他刚又去冲了个澡，他把电脑打开了，房间里充斥着波多野结衣的呻吟，他本想跟氲儿一块儿看波多野结衣的，氲儿曾说，从某个角度上看，波多野结衣很像林志玲。他只带了两只套套，他从电脑包的侧袋里找出来。他手里捏着套套，却又不知做点什么了。他读套套上的字，durex，1 natural latex rubber condom，天然胶乳橡胶避孕套，内含 1 只，批号 0010836838。他拆开，对着嘴吹起来。他像个小孩，追逐着房间里的两只气球。他拉开窗帘，赤裸裸站在玻璃墙前。正前面是几栋宿舍楼，楼里的人影清晰可见。再远处，灯火璀璨的地方是桂园宾馆。平安夜，桂园宾馆前竖起两个硕大的布满彩灯的圣诞老人。桂园宾馆依山而建，两座主体楼交并于空中，赵晓阳惊奇地发现，从志成的这个房间望出去，桂园宾馆活像个叉着腿的女人。他正对着桂园宾馆，小和尚抵在玻璃墙上。身后的波多野结衣要叫床了，他握着小和尚的手快起来，一下一下一下，桂园宾馆好像随着他的节奏也动起来了，他感到了内心的欢叫，他想象着他在强暴的是林志玲，他感觉他快要飞起来了。

玻璃墙上的精液污渍似的滴着，他躺床上，恍惚瞅见自己拿着张纸巾走过去擦了，可他明明躺床上一动未动。他蜷着身，用食指划拉手机屏幕，氲儿回复他的评论了，他在她的说说下面留言，刚才的不高兴跟这条说说有关吗？氲儿说，谁知道呢，也许吧，我也不知道。他又起身站在玻璃墙前，精液确实没有了，他什么时候擦的呢？他又不知该做点什么了。他想起两个多月前的国庆节，一个女孩来这个学校找她的男朋友，结果她的男朋友已经背着她觅得新欢。那女孩就从志成的十二楼跳下去了。他从同学上传的手机图片里看见过她孤零零的一只臂膀。真是傻呢！很多人议论纷纷，为什么要跳楼呢？他的思绪凝滞了会儿，像死过去了闭着眼睛，说不定呢，说不定她只是待房间里实在不知道该做什么了，死神敲了下她的头，她就跳下去了。是的，她跳下去跟一个劈腿的男人毫无关系，她只是不知道该做点什么了而已。他突然想哭，号啕大哭，他快步走回床前，用被子蒙起脸……多年以前，那个刚上初中的他不会想到，多年以后，他被会匪夷所思的时间裹挟着押入一小块名为志成 1505 号房的空间，并因为一个陌生的不知道该做点什么而去跳楼的女孩号啕大哭，他哭得如此掏心，如此入情，像在哭当年挂着泪水的自己——

那时他真年轻啊，才上初中，新的环境让他惊恐又让他兴奋。一个女孩，他小学隔壁班的同学，他甚至都无法确认是哪一个，从进校第一天起，就频频递来情书。一封又一封署着她名字的情书从一个又一个认识不认识的同学手中传来，男生寝室议论开了，女生寝室也议论开了，整个班级都议论开了。他仿佛无处遁逃，他不知怎么就无处遁逃了。那个夜晚，灯熄了，他溜出寝室，偷偷爬上教学楼的楼顶，他想到了死，他又不太明确他想到的是不是死，他坐在楼顶，苍穹浩瀚，繁星斗艳，像什么无可挽回似的，他泪如雨下。

与那脚球有关吗

一

赵晓阳刚一迈进五楼阴暗的走廊，就看见那个高大粗壮的泰国女人正拎着一个鼓囊囊的黑色垃圾袋迎面走来。时节已到了初冬，她脚上却趿拉着双凉拖，拖鞋敲击地板的声音在狭长的走廊里撞来撞去，赵晓阳的双眼一疼，微闭了，又缓缓睁开来，接着，他的眼里就只剩了那泰国女人的嘴巴。她的嘴巴红艳艳的，也油腻腻的，暗淡的光线下，像生了锈，也像结了垢。赵晓阳伸出舌尖抿了抿嘴唇，左脚下意识往墙边横跨了半步，那女人就近在咫尺了——这座研究生公寓是男女混住的，混住的不只中国男女，还有国际友人。一步之遥的这个泰国女人就住在走廊接近尽头的某间房里。除了他寝室附近几个房间里住着的同一学院的同学，赵晓阳并不熟悉这层楼上的其他住户。然而，即便如此，这个翻着厚嘴唇挂着圆耳环的泰国女人，他还是知道的。

一股呛人的香水味逼得赵晓阳又往墙边靠了靠。他的头抵住了镶在墙上的电表盒子的棱角，他挤着眉嘴角上扬想哼哼两声，还没等张开嘴，却突然听见一声惊慌失措的尖叫灌进耳膜，与此同时，黑色垃圾袋分崩离析在他的头顶，而近旁的泰国女人，双手伸过来死死挽住了他的胳膊，耳环和唇膏也如遭遇了磁石的铁屑，瞬间就扎进他的怀里。

赵晓阳僵直了身体，头又不可避免地触到电表盒子上。他摸了摸头顶，看了看那只跳出垃圾袋又百米冲刺的老鼠。他抖抖肩膀上的污渍，收回神——怀里的女人圆润润胖嘟嘟的，香水里似乎弥漫着发情动物的味道。怪不得，赵晓阳想。

赵晓阳帮着她将垃圾重新收拾进塑料袋里。她脸黝黑，辨不出年龄。她蹩脚的言谢里听不出丝毫的难为情。赵晓阳内心浮出一缕笑意，他目送着她的背影，下体热起来。她转过头冲他咧开嘴笑了下。她的牙齿倒是挺白的，不过，一瓣一瓣大得惊人。手机就是这个时候响起来的。手机就是赵晓阳微笑着望着泰国女人雪白牙齿上的微笑并且下体变得越来越热的时候响起来的。

赵晓阳对着手机喊完“喂”之后，意识才跟过来。

“赵晓阳学长吗？我是濮青。”

“哦。”

“是这样的，医生现在怀疑是导致或诱发了腰椎间盘突出，让我去做核磁共振。你看你下午方便来一趟吗？”

“啊……”

赵晓阳的下体不闹了。

二

刘大平的脸上没有表情。他只在病房的门口站了站，就扭身去走廊尽头的窗户那儿抽烟了。赵晓阳还在跟那个叫濮青的新疆女孩嘘寒问暖。他的腰弓成个虾，脑袋就差没啃到那女孩脸上去了。那女孩本来脸上挂着笑呢，他们一进去，就换了一副病恹恹的嘴脸。“不知道这里是医院吗？怎么还抽烟。”刘大平看到一个拿着药瓶的女护士正张着嘴瞪他，他也瞪了会儿那个矮矮的戴着眼镜的丑陋护士。女护士朝他走过来，他迟疑了片刻，一转身，把烟吐到了窗外。女护士回去了。刘大平骂了声：“操。”女护士警觉地回了回头，不过，脚步并没停下来。

算上刘大平和赵晓阳，这次来医院的，总共四个人。另外两人是陈兴平和周酩旸。赵晓阳先来的。他们三个刚才在打羽毛球，回寝室的路上登QQ，看到了赵晓阳的留言，就顺道过来了。

此刻，一道赧橙色的夕光移到了刘大平的脸上。他的脸一半陷进光里，另一半埋在暗里。他用处在暗处的眼睛盯着直挺挺的光线，看到夕照里布满了到处游走的小颗粒。他挪了挪身体，整个人就跟回光返照的夕光划开了距离。处在暗处的眼睛似乎更能看清某些东西。当另外三个人也来到窗户旁时，刘大平很迅速地瞥见了赵晓阳眉梢上的一丝得意以及另外两人鼻尖上的对赵晓阳的一丝不悦。

赵晓阳迎面站在光里。他的脸看上去有些暧昧。他眯起了眼。

竟有一段不短的沉默，像是在配合医院的氛围。

还是赵晓阳没必要地咳嗽了声，先说话了。

“她又打我电话，我不知道该怎么办，在群里留言，等了半个小时没人回复，又去敲了几间房门，都不在，就一个人先过来了。”他停顿了下，“又交了三百块钱住院费。能报的，她说。”

刘大平看着走廊的远处。走廊凉飕飕的。他的身体也凉飕飕的。打球出了汗，现在汗下去了，就觉得浑身冷起来。他摸出烟，依旧看着走廊的空荡处，烟点着时，喉咙里咳出一句话：

“不能她说什么就是什么。”

刘大平开了头，陈兴平和周酩旸也有话说了。

“一脚球有那么严重吗？上次我们已经出了钱，拍了片，医生也没说什么的，转天她来医院敷药，我们也买了水果看望了。她也说没事了，怎么又来这一出？”

“一脚球就能踢出腰椎间盘突出。可能吗？她这明显有讹人的意思了。”

“大家都不在，也没办法商量啊。当时留的我的号。我来到医院，她让再去垫些钱，又说以后可以报的。况且这事的确跟我们有关系，我就去交了。”

“不是怪你交钱。关键是不能这样她让交钱咱就去交钱。”

“就是，以后她爱怎么样就怎么样，我们也算仁至义尽了。再说，也不是我们这几个人踢的。”

“你不该交钱的，赵晓阳。下次再交，我先声明一下，我是不会平摊的。”刘大平开了话头之后就一直在专心致志地抽烟。他吐着烟圈。吐到第十个的时候，下嘴唇一努，将烟蒂一块儿吐在医院走廊的大理石地板上。同时吐出的还有针对赵晓阳的这番话。

“你让我怎么办？打的又不是你的电话。你以为我想交？又不是我踢的。”赵晓阳的话里有了吼的成分。但他的话都被刘大平的背挡回来。刘大平已经迈开步子走了。不过，刘大平也冷笑着吼起来。“你不会是看上那个会变脸的林妹妹了吧。”另外两个人，一人拉着刘大平，一人拉着赵晓阳，都在劝，但听上去也都像在抱怨。抱怨谁呢？赵晓阳？刘大平？还是那个濮青？女护士可不管他们在抱怨谁，她突然蹿出病房，怒不可遏地叫起来：安静！——对付噪声的办法是制造更大的噪声，刘大平一伙的确安静了。他们走过女护士身旁时，都低着头，像过街的老鼠，慌不择路。

但是，他们还是听到女护士站在他们身后说："操。"

三

进来的是曹文辉和余梦飞。

赵晓阳泡了茶。茶叶是前些天跟着导师下去调研，当地的学校领导送的。说是土特产，比云南的上好普洱差不了多少。

"阳哥，还是得说说那脚球的事。"曹文辉挨着床边扯了半天闲篇，等纸杯里浮着的茶叶都沉下去，才转了话锋。

"听他们说，那女孩又打电话了？不会她真看上阳哥了吧。"余梦飞脸胖，一笑就堆出了褶子。

"飞哥也打趣我。我刚还在网上查腰椎间盘突出症的病因呢。"

"那女的就是扯。她腰椎间盘突出关我们鸟事。我们片子也拍了，药也买了，水果也送了，都说了没事了，又来找。我们星期天踢个球，又在指定的足球场，她们体测也不清场，人都还坐球场边，能怨谁？"曹文辉关中人，话一快，方言味就出来了。

"那女的之前好像也在住院。我去交住院费，她说她的医保卡在医生那儿，一直还没办出院手续呢。这事昨天本想跟刘大平他们说呢，还没来得及，就闹得不欢而散。"

"我就说嘛，一脚球就踢出腰椎间盘突出，这哪有的事。说不定她之前就突出呢。"

"这就是一糟事儿。我们不理她不就完了。钱交了也就交了，也甭管什么对不对了。阳哥，我也问了其他人，现在就是这样的意见了，反正她那里留的是你的号，她要是再打电话骚扰你，你就不要接了，把她的号拉入黑名单，就当这事过去了，大家以后该踢球还踢球。”曹文辉跷着二郎腿，双手插到袖子里，一副不怕事的二流子表情。

“哎，对了，当时，那脚球到底谁踢的啊？我那会儿坐在对面球门那儿打电话呢，都不知道发生了什么事儿，就只看到有人围过去了。”余梦飞这话是悄着声冲赵晓阳说的，但曹文辉不耐烦地接过了话茬。“管他谁踢的，反正不是我，也不是你，我们就不接电话，她能怎么样？刘大平说阳哥爱出风头，这话是有点不地道了，可我们要是一直没这么热心，估计她也不会赖上我们。所以嘛，一切到此为止，阳哥，咱以后可不接她电话了。”曹文辉拍了拍赵晓阳的胳膊，不重，但带着力量，这力量里有相互宽慰，有同仇敌忾，不过，赵晓阳还从这力量里感受到了冷冰冰的责备。赵晓阳一凛。

临走时，余梦飞也拍了拍赵晓阳的胳膊。

“阳哥，你出的钱大伙要平分，你不好说，我去。”

四

大中午，走廊静悄悄的，也如往常，阴森森的。

“谁他妈把老子的号给那贱女人了。”周竞超突如其来的谩骂就如黑夜里响在头顶的一声猫头鹰的尖叫，锐利而迫切。有人从支离破碎的梦境中惊醒，绷着脸，制造出嘭嘭的开门声，然后，将头探进走廊日深月久的寂静，也如雷管炸裂般吼出一嗓子：“周竞超，你鸡巴叫什么叫。”

是李云汉的声音。那天，他本来也一块儿踢球的，不过，出事之前，他要去听讲座，先走了。于是，也就莫名其妙地逃过一劫。

周竞超的谩骂当然是冲着赵晓阳的。此时各个房间后面竖起的耳朵当然也是冲着赵晓阳的。赵晓阳坐在电脑前，听到谩骂锤打在房门的一刻，忽而想起他在苗族村做调查时，当地人指着一个正手舞足蹈的独眼巫师说，他在放蛊。赵晓阳又是一惊。

赵晓阳登了 QQ，他本想将周竞超从群里拉出来加为好友后，再发上一段话。但是，他想了想，将这段话直接传到了研究生群里。

“把濮青送到校医院的那天，总共交了三次钱，赵晓阳交了两次，周竞超交了一次。留的是赵晓阳的号。第二天，拿着水果去看望的有三个人，分别是赵晓阳、周竞超、梁诗豪。赵晓阳给濮青打了一个电话说要去看望，濮青说，不必了，她已经敷完药就要离开医院了。周竞超又打了一个，他说，还是过去看望一下吧，他们已经启程，走到了田家炳教育中心，马上就到了。如果没有记错的话，当时，赵晓阳给濮青打完电话后，就一直在接另一个电话。周竞超再次打给濮青时，用的是自己的手机。”

赵晓阳一直盯着电脑屏幕，电脑屏幕上的 QQ 群也一直盯着赵晓阳。

QQ 群一片死寂。

夕阳已经西下。赵晓阳擦了擦眼镜，又揉了揉眼睛。他又发了一段话。

“章沁怡，你在线啊。有空的话，一块儿吃晚饭好了。实在不好意思，回到学校这些天，一直都在感冒，现在才刚刚好些。那天你打来电话时，正忙一个棘手的事，所以，语气就显得心不在焉的。抱歉。”

16 点 38 分 22 秒，章沁怡发了个笑脸。

16 点 38 分 24 秒，章沁怡说，好。

赵晓阳木然地听着聊天记录嘟嘟的提示，心里猛然生出一缕邪恶，他用力咬着嘴唇，那邪恶分明又是挫败。

五

今晚的忘情水吧像是特意为他们准备的。没有其他的客人。老板兼服务员——一个三十多岁眼影很重颧骨很高的瘦削女人正戴着耳机坐在收银台前看一部都市情感剧。

他们坐进了里排的二号沙发。仿古木桌上的玻璃罩灯透出的光线依旧是暗红色的。灯光柔软而迷离，衬得青纱帐上粉红色的花朵也溢出了古意。凹凸不平的装饰墙上也还挂着记录心情的纸和笔。那些纸张用黑线穿缝起来，如一个个孤独的木偶生硬地对抗着时间。赵晓阳起身将帐子拉到两边夹起来——他发现他没办法跟眼前的这个女人共处于一块密闭的空间，哪怕，这空间只是由一层薄薄的纱帐隔开的。

喝什么？

酒水单第三页的第三种饮品。在这家水吧，他总是习惯这样叫东西——已经不记得多少次了，就是这个位置，赵晓阳面朝南坐着，对面变换着不同的姑娘。他都不知道他为什么坐在这里，可对面的姑娘又明明是他约出来的。有时候，对面的姑娘还是他厚着脸皮低三下四地求来的。可来了，他就坐在这里说出两个数字。然后，一边喝着两个数字拼成的饮品，一边打量着对面的姑娘怎样和一个目的不明的男人逢场作戏。他扭头找到了墙上的一张纸片。纸片上写着：

数字和饮品的关系。形式和内容的关系。

那是他写的。

章沁怡点了杯拿铁。

他们已经许久没有联系了，就像是最熟悉的陌生人。上个月吧，那时候赵晓阳还在渝湘黔交界的乡下代课，她打来电话。她说话还是那样客气。她问他在乡下过得怎么样。非常耐心，也适可而止。她擅长这样。擅长关心他者，并给别人留下说话的余地。虽然，这个优点有时候程式化到几近于隔阂。作为报答，他也问了她的近况，泛泛的，浮光掠影一般。但他没想到，十个月来，她第一次在他这里提到了胡浩，以及她跟胡浩近些天的关系。她说着说着居然动情了——她当然应该动情，那是她的感情生活。她在电话那头哭了。虽然只一会儿，她就克制了，但是，她的确在电话里哭了。她说，等你回来了，我们再好好聊——胡浩跟赵晓阳同一个专业，也同一个导师，宿舍更是挨着。赵晓阳支教期满，胡浩要去接替的。

她依然是克制的。话不多，主要是一些无关紧要的提问。其间穿插着大片大片有效的倾听，起码，看上去，她听得很认真，就讲到了一句话。赵晓阳说，我不想再做一个好人了。那次，她隔着电话向他哭诉，哭诉她每段关系里主动扮演的弱者的身份，他的安慰里，就已经提到了这句话。他当时举的例子是他教的那些留守儿童。没有人真正替那帮孩子着想。他也不应该的。这一次，他谈到了那脚球的事。仿佛一个新的佐证。他低着头，把玩着傍晚见面时她送他的一只橘子。他又间或抬起头，眼光搁在她身上那些无关紧要的部位。“球滚过去碰到了她的背。以前更严重的事也发生过。有一次，还是我踢的，一脚就把场外一个正跑步的男人的鼻子打出血了。我说去医院看看，那人摆着手继续跑，还开玩笑说，这可是第一次在跑步的时候见红呢。我们以为过去说声抱歉就没事了，可她手撑着腰不起来，表情显得痛苦，就送她去医院。挂号时，大家都说没带钱。都穿着球服嘛，也难怪。我当时球服外面裹了件外套，钱包正好在外套里，就去垫上了。第二天还买了水果去看望了下。我以为这事也就完了。隔了几天，她又打我电话。我找别人没找到，自个儿又去医院垫了点钱。我哪想那么多嘛。我就觉得，球是踢到她了，她住院，不管怎样，我们总归要交些钱的。那女孩看上去也不像不懂道理的。她一再说麻烦了，还说，没事的，这些钱都可以报的。她也不是胡搅蛮缠。球真踢到她了，腰疼得很，医生又说腰椎间盘突出，还说是一辈子的事，她也害怕呢。可我又去交钱，一块儿踢球的其他人就不乐意了。球又不是我踢的，这么积极干什么？还问长问短的，有本事一个人把这事应下来嘛，还不是要拖累大家。我想想，也是啊，当这个好人干吗呢？——"

章沁怡的眼神荡漾在久石让的音乐里。她的表情是有一些沉溺的。他无法辨别她的陶醉缘于他的言说抑或只是音乐的催化——不知从什么时候起，水吧变得文艺起来，滥情的流行歌曲还在放，但已不再是全天候的，偶尔，一些电影的背景音乐会缓缓氤氲开来，让人恍然觉得，也许这里真的是一个可以忘情的地方。《菊次郎的春天》放完了。停顿只像个无人察觉的裂痕。音乐再次响起来。

《花样年华》。她轻轻的一句呢喃。的确是《花样年华》的背景乐。他也听到了。她窥到了音乐的裂缝，更敏感地捕捉到他言语间的裂纹。

赵晓阳竟然松了一口气。

六

从洗手间回来，她瞥见他正出神地望着墙上的那些留言。她听胡浩说过，他经常带着姑娘来这里，并适时地写下只言片语。刚认识的时候，她也跟他们来过这里。他们三个。好像还不止一次。而那一次，她失态地打电话哭诉时，他告诉她，他们第一次约她出来，借口其实是帮他找女朋友的，胡浩只是个陪衬。就在刚才，她一面听着他讲话，一面假装不经意地扫着墙上的留言。虽然字迹潦草，她还是在内心里分辨着哪些出自他的手。他的眼神出卖了他。他看那些留言的眼神出卖了他。

什么在阻碍一个人跟另一个人走得近一些或者走得远一些？

某一次夜半归来的途中，我终于承认了我一直在逃避。

他也显得极耐心。他讲了那脚球的事。他也许还可以再讲下去的。他讲得认真。她也听得认真。可她还是无端地有些沮丧。他不准备主动地问问她跟胡浩的事。这是多么好的优点。可此时此刻，这优点简直让人气愤。她打断了他。她要谈谈她和胡浩的事的，他跟胡浩一个导师，似乎也无话不谈，他们的爱情也发生在他的眼皮底下，她想谈谈，她想听听一个局外的朋友的看法。可张开嘴，她又问起了那脚球的事。她心里简直要哭了。

“你知道，有一些话，我不能说。”他突然看着她的眼睛，“我还要在别的地方做人的。”

她不再问那脚球的事了。她有了耐心。他给的。她低下头喝她的拿铁。

“我是有一些怨气的，”他看着她喝咖啡的样子，脑子像是短路了。“凉了吗？”“不凉的。”她回答得干脆，还冲他笑了笑。“他有时说话夸张，这你也知道，我起初也没怎么在意的。可夸张不能过头的，过了头，就虚伪了。他口口声声说他是云大毕业的，可他的一个同乡告诉我，他们来自同一所地方师范。我去人人网上搜，果然不假。这只是其中的一个事，别的我不想多说。他把我当最好的朋友，可他在最好的朋友面前连最基本的履历都要造假，这无论如何都让人觉得，这个人的人品似乎有些问题。”

他似乎意识到了什么，不说了。还显得很后悔。他俯下头用吸管喝了口眼前那杯橙黄色的饮料。是柚子汁？橘子汁？还是橙汁？她分辨不出，也许，他也不知道他喝的到底是什么。

她在沉默里晃着咖啡杯。沉默巨大。她忽而害怕起来。不是害怕他的看法。她害怕这沉默的荒旷和辽远。她需要他继续说点什么，好的，或者，坏的。

“谢谢你把我当成朋友。”她说。她眼里居然浸了泪。

“我这样说，也不算对不起谁。毕竟这是我眼里的事实。”他听到了她的哽咽，好像触动了，也好像只是为了躲避漫长的沉默里绵延出的尴尬。“他去了乡下没几天，就打来电话借钱。这不可气。他不仅借了我的钱，还借了别人的钱。这也不可气。可气的是，他在借别人钱的时候说，他的钱都借给我了。他可以找别的理由的，他不该如此轻率地处置帮他的人。”他的确又用沉默控制了一会儿他的情绪。可他发现他的思路已不可遏制。他喘了粗气。

“他有女朋友的。一直。”他说得平静。好像只是在说出口的一瞬间，他突然明白他为什么坐在这里了。他第一次在这个名叫“忘情”的水吧明白了他为什么要和对面的一个女孩相对而坐。这句话仿佛一座山。他爬上山顶。想哭都没有眼泪。接下来的路，他将健步如飞。

他又喋喋不休说起来。

她听着他的话。他的话慢慢融化，瓦解，失却了内容和形式。她只听到他的话从她的心里冒出来，汇成了两个字。她听到她的心冷笑着。“傻瓜。”她的心空了。也实了。

她再一次捕捉到了他言语中的罅隙。简直不着痕迹。

“那个被球踢到的女孩不会再打你电话了吧？”

她确信这是她想问的。

七

那是个星期一的上午，赵晓阳还在睡梦中，电话响了。是个陌生的号。接听的瞬间，他不是没想过这种可能性，可他还是接了。是濮青的同学。他去医院看望时见过。她身材矮，却偏胖，脸盘也朴素。那天，从医院出来，他们拎着水果送她们回寝室。濮青还是个球迷。周竞超一路跟她聊着巴萨和梅西。他跟她挨着，也不能什么话不说。可说了什么，他都不记得了。他只隐约想起，他给她推荐了一部名叫《圣殇》的电影。因为她说，她没事了就会看电影，经常没事，也就看了很多电影。

他没有打断她的话，也没有反驳。她的语气听上去有些义愤填膺。可这事跟她有什么关系呢？他揉着惺忪的眼，他的眼里倏忽间变幻出她的脸庞，那真的不像是一张适合观看文艺电影的脸。

你怎么不说话啊？

她的质问里莫名地浮出掩不住的关切。

“你第一句话就在夸大其词了，其实大可不必这样的。什么叫我们不管不问呢？你明明看到我们去交了钱，还去看望了的。我是说不要再打我电话了。那又怎样呢？球不是我踢的。我已经做了我能做的。当时球踢到她的时候，你也在场，你和你的其他同学不也假装什么都没发生，远远躲开了吗？我不能给你其他同学的号。首先，我们虽然一个学院，可我们除了踢球在一块儿外，并没有其他的交情，我根本就没有他们的号。退一步，即使我有他们的号，我也不能给。我给你们他们的号算怎么一档子事呢？还有，你可以说我在说谎，无所谓，反正我要说，我不知道直接责任人是谁，我并没有看到。她妈妈来了，我更要这样说了。”赵晓阳说得很快，也很突然。但他的话，掷地有声。间隔了有一会儿了，他问道：“你怎么也不说话了？”语气里有些许的嘲讽。她还是没有说话。他犹豫着。

“你们不是还有一个人的号码吗？”

他刚说出这一句，她便张嘴了。可显然，她不是在回答这一句。

“不是你踢的，钱交了一次又一次，你有病呀！”

赵晓阳一怔，挂了电话。

那是星期一的上午。他记得很清楚。因为，同一天的下午，他要去给本科生上两堂选修课。他的导师出差回不来，需要他去代课。讲格尔茨《文化的解释》中第三编的第六章：“仪式与社会的变迁：一个爪哇的例子”。他记得清楚。

可是，濮青的妈妈来了。还是飞过来的。

八

方成章和赵晓阳站在周书记的办公室，他们低着头。辅导员李老师也进来了。李老师让他们坐，他们没动，李老师也陪着他们站着。外面在下雨。天灰蒙蒙的。可能有一丝风。条状的窗帘边角在动，轻飘飘的，掀起来，一抖，又落回去。那一瞥里，雨好像大了。

“怎么回事啊，都闹到学院来了。影响多不好。”周书记没有抬头。

“那个女孩被球碰到了，她非说腰椎间盘突出，要核磁共振，还要去专门的医院治疗。”方成章说话有些支吾，言语也似在躲闪——他经常组织踢球，又是学生会的副主席，学院找到他了解情况。他叫上了赵晓阳。赵晓阳本不想来的。可除了一次外，钱都是他去垫付的，他是整个事件最好的见证人。况且，他也抹不开面子。平常踢球，他们两个还算相互照应的。

“怎么听说，那位同学一直都在住院，可都没有人去看望一下。有这样的事吗？”周书记抬头了，还摆了手，不过是冲着李老师的，李老师点了点头，出去了。

“哪有啊。那天，我们把她送去医院了，还拍了片，医生都说没什么事的。我们也去看望了的。缴费单子我都还留着呢。可她说，一脚踢成了腰椎间盘突出，我们就不敢再去看了。这像是在讹人啊。”赵晓阳一面说，一面观察着周书记的神情，也顺便在脑子里过滤一下他跟导师的闲聊记录。那里面，有一些跟周书记有关的。

“你们踢球的人，所有的，尽快，这一两天的，去医院看望下。人家家长来了，都躲着不见，这不是解决问题的方法。事情是怎么样的，去跟人家家长好好解释解释。你们也倒好，怎么不早跟学院说，要不是过来找了，我们还不知情。真是不像话。”周书记看了看表，脸越拉越低，不耐烦了，“行了，我马上要开会，你们赶快把人召集起来，去医院吧。”

外面雨下得专注。也无声无息。天空的离愁别绪散布进楼道，五楼的走廊便更阴郁了。有吵嚷的声音如寻觅水源的蠓虫群，扇动着翅膀，忽隐忽现地溶进走廊的潮湿之中。声音来自刘大平和余梦飞的寝室。寝室里七八个人，你一言我一语，正打磨着一件事情的走向。毫无防备地，门突然开了。方成章面带愠色走出来，右拐进了自己的房间。紧随其后的是赵晓阳，他双手插进上衣的口袋，闷着头拐向左边。走廊里有了一阵忙乱和骚动。右拐。右拐。左拐。脚印带着污渍，匆忙而滞重。

“踢球啦！”

余梦飞扯着嗓子喊了一句。

“踢球啦！”

周酩旸也喊了一句。

这句调侃的话回荡在走廊里，像外面渐黑的雨，一滴落在另一滴上，叠出了寒意。

走廊打了个喷嚏般，嗡嗡响着。

就在刚才，方成章和赵晓阳从学院走回寝室的路上，雨开始真正密起来。他们窝在同一把伞下，腿脚不停打着颤。方成章揽着赵晓阳的脖子，眼光落进深不可测的水帘，他像在跟雨水聊天似的问道：“阳哥，那脚球到底谁踢的呀？——我确实没看到。”赵晓阳的话都溢到了喉咙口，可他听见后一句，就生生将自己的话攒成了唾沫。赵晓阳挣了挣脖子，也看向雨里。方成章揽着赵晓阳脖子的那只胳膊却用了力，伞也向赵晓阳这边倾斜了。“是不是敖晨？”“是。”赵晓阳落了个重音。“敖晨前两天不是不在学校吗？现在回来了，我去他那里旁敲侧击过了，他不承认呢。”

赵晓阳拉了拉方成章的胳膊，雨就更密起来。

九

其他三个床位都空着，濮青的妈妈让他们坐，他们就都倚在床边上。濮青的妈妈将他们带来的水果挨个分发，嘴里还嘟囔着，过来就好了，拿什么水果啊，都吃不掉的。他们推不脱，每人接了只香蕉，拿在手里，也不能总拿在手里，又不能吃，就只好悄悄放在床边上。

“那个是赵晓阳学长。”躺着的濮青斜起身子指了指赵晓阳。

“谢谢呢，谢谢。”濮青的妈妈点着头，又塞给赵晓阳一只苹果。

没有人说话。

这一点倒是事先就统一了的。他们要等着濮青的妈妈先开口。他们要看看她的招数，还有底牌。

她坐在她女儿床前。短暂的噤声让她不自禁回头掖了掖被角。她脸椭圆，额头很高，眉毛描成了两道黑线。她身材丰满，轮廓粗犷，胸脯挺成了两个疙瘩。她是新疆来的女人。她为了她的女儿而来。她又开口说话了。

“你们不说，那我就先说。濮青的情况大家也都看到了。我只简单汇报一下。这两天，药用得少了，主要的治疗是一天两次的医疗推拿。大家也知道，这种病，主要靠养，也没什么好法子。从前天吧——是吧？”她回头望了眼正枕着靠垫摆弄手机的女儿，像是在寻求确认，但没等濮青抬起头，她又扭头继续了，“嗯，从前天，濮青能下床小走一会儿了，但时间不能长。之前的那几天，是下不了床的，一个多星期不洗澡，她整天嚷嚷着身上痒。说实话，我是真心疼啊。一个女孩子，在外面读书，生了病没人照顾，哪个当妈的能不心疼。她在电话里逞强，不让我来。我嘛，工作忙，家里又有老人，也脱不开身。可实在是担心哪！夜里都睡不好觉。我跟她爸说，不行，怎么都要去看一眼。坐火车来不及，飞机票贵，再贵也得飞过来啊。”她说得有些哽咽了，起身从床头抽了张纸巾：“说实话，我是很生气，尤其看到濮青孤零零一个人躺在这里，不管怎样，她是被球踢到了才住院的，不能没人管没人问啊。你们来了，我心里算是有些安慰了。咱也不是说要讹人，说得不客气点，家里也不至于穷到拿不出钱给闺女看病。可一码归一码，这事得有个说法啊。”她用纸巾擦了擦眼角，环顾着木愣愣的他们，“说实话，你要说她现在这个样子，全是因为被球踢成的，那也太勉强。咱有一说一，濮青体质是不太好，以前久坐腰也会酸疼。可话又说回来，不是那脚球，就不会诱发腰椎间盘突出。腰疼的人多得是，但不见得都得这种病。大家也知道的，腰椎间盘突出不像感冒，来得快去得也快，这种病要跟人一辈子的啊——”

濮青的妈妈一直说着实话。她也一直强调她说的都是实话。可实话一句句堆积起来，越来越稠，也越来越重，压得他们连喘息都有些吃力——那可是一个女人漫长的一辈子啊！

没有人说话。

她又环顾着头低得更低的他们。他们更加木讷。谁的手机响了。震动的铃声。嘟嘟嘟。嘟嘟嘟。没有人接，也没有人去提醒。濮青妈妈的眼神里渐渐有了讳莫如深的笑意。笑意将她的嘴角和眼角都微微撑起来，她又起身抽了张纸巾，她擦了两下眼角，又擦了两下嘴角，最后，起皱的纸巾在她的人中附近不停揉搓着，好像她的笑意堵塞了她的呼吸道，她不得不通过掐人中来进行自救。

“阿姨，当时的情况您可能不太了解，您误会我们了。”曹文辉正对着濮青的妈妈，中间隔着一张床，他没看她，而是胳膊抱起胳膊，死盯着床上两件女人的外套。

濮青的妈妈俯身将纸巾扔进纸篓，抬起头来，一道犀利的光聚拢在曹文辉身上。

“是这样的，球不是我们踢的。当时球场上很乱，因为是星期天，踢球的人也很多。我们这几个一个学院的，跟其他人一块儿踢呢。当时濮青在北门那边，我们是朝南门攻的，怎么会踢到她呢？是另一拨当中的哪个人踢的。不过，那些人是陆续组在一块儿的，而我们这边几个人同一个学院的，看到球滚到场外碰到了人，我们就过去看了下，又看到濮青手扶着腰很难受的样子，当时她周围的同学又都是女生，我们就送她去了医院，她不能走，还是我们背她去的医院。”曹文辉迎着濮青妈妈的眼光看过去，“可能濮青误会了，您也跟着误会了，以为是我们踢的，实际并不是这样，当时，我们也没好意思言明，医生拍了个片说没什么大碍，我们也就放心了。拍个片花不了多少钱的，我们就当凑钱聚了个餐，也没多大关系。早知道，我们就提前说了——我们后来没有再过来看望，一是因为忙，再有，最主要的，就是这个原因了。”

“是啊，阿姨，真是这样的，我们当时过去围观，人又多，又都是男生，就把濮青送医院了。我们过去也是应该的，虽然那脚球是对方踢的，可球是我们的，我们也不能坐视不管啊。”梁诗豪接上曹文辉的话，说得入情入理。他还比划着，好像那天的场景呼之欲出。

很多人都有话说了。

“那这么说，我们还要感谢你们呢。”濮青的妈妈听不下去了，话突然高了半度。

“阿姨不信，可以去保卫处调监控的，操场二十四小时都有录像。”大家都说了，赵晓阳也狠下心附和了一句。

“我信，我信你们说的。你们是研究生呢，高学历，我信你们——那当时具体谁踢的，你们知道吗？”濮青妈妈的话，不知怎么，又低下来。

“踢球是这样的，陆陆续续有上，陆陆续续有下。我们这边倒是挺固定的，可那边是临时凑起来的。谁踢的，还真没看到。”

“就是看到了也没地去找啊。他们那边的人数是拼起来的。这个学院有，那个学院也有。有可能是学生，也有可能是学校外边的人。那天是星期天，好多社会上的人也来学校踢球的。就只在球场上照过面，球赛结束了，也就散了，场下又不认识，去哪儿找啊。”

“那我们怎么办呢，濮青？吃哑巴亏吗？”濮青妈妈转向濮青，求助似的，濮青不看她的妈妈，也不说话。

“那我恳求你们吧，以一个可怜妈妈的身份恳求你们，请求你们帮我找找踢那脚球的人。我们就算不需要赔偿，也总归该知道谁是直接责任人吧。”濮青的妈妈双手合十，站起来，是想要鞠躬了。

他们没有迎上去扶，而是慌忙躲开了。他们含混地应着，远远说着诸如祝濮青早日康复这样的废话，留心着并没有弯腰俯身的濮青妈妈的举动，他们有的跨，有的挪，有的迈，有的退，三步也好，五步也罢，眨眼间就集簇到了病房门口，他们又齐声说，那我们告辞了。

濮青妈妈跟到病房门口，人停下来，眯起眼，让视线继续跟在他们背后，他们拐过了走廊，视线还跟着，跟出另一条走廊，又跟出医院，直到从病房的窗前，能看见他们走在校园的马路上，弯曲缠绕的视线才重又变成直直的。

十

周书记进来了。他们悉数站起来。周书记停在休息室门口，一探头。“大家都到了。”他没迈进来，只弯腰在门口处的打卡器上刷了卡。“等我一会儿。”

他们就又坐回到原处。

一等就等了半个多小时。

这间供学院行政人员休息的房间并不大，除了门口的打卡器和东面墙上的钟表，房间里只摆了一圈沙发。休息室偶尔也被当作非正式的会议室使用。他们被告知，下午两点半准时在这里开会。十个人必须都要到场。此刻，他们十个围坐在一起，时间咔嚓咔嚓绞着他们的心跳，他们谈论着遥远的西甲、德甲、意甲和英超，但对那脚球的事却只字不提——二十天来，他们十个终于第一次全部聚齐。来学院的路上，他们也粗制滥造了一致对外的枪口。他们会矢口否认。他们也不得不矢口否认。他们现在已被一个谎言粗糙地捆绑在一起。他们接下来应该做的或者必须尽量去做的，是圆谎，是修缮谎言表面的裂痕。这是一项现场工作。时间未到，他们无法预知将会发生什么。他们无法预知，所以，无聊的等待里他们又心照不宣地谈论起欧冠和世界杯。

李老师先进来了。周书记也跟进来。

房门关上后，这间密闭的休息室立马让人联想起了电影《十二怒汉》。

"李老师已经大体给我讲了事情经过。今天叫大家过来，是想再核实一下。散了会，我立马就要去保卫处开会。濮青的家长又去学校反映了情况。今天下午，相关的部门领导开会商议这件事该怎么处理。说说吧，说说事情经过。也说说与濮青家长接触的经过。"周书记开门见山。

一时间没有人开口。

"有什么事不用瞒着，要相信学院。咱们学院肯定会护着自己学生的。周书记一会儿就去开会了，如果连实情都不了解，就是想帮助自己的学生，那也爱莫能助啊。"李老师帮着腔。

就有人说了。方成章说的。

刘大平、周竞超、曹文辉、周酩旸也插了几句。

周书记不动声色。

"事到如今，你们说送濮青去医院纯粹是在做好事，当然不是说没有这种可能，我也宁愿相信就是这样的事实，但是，我信没有用，李老师信也没有用，关键是对方家长怎么看。这很显然啊，你们脱不了干系的，媒体上也经常报道这样的案例，路上遇到老太太摔倒了，好心送到医院，却被讹诈得不轻。对方会问，不是你们踢的，你们为什么送医院？具体到这件事，还有更不通情理之处，你们要说学雷锋做好事，看到有人被球踢到，帮忙送去医院，这说得过去，可到了医院，你们为什么去交钱？你们也说了，去医院她还有个同学陪着，就是她一时没钱，也轮不到你们垫啊。这都不打紧。最关键的，就是第一次好心交了点钱，就像你们说的，钱也不多，一摊的话，也都不在乎，可为什么第二次还去交钱？”

东面墙上的钟表指针响得刺耳。咔嚓。咔嚓。又咣一声。

为什么第二次还去交钱？这个问题似乎应该由赵晓阳来回答。但是，他并不准备说什么。正是由于一开始他过于积极了，他后面的处境才变得越来越进退维谷。他决定缄口不语。

“第二次钱是赵晓阳去交的。”赵晓阳不说，刘大平替他供认了，“我当时在医院里就跟他争吵起来了，我说这钱不能交，球都不是咱踢的，咱交什么钱。可他心软，说人家在病床上躺着呢，钱也不多，又可以报，先垫上又怎么着了。我说这不是钱不钱的事，过后就解释不清楚了。赵晓阳说，她也就是个学生，有什么解释不清楚的，她还至于讹咱们不成？——你看现在，真讹上了。”刘大平摊了摊手，很无奈的表情。

“哪位是赵晓阳？”周书记顺着刘大平的话问一句。

赵晓阳举了举手。

周书记点了点头，似有深意。他的目光停在赵晓阳身上，随着脖颈的曲张上下跳突。他似乎在等着赵晓阳说上几句什么。

“也不能全怪赵晓阳。当时我也在场。我们是跟濮青解释了的。说球不是我们踢的，我们不能再去垫钱了，她也没具体反驳什么，就是显得很可怜似的，眼看着眼泪就掉下来了。赵晓阳就是出于好心，一个女孩子，哭哭啼啼的，他看着不忍，就又去垫了点钱。我可以作证的。”周酩旸仰起脸，挺了挺胸，将周书记探测器般的目光吸引过来。平常的时候，赵晓阳对周酩旸并没有什么好感，他没想到这会儿他会帮着他圆场。周酩旸踢球喜欢横冲直撞，他人为了避免伤及无辜只得频频躲闪，但他好像总误以为那是他球技上佳的例证，并在言谈举止中不无得意地表现出来。

周书记似乎并没有刨根问底的兴趣。他等着周酩旸讲完，忽而弃了纠缠，问道：“哪位是周竞超？”

周竞超一愣，举了手。

“濮青的家长提到了你。说你在电话中承认那脚球是你踢的。”

“我没说啊。”周竞超急于否认，声音瓮声瓮气的，“她问我是谁踢的，我说我哪里知道。她一次次打电话，还让她同学打，我烦了，就回答她，就算我踢的好了——这话一听就是敷衍用的嘛。”

敖晨坐在周竞超左手旁。他像尊佛，坐得稳稳的，事不关己一样。

“那个女的这是想讹人。她那天看到周竞超说话嬉皮笑脸的，什么都不在乎，一说垫钱，他第一个就掏出来了，虽然不多，只几十块，但她看眼里去了。”曹文辉见周竞超说完后突然一片寂静，没有人跟补，周书记也没追问，犹豫了片刻，才打破了僵局。

“时间快到了，我也不问别的了，你们确认球不是你们当中的某个人踢的？能不能确认？”周书记像是了然于胸般，望了望窗外。

大家呼呼啦啦地说，能。

周书记起身就走了，也没宣布散会。

他们措手不及，面面相觑一番，看向李老师。

李老师说，写份带签名的事件说明交过来，要上交研究生院，尽快。

李老师又说，都先回去吧。

出了学院，大家都不说话。先是团成堆走着，后来十个人走成了一条长队。

敖晨就落到了最后。

十一

他们聚在刘大平和余梦飞的寝室商讨事件说明应该怎样写。

“怎么写都行，这玩意儿谁看呀！咱就一口咬定不是咱踢的，谁能把咱怎么样。她说咱踢的，她得拿出证据来不是，她有证据吗？她上哪里找证据去。操场上当然没有录像，要有，他们早就调了，还会等到现在。也别叫学院给忽悠了。学院那些人也不是什么好东西。学院才不管你死活，他们就是想赶快找个人顶上，他们就万事大吉了。他们就没责任了？学校的责任更大。咱星期天在指定的球场踢球，有什么错？本科生星期天体测，这是个学校组织的活动，为什么不清场？那些人不在规定的跑道上体测，跑到足球场上来抄近路，踢到了能怨谁。一个学生在寝室里自杀，跟学校一点关系没有，家长找来了，学校都得负责，都得赔钱，何况咱这种情况。咱就撑着。都说不知道，没看见。单独叫，也这样说，她要告，告去呗，想怎么告就怎么告。再说，学校不会让她告的，学校就想私了，事弄大了学校下不了台。学校一年处理多少这样的学生纠纷，他们钱多得是，有专门的资金就是处理这种事的。咱撑得时间越长，对咱越有利，过些天还找不出人，一放假我们就溜了。咱现在就应着，叫咱去学院咱就去，叫咱写材料咱就写。咱都应付着。只要是大家内部别出什么问题，谁都拿咱没办法。”

曹文辉的话又在众多议论里占了上风。

他把众人引向了这条船，船早已离岸，他手里的桨选择的方向，就是这条船的方向了。

“说不是我们踢的，很好说。为了规避自己的风险，哪个人单独这样说，也都对。但有一样，己所不欲勿施于人，不能为了自己把风险往别人身上推。”赵晓阳还记得下午他缄默里的愤怒。

“你这话是针对我的了，可我说的是事实啊。”刘大平用鼻子哼着气。

“挖细节当然是可以的。可挖细节时不要忘了，咱这是事后圆谎。当时交钱没想着以后不承认是咱踢的了。”

“当时就不该交钱。”

“过去的就过去了，不要提了嘛。再吵能有什么用呢？关键是以后怎么办。”曹文辉用胳膊肘捣了捣赵晓阳，又站起来推了推刘大平。其他人也推搡着赵晓阳和刘大平，说些调和的话。

赵晓阳心里突然就横出一丝仇恨。他握着拳头。停了一会儿，他发现他心里的仇恨依旧鲜亮着，他窥到仇恨的芒尖上刘大平的身影慢慢消失，曹文辉的脸庞凸出来。

赵晓阳深吸了口气。

回到寝室，稍一静心，赵晓阳就后悔自己的意气用事了。他过了会儿脑子，留言给方成章：“来一下我的寝室，有事找你。”“非要过去吗？我现在都不敢乱串了。紧张兮兮的，像在拉帮结伙。”方成章回复得很快。赵晓阳没再说什么，他等着。

敲门声响了。

“得跟你聊聊。”赵晓阳拿了件自己的外套让方成章披上，方成章穿着保暖内衣就过来了，“我看你跟刘大平经常一块儿吃饭，私交不错，你得帮我缓和缓和关系——你也听到了，他下午没必要那样说的，虽然我第二次去交钱欠考虑，但也不能总是咬着这事不放。”

“刘大平说话就是那样，直。你别放心上。刚才你一走，我就说了他一顿。事不在自己身上就好说，当时是经常打你的电话，要是打他的，他就不这样说了。这两天，学院打我的电话，我才知道，真是烦死了，我都想给点钱算了。”

“你刚才说拉帮结伙，我还真得拉帮结伙。学院再找我，我能咬紧牙的，但是，这样其实对我没什么好处。在开始都是我交的钱，我有嫌疑。下午周书记的眼光已经摸过来了。”

“你说的事，应该不至于。要是那样，咱这群人就太烂了。”

方成章临走也没承诺什么，但他说了件事。刘大平追过个女孩，没追上。那女孩，有段时间，跟他走得很近。方成章说，我就不说谁了，你知道。

赵晓阳回想着刘大平的背影，那背影居然那么像他。

赵晓阳的失败感又来了。但他忍着，坐到电脑前，又给余梦飞留了言：“飞哥，多谢帮我把平摊的钱收起来，其实，我之前说了，后面的三百算我的呢——当时真不该那么鲁莽就去交钱的。哎！”余梦飞不在线，赵晓阳等了会儿，又发了一段话：“对了，都忘了，我把你女朋友发过来的教育学的课堂论文转给我在乡下代课时认识的那个中学老师了，她说，非常好，帮了大忙了，她都送到教委去了。改天请你们两口子吃饭——等这脚球的事过去以后吧。”

“阳哥忒客气了。嘻嘻。”

余梦飞发了一串笑脸。

赵晓阳松了口气。霎时间，疲倦顺着钢琴伴奏和欢呼声传过来。他这才注意到，耳机里的歌一直都在单曲循环着。

李志。《这个世界会好吗》。

十二

事情原委

2012年×月×号（周日）下午，××学院十名研究生在学校一运踢球。当时球场情况是：很多学生在上体育课或体能测试（具体情况未知）。同时，同场踢球的还有其他各学院学生数十名之多。突然，我们看见球场边有一女生被球踢到，似乎受伤了，引起同学围观，我们也过去看了一下情况。该女生捂住腰部，表情有些痛苦。当时围观的多是女生，我们出于好心，一起将该女生送到校医院，后进行拍片、推拿、抓药，共花去医药费300多元。拍片结果显示，病情并无大碍。过了几天，该女生可能以为她的伤害是我们造成的，再次找到我们，要求住院治疗。对此，我们其中几个同学过去跟她解释，伤害不是我们造成的，但解释不清，出于减少麻烦、避免与其发生争吵的考虑，她说住院可以报销，并提到，她的医疗卡还在医生那里，好像这次意外之前，她一直也在住院，出院手续都未办理（也不知什么原因），最后，再次为其垫付了住院费300元。没有想到该女生不依不饶，屡次找到我们，要求为其负责。我们一次次解释，终无果。后来，她家长赶来，我们也与其进行了沟通，并说明了事情的具体情况。谈话中，她妈妈提到，濮青身体情况一直欠佳，之前，也有较严重的腰椎间病症。

现在，我们不堪其扰，应校研究生院要求，特写出此份材料，报告领导知悉。

我们了解到的这个女孩的情况：名叫濮青，新疆人，×× 学院大三学生。其他情况不知。

另：当时球场有很多人，她的很多同学也都在事发现场。

×× 学院研究生：
方成章，赵晓阳，周竞超，曹文辉，余梦飞
刘大平，梁诗豪，周酩旸，敖晨，陈兴平

2012 年 × 月 × 日

十三

赶完那篇名为《浅谈学生主体意识的培养——以初中语文教学为例》的所谓论文就已经夜里十一点多了。赵晓阳前段时间在乡下代课时欠下了这笔文债。那个身材窈窕眼睛跳跳的女老师在他离开之前，神秘兮兮地请他吃了个饭。有那么一瞬间，他都想歪了。不过还好，她只是想要一篇论文去评职称。回校后的某天路遇余梦飞，他提到了这件事，他记得吴的女朋友是教育学院的，他只随口一说，看能不能找篇文章来，没想到，吴真的发来篇论文。——他说那是他女朋友本科时的毕业论文。——当然是不能用的。赵晓阳只好花了一整个晚上模仿 CNKI 期刊上的类似文章堆积了两千字。

可他睡不着了。

他拿出手机看时间，零点已过，新的一天都已悄无声息开始了。他打开手机短信的草稿箱。“很想跟人说点什么，不知道跟谁说，其实也并不想具体说什么，只是想告诉另一个人，此时此刻，我不是很好。”他输下这些字，手机提示他是否存入草稿箱，他摁下了是。他将手机扔到床头，可他更睡不着了。他抓过手机，把草稿箱里的内容发送了。

他知道她还没睡。

手机嘟嘟响起来。

他像做了个梦。一晃神，慌忙穿了外套走出寝室——他的室友今天不知怎么回来休息了，这些天，他们所里一个项目要结题，他都睡在所里的。

章沁怡问他怎么了。语气听上去还是那么温柔。

他沿着楼梯走下去。走出了公寓楼。他左拐，下坡，来到一运的足球场。夤夜的足球场空荡得摄人心魄，但他毫无察觉。他在足球场上一圈一圈走着，仿佛在急切地追赶着什么。

她说，事情不会那么糟的，真的。

赵晓阳定定地站在球场中央，他抬起头，除了黑洞洞的雾气，偌大的天空似乎什么都没有。

她说，还是会有好人的，真的。

他又试着仰了仰脖子，他还是看不清那些游移不定的黑，是雾气吗？雾气不应该是白的吗？他只觉得脖子酸痛，然后，整个身体似乎在慢慢变小。他感觉他在变小，一点一点碎裂进脚下的草坪里。

她说，时间不早了，那我就先挂了，有事再打我电话吧。

他一屁股坐在草坪上，头耷拉进裤裆。他的头越来越低，像是在找寻草坪中那些碎成颗粒的自己的魂儿。他抬起头，右手不停地翻着手机。

他点开了电子书中的《露特》。

露特曾经对我说：“答应我，永远不会跟他发生任何瓜葛。”我还记得她当时讲这番话时的样子。坐在窗旁的一把椅子上，两条光腿高高地跷着。她刚淋浴完毕，还洗了头，只穿着内衣，头上裹着一条毛巾。看上去相当坦率高雅。说这话时，她饶有兴致地看着我，谈不上忧心忡忡，更多地像是在谈论一件挺逗的事情。她说：“你答应我这个，行吗？”我的目光从她的身上掠过，移向窗外，看着街另一侧的停车楼。外面下着雨，暮色降临，停车楼的广告牌闪着蓝光，看上去很美。我说：“你给我听着，我干吗要答应你这个，我自然不会和他有任何瓜葛的。”露特说：“我心里明白，可你还是要答应我。”于是我说：“那我答应你吧。”说罢，我再一次注视着她。她真不该说这些话。

赵晓阳读着，左手抚摸起草坪。草坪湿漉漉的，像某个女人滚烫的阴部。他松了松皮带，滑腻的左手就没进裆里。

十四

他们是提前到的，提前了将近十分钟，但他们到时，周书记和李老师已经坐在那儿等了。周书记和李老师每人手中拿了份他们交上来的《事情原委》。

“我去开了会，这件事并不像你们想象得那么简单。对方的态度非常坚决。事情如果得不到合理而妥善的解决，濮青的妈妈到时肯定会诉诸法律的。一旦事情闹大，后果会变成什么样子，那就很不好说了。我上次也已经言明，这事跟你们脱不了干系的，对方已经掌握了有力的证据，你们也说，当时球场上也有很多目击证人的，即使你们咬紧牙关，真相也终会水落石出的。

“如果你们说了谎，如果是你们其中一个人踢的，尽早承认，尽早去给人家家长赔礼道歉，或许，事情还有可以挽回的余地。你们出于同学友谊，或者害怕承担后续的医疗费用，不管哪种原因，你们隐瞒了事实，那就赶快主动去与对方坦白，或许还能得到对方的原谅。如若不然，最后被查出来，肯定是会受到处分的。你们的档案里，也会浓墨重彩地添上这么一笔。可想而知，这对你们将来的就业会造成多么严重的负面影响。学校也不会放过你们的。至于怎么处分，那就要看事态的严重程度了。”

周书记劈头盖脸的两段话如重型坦克突然冲向了他们的心理防线。他们似乎防不胜防。

“我现在再问你们。”周书记的语气里明显带着挑衅与震慑，“请你们认真回答我的问题。”他瞄了眼手指间夹着的《事件原委》，那张薄薄的纸忽而就摇晃起来。

“上次你们说第二次去医院交钱是因为不忍心看着一个女孩在医院抹眼泪，而你们的说明里却说是出于减少麻烦、避免争吵，请问，当时，你们到底有没有争吵？有没有第三方比如医护人员可以给你们证明？”

“赵晓阳可以回答吗？”周书记谁都没看，又瞄了眼手里的那张纸。

“是解释了下的，也没有大的争吵。也不好意思争吵的，我们几个男的，她一个女的。当时护士跟医生也没在啊……”

“我再问你们。我们现在还原事发现场，回忆一下球踢到人这件事的前后的经过。我们先说当时你们将濮青送去医院，她的同学是否在场？”

“有很多的。大多都是女生。”

“这就是你们所说的去送的原因。那好了，谁先看到濮青被球踢到了？谁又第一个跑过去的？”

没有人回答。

“谁第一个看到的不好回答，那谁第一个过去的呢？”

还是没有人回答。

“这很难回答吗？你们同时过去的吗？”

“谁第一个过去的就说嘛，我当时在北门边上喝水呢，后来才过去的。”刘大平说。

有人将眼光斜向了敖晨。他依然坐定了般，低头不语。他的两只手各自捏着一小块沙发皮。

“……我，我先过去的。”周竞超说。

“为什么问了那么长时间才承认？难道已经忘记了吗？”

周竞超不回答了。

“球不是你们踢过去的。是你们的对方球员踢过去的。那么，请问，当时是谁在防那个人？”

没有人回答。

“没有人防守，那个人一脚就踢出界外伤到人了吗？他难道是故意的？”

“也不是对方的人踢的。当时球场上不止我们这一拨踢球的，还有好几拨呢，可能是他们踢的。”眼看要招架不住了，曹文辉慌忙补了句。

“可能？”周书记逼问。

“就是另一拨踢的。”

“那好了，我再问，另一拨踢的，那球是谁的？”

没有人回答。

“不要告诉我球是你们的。难道你们的球会在另一拨踢球的人脚下吗？”

“球不是我们的。”陈兴平很少说话，也是被逼急了，他插了句。

“可你们忘了你们怎么跟濮青家长说的了吗？你们跟人家说，球是你们的。现在你们又说，球不是你们的。球到底是不是你们的呢？到目前为止，你们说的哪一句是真话？你们以为我在这里哄着你们玩呢？”

“对不起，周书记，说实话，离事情发生也过去很多天了，不可能每个细节都记得很清楚啊！谁也没想着后来会出这么一档子事，要早知道，哪怕当时录下来都行啊。”曹文辉拖延着时间，等待着脑电流输送来后面的话，“其实，我记得，当时的情况应该是，球真是我们的，不是对方的人踢的，可能也不是另一拨踢的。为什么呢？刚才您一反问，我真是手忙脚乱说错话了。为什么说是可能呢？当时，球出界了，谁开的大脚，偏了，飞出去很远。我们喊人帮我们踢一脚，踢回我们的场地，可他踢过来也踢偏了，他一脚踢到濮青身上了。我们并不知道那人是不是另一拨某个踢球的，也可能就场边随便一个人，当时操场上人很多，也很乱，我们没怎么注意的。球踢过来，周竞超去接，就看见濮青被球踢到了。所以，周竞超算是第一个跑过去的。不过，周竞超第一个跑过去，是去接球的。他刚才停了一段时间才回答您的问题，我想就应该是这个原因。他跑过去是冲着球的。跑过去才看到濮青受伤了，然后，我们也陆陆续续过去了。”曹文辉一边说，一边用手背擦着脑门子上的汗。他的眼都紧成一条缝了，眼神仿佛飞离瞳孔潜入了迷蒙的黑色回忆，重新检阅着遥远阳光下那个动乱的下午所有人的一举一动。

“是这样的吗？”周书记一个个看过去。

他们一个个将眼光丢在休息室一尘不染的木地板上。曹文辉说完，也匆忙选个了脚旁的位置，劫后余生般看过去。木地板反着光，光线粼粼跃动，搅动着他们的视线，和思绪。

“是不是嘛？”

没有人回答。

“认为是的就可以走了。”

也没有人起身。

“认为是的可以走了。”周书记重复了一遍。

曹文辉站起来。刘大平站起来。周竞超站起来。梁诗豪站起来。其他人跟着站起来。

他们一步一步挤向休息室。他们看上去并不急着要走，可门口却明显有些拥堵。

他们听到周书记坐在他们身后说，把门给我带上。

门就无声无息关上了。

十五

章沁怡打来电话时，赵晓阳正站在五楼的楼梯口屏息静听。他刚要迈进走廊，一串急促的敲门声囫囵传过来，他退回去的瞬间，余光乜到了敖晨。敖晨进了曹文辉的寝室。一会儿，又有脚步声和开门声，他又瞥见周竞超也进了曹文辉的寝室。

电话就打过来了。

他握着嘟嘟响的手机下了楼梯。

吃的自助火锅。天都黑透了，有七点多了吧，可小吃城里的人间烟火还丝毫没有要谢幕的迹象。自助火锅在三楼，吃的人大多是校园情侣。一个鸳鸯锅，每人限定一份荤菜，素菜随便取。多加荤菜的话，另外加钱。点几个荤菜，再算上人头费，一顿吃下来，不过三四十块钱。正因为还算实惠，又可自助和消磨时间，这里成了小情侣们经常光顾的地方，有时候还需要排队或者预订。

他们坐在仅有的一个空桌上，靠着卫生间。等了一会儿，他们才挪出来。

旁桌的女孩很漂亮。瘦瘦的，温婉可人的类型。她的男朋友很高，穿着风衣，美特斯邦威的款。他剥了花生仁喂她。她把嘴努起来，撒娇卖乖的神情。

“可能还会更糟的。”赵晓阳从别人的幸福里拔出视线，“踢的人不承认，那边又认定是我们当中的某个人干的。这样拖延下去，我的嫌疑就凸显了——第一次我交了钱。第二次我又去交了钱。第二次交钱还是我一个人去的。说不清啊。”

“把实情说出来不好吗？”她帮他倒水，往油碟里加葱瓣和香菜，她知道他不吃蒜末，胃受不了。

“要说的话，刚一开始还好些。事到如今，我把人家供出来，人家也可以反咬我一口。本来就不止一人对我第二次去交钱感到愤怒，我现在把人供出来，其他人若是选择沉默，或者不站在我这一边，那我就成了恶人先告状。学院也会认为我是急于摆脱自己身上的嫌疑，狐狸尾巴露出来了。”

“可其他人真会坐视不理吗？我不太相信。”

“踢那脚球的人现在正拉拢人呢。他虽然没事人似的一直不说话，可他精明得很。也不用拉拢所有的人，大多数总归是会为了自己的安全沉默不言的。”

“大不了就鱼死网破。不是你踢的说破天也不是你踢的。学院再找，你就说出来嘛，反正说的也是真话。不能拖半天把自己拖成替罪羊了。”她看到他的脸色有些憔悴。他低着头吃碗碟里的菜。她就一直看着他。看他的额头、脸，以及忽隐忽现的下巴。她帮他用勺子捞了鹌鹑蛋和牛丸，移到唇边吹了吹，放进他的碗碟里。多吃点，她说。她又忙着捞了一勺子，看着他抬起头来，赶忙递进他的碗碟里，再多吃点，她说。

她要说的话放进了短信里。吃饭回来后才发的。他没有在第一时间看到。他刚把她送回寝室，方成章就打电话过来了：“阳哥，那脚球的事，有新情况。”——他都忘了什么时候存了他们的号。

他撂下电话急慌慌去了学院楼旁的小树林。

短信上说："那次，我们说好了，三个人一块儿去动物园的，你临时改了主意，温铁军来了，你说机会难得，想去听他的讲座，可我后来看到学校的新闻网站上说，他第二天才来的——那天，他向我表白，我答应了。我其实笨得很，就想直来直去。"

十六

他认识章沁怡，还是刚来重庆不久。因为刚来重庆不久，他认识胡浩也就不久。时间是个很神奇的东西，它有诸多作用，其中之一，便是催化剂。那个时候，短暂的相识催生了他跟胡浩的一见如故，他们相谈甚欢，相见恨晚。

胡浩的女朋友远在云南。他的女朋友远在别人的怀抱。他们张罗着认识新的姑娘。借口是帮他另觅新欢。

时间前行。事物发酵。一些姑娘来了，又走了。很多姑娘来了，又走了。他们的世界里就剩下了个章沁怡。怎么样呢？在一个叫老房子的酒吧里，他们第一次遇见了她，夜半归来的路上，胡浩这样问他。什么怎么样呢？废话，当然是这个姑娘怎么样。我觉得不错呢。我也这样觉得，刚开始第一眼没什么印象，可越来越觉得聊天的时候舒服。

"追吧。你台前，我幕后。我提供智力支持。"胡浩说。

他们邀她一块儿出去玩。躺在草地上看云淡风轻。他们聊天，争吵，谈一些看上去宏大的命题。她负责倾听，调解，以及切换话题。他们邀她来寝室玩。泡茶，吃东西，聊电影和童年。她还提到村上春树，她喜欢村上的调调，甚至称得上迷恋。

这些事后叙述起来都是简单的三角恋的烂俗桥段，可当时的他们，似乎并不这样认为。

他以前的女朋友是中文系的。早已相忘于江湖。那天，不知是想起了过去的什么还是现实中遭遇了新的什么，她破天荒在 QQ 上留言，问他最近过得怎么样。他们就聊了会儿。都是些冷却了的问句和答语。不过，她给他推荐了本书，又是小说。以前，她总是喜欢给他推荐小说。他一本也没看过。可那天聊完天，他似乎有些淡淡的悲伤，像是祭奠，也像是弥补，他在当当网上订了她推荐的那本小说。其实是一本小说集。他强撑着看完了第一篇《露特》。是个三角恋的故事。章沁怡出现在他生活里以后，他又想起了这个故事。某天晚上，他又看了遍《露特》，居然看出了点味道。他第一次给章沁怡发短信："读尤迪特·海尔曼的《露特》，间或在寝室里走来走去。一只秋千，她写道。"他曾经的女朋友喜欢发这样无头无尾的短信，他从来不知道怎么回，所以，从来也没回过。可那天晚上，他却盼望着章沁怡能回点什么，哪怕回个毫无关联的"还没睡吗"，他都会觉得产生了莫大的共鸣，可章沁怡像曾经的他，放任他的短信石沉大海。他无端地觉得荒谬，这是干什么呢？他把小说扔到书架上，扔出他的生活。

可小说好像已如挥之不去的噩梦照进他的生活了。或者，弥漫在他的生活里了。

也许是他多想了。

但他又觉得不对。他看到三个人的聊天里，她的身体是侧向胡浩的。他发觉，她总坐在他的对面，隔着足够的距离。他还研究了她的眼神，她谈到她喜欢的东西时的眼神以及她看他和胡浩时的眼神。某天，他们三个聚在胡浩的寝室里看电影。

胡浩去窗台的饮水机接水，水没接来，却急着回来拉他，他跟着来到窗前，睁大眼睛，目睹了对面公寓楼里一道亮丽的风景。

他们张大嘴，目光惊恐，呼吸停滞。

对面的一间房里，窗帘大开，一个女人正在跟一个男人口交。男人下身赤裸，一只腿搭在床上，一只腿跷在空中。女人丰腴，睡衣遮体，匍匐在床边，头抬上来又坠下去。

章沁怡好奇地走过来看他们脸上的目瞪口呆。她头转向窗外后，身体僵住了。她的脸红得像个苹果。她低下头——低下头是她应该做的，可她低下头后，眼光倾斜，找到了胡浩的眼光。

他觉得，发生什么了。

他把那本小说集扔给胡浩。他让他读第一篇的开头。胡浩看完后，嘴里嚷着“什么鸡巴东西”，继续打他的游戏。他站在一旁，听见游戏里的怪兽说，等得我的心都碎了。

“我们要做一个实验吗？”他说。

“什么就做一个实验？”胡浩点着鼠标。

“我们要做一个实验吗？”他又说。

“老子有女人的好不好。”

他一瞬间明白，从他重读小说的那个晚上起，实验就已经开始了。

可实验到底是怎么开始的呢？

十七

刘大平还在周书记的办公室。除了敖晨，其他八个都聚到小树林了。

“我在周书记那里坦白了。”方成章似乎还置身于某种惊悸里，说话伴着粗气，眼皮也在昏黄游离的路灯光中眨得频繁，“架不住面对面的拷问。一进了周书记办公室的门，他就让我反身关好。他先拉拢我说我们的谈话不会有第三个人知道。他会替我保密。他又提醒我是学生会的副主席，必须要配合学院的工作，也必须讲实话。他还把我预备党员的材料书放在办公桌上，故意让我看得一清二楚。之后，他就问我那脚球是谁踢的。刚开始，我还按照我们之前商量好的说。可他一再反问，我慢慢就露了破绽。他说，你嘴里连句真话都没有，学生会的工作就不要做了。他当着我的面给孟老师打电话，让他暂缓处理我党员转正的事，还有奖学金。他说要取消我奖学金参评的资格。他又说，你以为你不说我就找不出直接当事人了，我只不过在给你一个机会，我都工作三十多年了，这样的学生纠纷事件不说天天见吧，隔个十天半个月也总会碰上。就这个事，我搭眼一瞧，就已经明白是怎么回事。你不说别人就不说？实话告诉你，私下里已经有人来过我这里了——我知道他这是在利诱，在离间，可主要是那个气场，那个气场实在让人受不了。我就坦白了。”还没等大家说句评判或安慰的话，方成章又忙不迭替自己辩护着：“我这都说的实话。周书记让我单独去他办公室的事不要告诉任何人的。我真要偷偷回来什么也不说，大家也不会知道。可我出来学院就在门口候着，看谁又被单独叫过去，提前通了气。现在又把大家叫过来一块儿商量怎么办。”

周书记先后单独召见了四个人。方成章。周竞超。周酩旸。刘大平。他们都是即将要转正的预备党员。赵晓阳并没在认真听方成章的絮叨。他一点不关心周书记用了怎样的手段。他只是在心里庆幸和感激。他庆幸周书记第一个叫的是方成章。他感激方成章自乱了手脚，重压下道出了实情。或者，他应该感激的是方成章并不那么坏。也许，他还应该后怕。可他来不及了，他需要投入大家的讨论之中，接下来怎么办？怎么跟敖晨说？敖晨已经起疑了，大家都不在寝室，估计有什么行动了，可独独少了他。他已经给方成章打了电话。方成章挂掉了。

“事情已经到了现在这个地步，那我们就必须站在这个地步上说话。方成章既然把实情说出来了，后面去的周竞超和周酩旸也坦白了。那现在我们十个人就分成了两拨。一拨是敖晨，一拨是剩下的我们。我们只能承认之前说了谎。我们也不要再说没看见谁踢的那脚球了，即使你真没看见，也不要再说。我们现在必须统一口径，一口咬定球是敖晨踢的，这也不是冤枉他，球本来就是他踢的。我们瞒到现在，挺到现在，说得不好听，都是为了他，现在我们在压力下说出了实情，他也怨不得我们，即使怨，即使想翻案，他也要看看力量对比。我们也算够哥们儿义气了。就跟他说，在学院那里坦白了，他想赖也赖不掉的。不要说谁先在书记那里坦白的。”曹文辉说。“可敖晨要问呢？谁第一个说了实情，或者在他那里，话会变成，谁第一个告的密。”赵晓阳从曹文辉的话里挖出了方成章真正关心的。曹文辉说局势发生了变化，他们九个要拧成一股绳，对付敖晨。可他们是否要供出让他们这些散兵游勇迅速抱成团的功臣，或在某些人看来的罪臣？

曹文辉不说话了。

“他要问，我们就说根本不知道谁先供的。反正单独叫的四个人都招架不住说了实情。周书记还是轮番轰炸，像审犯人，在这间房里问这个，在那间房里问那个，谁知道谁先说的。”周酩旸说。

方成章没说话，他不好说什么。他没说，也就默认了周酩旸的话。

赵晓阳表了态，同意周酩旸的说法。周竞超也含含混混说可以。他不能不同意，他也没有什么损失。木已成舟，这是最好的权宜之计，除非他要供出方成章，可他也知道，没有必要的。

大家也都附和了下。

可刘大平还没从周书记办公室出来。不会又出什么事吧？他可都进去一个多小时了。方成章给他发短信，让刘大平出了学院不要回寝室，先来旁边的小树林。

刘大平跑着过来的。临到他们跟前，一脚踩进一片小水洼。水滴如烟火，晶晶亮亮溅了他一身。他说，日，你们在这里呢，敖晨正在寝室走廊里等你们哪。

“你跟他说了？”方成章急切地问。

“说了。”刘大平有些纳闷。

“怎么说的？”

“是周书记让我去说的。他让我做做敖晨的思想工作。我跟他是老乡，本科又在同一个学校。周书记让我带个话，让敖晨明天九点去办公室找他。周书记还让我跟敖晨说，不要害怕，他家境不好学院里知道，学院里早就有安排的，后续的赔偿，学院会替他想办法的。”

“他没问谁把他供出来的？他当时什么反应？”

“他当然不高兴，但有什么办法。我跟他说，濮青的同学把他认出来了。说是一个矮矮的、胖胖的、留着胡子的人踢的。他不相信。怎么可能？他说，肯定是我们的人先说出去的。”

“你怎么说？”

“我没说。周书记说的。周书记给他打电话了。周书记说，他把你们三个叫过去轮番问话，你们就都说了。”刘大平指了指方成章、周竞超和周酩旸，“周书记还说，让他不要因为这个事跟你们中的任何一个产生矛盾，也不要再追问什么谁先说谁后说之类的细节，否则，学院不会为他出一分钱的。”——周书记的话本为方成章好，可不知怎么，方成章从刘大平转述的周书记的话里听出了些许无聊和猥琐。他进而觉得，整件事以及事里的人都变得脏兮兮的。说了就说了，有什么了不起的呢？就是他先说的，承认了又能怎样呢？他敖晨就是做了不敢承认，才把大家害得那么苦的。整件事里，有什么好人吗？

他就说了。

在五楼黑黢黢的走廊，他对等待已久的敖晨说，我被逼得不行，说了实话。

敖晨还没来得及说什么，曹文辉就将方成章换下阵来，发表了一通慷慨陈词。

“晨哥，事到如今，你也别抱怨谁。球的确是你踢的，我们硬撑着不说出来，也是担了风险的。我们完全可以刚一开始就实话实说。我们也尽了力的。谁你都不能怪，要怪就怪运气差。谁还没有运气差的时候，每天都有出门让车轧死的，那又怎么说？我们为了这脚球，奖学金不能评了，预备党员也不能转正了，我们是对得起你的。”

敖晨更没有话了。他面色阴沉，眼光黑亮，等曹文辉说完许久了，他才重重地眨了眨眼皮。他终于吐出一句话，连累兄弟们了，他说。他道了谢。虽然他的谢意听上去轻飘飘的，失了重心般摇晃不止，但他也悔过似的坦陈，第二次去见周书记时，他本想自己承认的，可心这样想了，身体却是僵的。他说，他应该说的只有感谢。他又道了谢。然后他说，他累了，要回去休息。

大家竖起耳朵静静地站在走廊里，十几秒后，一记关门声，震耳欲聋。他们愣愣的，半天回过神，寻找依靠般，躲进刘大平和余梦飞的寝室。他们舒缓着呼吸，说话都有些吃力，刚才的关门声更像是他们内心幻想的，是此刻他们嘴上的话题烙在他们心上的阴影。

敖晨肯定是要负直接责任的。问题是，他们呢？

“那个新疆女人肯定会狮子大开口的。我们是说了谎，可这是道义上的，法律上，我们并不需要付什么责任。”周竞超说。

“可周书记不是说，我们脱不了干系吗？连带的或间接的责任呢？”余梦飞说。

“脱不了干系，那也就脱不了被讹诈的命运啊，尤其现在这种情况。”陈兴平说。

“学校要说私了，敖晨出大头，我们出小头，到时怎么办？”周酩旸说。

“私了的话，很麻烦的。谁能保证那种人不会再讹我们。私了有什么法律效力吗？要是私了，我是一分钱不会出的。”刘大平从厕所里探出头说。

“管它呢。我反正是早就烦透了，只要这个事能结束，以后不再纠缠我，我愿意出些钱的。”余梦飞说。

……

赵晓阳打量着一屋子的人脸和心计，眼前的说话声渐渐模糊起来。他似乎听见空气中到处都是噼噼啪啪的打斗声，到处都是摩擦、迸裂和爆炸。他有些窒息，空气中藏匿了无数把刀子，他咽下的空气里，好像都是些伤口，他的，其他人的，还有些伤口上的脓，腥臭腥臭的，滴进他的肺里，心里，还有血液里。这是一间脏兮兮的屋子，他窒息了。他艰难地歪着头，方成章也歪着头，他看过去，方成章像块石头。

十八

李老师热情地握着濮青妈妈的手：“我带着学生来赔礼道歉了。”濮青妈妈点了点头。“我也是被学生骗了。他们一直都没说实话。真是抱歉呢。我这个辅导员工作没做好。濮青现在病情怎么样了？”濮青妈妈抽着手，可能要说些敷衍的话。李老师赶忙搭上了另一只手，她双手握着濮青妈妈的手，没等对方回答，她又热情洋溢地说起来，真是抱歉呢，我们来晚了，我们早该过来看望了。她这边说着，敖晨迎上去牵起濮青妈妈的另一只手塞进自己合拢的手掌里。“阿姨，实在对不起啊，我早该来的，那脚球是我踢的，我们撒了谎，请求您能原谅。”

濮青妈妈的两只手置身滚烫的热情里，像呼喊救命的落水者，甩了又甩，拽了又拽，她无奈地将脸上胜利的喜悦转换成委屈的愤慨，你们坐嘛。她喊起来。声音里都是哭腔。李老师和敖晨无限不舍地松了手，大家循着床沿规规矩矩坐下来。

濮青妈妈两只手相互揉搓：“我想着你们这两天也该来了。”她用右手按了按眉心，“你们是不知道一个当妈的心啊，这些天我每一秒都是煎熬——”她的话被李老师打断：“我能理解你的痛苦啊，我也是一个女孩的妈。”“你们这个样子，真是无端把事情搞大了，也把我惹火了。本来，我就是来看看女儿的，家里事情多得不得了，可现在倒好，我要定了心跟你们搬弄是非。真是搬弄是非呢，把你们颠倒的是非都搬回原处。你们说你们这是何苦呢？我当时就说了，我过来不是讹人的，我们家一点都不缺给女儿治病的钱。我就是想知道个事情的原委。球踢到了我女儿，应该有人过来承认，过来说声对不起，我们要的无非也就这样。”濮青妈妈稍一停顿，李老师立马递上抱歉的话，敖晨也跟着连连道歉。“算了算了，”濮青妈妈连连摆着手，“不说了，不想说了，跟你们也没什么可说的，这些天我的话都快说尽了，我接受你们的道歉，你们回吧。”——大家都做好了长时间忍辱负重的准备，忽然听到濮青妈妈让他们回去的话，像挨了一闷棍，一时半会儿还有些反应不过来。

李老师最先从措手不及里抽出老迈的身躯。她一步就迈到濮青妈妈面前，双手迫不及待地抓住了那只似曾相识的手。“濮青妈妈，您看，”她老练地犹豫着，“我们是诚心过来道歉的，还专门邀来了濮青所在学院的辅导员黄老师，”她右手摊向一个拿着记录本的矮个子女人，又收回来：“想必您肯定认识的。”她双手逗一逗，传递给濮青妈妈一些警醒的痛感，“您看，要不，咱们交换一下关于费用的问题。当然主要由您来说说怎么样赔偿。”

濮青妈妈在跟李老师交换看法之前，先跟矮个子女人交换了一下眼神。“那好吧。既然李老师提出来了，咱们今天谈谈也无妨。早谈了，大家都好早做准备。”

赵晓阳一直在观察隔壁床输液的那个老太太。她应该是退休的教师或教师的家属。她已经很老了，有七十或者八十，她始终微笑着，对那么多人突然的造访心存宽宥。她宁静地看着吊瓶里的液体通过管道输入她斑痕覆盖下的血管。她的嘴唇卷进空洞洞的嘴巴，一道从鼻孔处延伸而来的皱纹挂住了唇边。待药液近无，她抖了抖嘴角两边的皱纹，轻轻拔掉手背上的针头。她下床叠好了床被，带着笑意往门外走。走过赵晓阳，他伸手扶了扶她颤巍巍的身体。谢谢，她说。打扰您输液了，赵晓阳说得大声，像是说给别人听的。其他人朝这边看来，又很快放弃了这里。不碍事的，她说。她走出病房。赵晓阳听见濮青妈妈说，医药费，看护费，她的请假补偿，她们娘俩来回的车路费。他想，没有那脚球，濮青就不回家了吗？他伸出左手食指朝一双眼睛勾了勾，那双眼睛移到他左手边。他贴向她的脸轻声问，《圣殇》看过了吗？他看到她的脸上散布着一些雀斑。他的喘息催红了她的耳朵。她略显尴尬，还没来得及呢。他的嘴快要吻到她的耳朵了，她听到他说，老子可真不是踢那脚球的人，让你失望了。她脸上的雀斑就跳起来，还变大了，好像有一个无形的美容师正在她的脸上施展才华。但那的确是一张太过朴素的脸。他又听到濮青妈妈说，她还要带着女儿去专门的医院做个理疗。她还说道，我来之前咨询过律师的，这些方面的赔偿都是必要也必需的。说实话，她说，我来之前，一些原告材料都起草好了。——她准备了原告材料，她是有备而来的，所以她飞过来，所以，她还会飞过去。

赵晓阳站起来，走到那个有备而来的女人面前，热情地看着她狐疑的脸，轻轻地说："你也不是什么好东西。"

"你说什么？"她表现的措手不及似乎要远甚于李老师。

"你也不是什么好东西。"赵晓阳微笑着重复了一遍。

她就在他的身后发飙了。所有人都在他的身后发飙了。他却像刚才那个老太太泰然自若地走向病房的门。他走出病房，走进狭长的走廊。

曹文辉追上来："赵晓阳，你疯了吗？"

他回头看了一眼："真的，你也不是什么好东西，曹文辉。"

他走出走廊，看见一个女护士迎面跑过来。

"操。"他在心里说。

十九

赵晓阳给章沁怡发短信。"发烧了。躺在寝室的床上动弹不得。需要退烧的药。"短信一发送，他就关了机。

他的确发烧了。脑袋昏昏沉沉的。还流鼻血。他刚到乡下的小学校代课时，水土不服，也流鼻血。

他任着敲门声咚咚响。一秒，两秒，三秒。一秒，两秒，三秒。他从蒙着头的被窝里钻出来。脚磨蹭进棉拖去开门。

她看见他穿着皱巴巴的保暖内衣，脸庞浮肿，眼神倦怠。她踮起脚摸了摸他的额头，像触了电。她有些慌了。赶忙打开饮水机烧水，又撕扯起手里的塑料袋。

她来到床头，俯下身，一手拿了药片，一手端着纸杯。他用发烫的眼睛看着她。看着她咫尺天涯的眼神。他忽然用尽全力挽住了她的脖子。她手里的药片飞出去，水杯里的水溅起来。他翻起身，将她扭在床上。她在反抗。她的双手胡乱地推搡。她的双脚踢踏着空气和地面。她用力地拍打着。可她没有喊。没有惊动世间任何一个无关紧要的人。他把病重的身体和病重的呼吸狠狠压在她的身上。他剥去她的衣服。上衣和裤子。他把手伸进她的内衣。上身和下身。他碰到了她的乳房。和另一只乳房。他抚摸着她圆圆的屁股。以及，久违的私处。他纵容着他的欲念。和另一种命运。他形塑着她的地狱。和另一种天堂。他将她剥了个精光。她的胴体是一个谜。他褪去了他的下身衣服。他的下体包含了整个世界。

她都脏了的。他也脏了的。

可他们好好地做了起来。那么丑陋，又那么优美。

他们不想惊动任何一个人，也不想惊动任何一种动物。可总有一些想法会事与愿违——电脑桌上的水杯掉到地上了，停了几秒，炸了。一只惊慌的老鼠跳到饮水机的桶面上，蓦然回首，看到了刚才水杯落地的一幕。

他们戛然而止。确切地说，是他戛然而止。

他抽离她的身体，提起内裤，跳下床，顾不得穿棉拖，径直扑向饮水机。它躲他。他追它。他们在安静的寝室里制造着本该就有的动乱。它围着寝室转了一圈。视察了阳台，也参观了厕所。它又转了一圈。他又追了一圈。它仿佛玩腻了，回到出发点，一收身，钻出了房门——刚才她进来时心思都放在他的病上了，随手的带门，并没有关严。他拉开门追出去。他在五楼总是不见光的走廊飞奔。他下了楼梯。五楼。四楼。三楼。二楼。一楼。他在入口处撞飞了一个女人。那只老鼠却跑出了公寓，跳上台阶时，还摇了摇胡须，回眸一瞅。

二十

我就是那个被撞进垃圾堆的女人。那天，我从对面的公寓楼回来，还没来得及上楼梯，只那么一晃的工夫，就蓦地被埋进了垃圾中。我耸了耸身，扶着垃圾桶抬起头，我没看见什么所谓的老鼠，只看见一个面目狰狞如老鼠的男人。大冬天里，他正流着鼻血穿着裤衩光着脚丫旁若无人地奔跑着，这是何等奇异的人文景观，丝毫都不亚于一个女人跟一个男人口交。是的，我认识这个男人。想必这个男人也认识我。我就是故事开头时那个被老鼠惊吓后躲入他怀中的泰国女人。我还是那个他在窗帘后无数次窥到的正在跟某个男人口交的泰国女人。是的，我当然知道他曾无数次躲在窗帘后头窥看。我也知道窥看的还不止他一个人。某一天，我心血来潮，用忘了哪个男人给的钱买了一架望远镜——对面的公寓里住了很多泰国男人的，那些寝室，我可以想什么时候去就什么时候去，想待到什么时候就待到什么时候。我也要偷窥那些偷窥我的人。我还要看得更清楚。于是，我看到了他戴着耳机边看日本片边自慰。我也不止看到他一个人，很多偷窥过我的男人都曾像他那样。

那一次，在一个恰当的寝室位置上，透过望远镜小小的精准的孔，薄薄的窗帘被毫无悬念地穿透，我看见他的隔壁寝室也有一个女人在跟一个男人口交。女人的动作看上去笨拙而僵硬，表情显得那样委屈，也那样绝望。而隔壁寝室的他，正坐在地板上，背靠着墙，看一本书。

我调了调焦距，他已起身站到了窗前。

镜头里，他泪流满面。

除夕夜，或废弃的养殖场

饭就在厦底吃的，一张小方桌，三个人，六个菜。这个冬天，有几天格外地冷，堂屋里的暖气片冻裂了，没来得及修。屋厦封着玻璃，倒比里面暖和。往年，除夕的这顿，叔叔一家会过来。除夕在付俊伟家过，初一在付俊峰家过，这个传统，爷爷奶奶去世后，也在沿袭。本来是打算在堂屋吃的，冷是冷点，用个小太阳就行，关键空间大，坐得开。菜炒完了，饭桌和板凳擦干净了，叔、婶儿还没过来，付俊伟没去叫，爸妈也没说让去叫，他们就搬出了小方桌和杌子，将菜盘端到了厦底。

饺子吃完，撤碗筷的时候，狗咬了，是婶儿来了。她先在门楼杵了会儿，狗咬个不停，便直接进来了。她已吃过了饭，说过来坐坐。婶儿在外打工，前几天才回来的。聊的都是家常话。她还不知道付俊伟退学了，问了些读书的事。付俊伟含混了几句，爸妈也含混了几句。没人提付俊峰。爸妈在镇上的方便面厂上班，抱怨厂子效益不好。婶儿在上海一家大排档里烤串，煎熬的是时间。不提付俊峰，话很快说不下去了。沉默了一阵，婶儿说，结果下来了，张宇辉判了六年，王耀龙判了四年。他们没接话，婶儿也没继续。她把左手蜷了起来，按在左眼上，只是按着，没哭。说了张宇辉和王耀龙，也就等于在说付俊峰了。他们一块儿犯的事，两个当场被拘，一个逃了。说了付俊峰，话似乎更说不下去了。付俊伟起身去泡了杯茶，婶儿说不渴，但还是接过了杯子，抓得紧紧的。

她的手皴了。

付俊伟没坐回去，跨两步，拉住了玻璃门的把手。吃饭时，妈说，一会儿出去逛逛吧，丰镇也要办自己的春晚。他不想出门。但他离开屋厦，进了院子。他不想出门，也不想待在家里。他算是把父母的心伤透了。何况婶儿来串门了。他能说啥呢？他走出了门楼。

他其实根本不想回来。他爸叫他回来的。不知他如何获知了他的落脚地。彼时，他正在整理图书，一抬头，爸进来了，他盯着书架上的英语复习资料，许久，一字一顿地说，你妈让你回家过年。

夜里才到家的。早上起得晚，春联也不是付俊伟贴的。往年，贴春联是他和付俊峰的活儿。从爷爷奶奶家的老院子开始，他们俩，一个抹糨糊，一个粘，门多，联多，着实要费一番功夫。付俊伟在巷子里的公路上走，他没想着去大街，到头了，他绕进另一个巷子，半截儿，他又转进下一个巷子。莫名其妙地，他停了下来。莫名其妙地，模模糊糊中，他看见了养殖场，张宇辉家的养殖场。

西边天上还残留着一小缕灰烬似的红色，头顶，眼睛的缥缈处，几颗星星已吐出了幽辉。养殖场只是团凝固的暗影子，兀自蹲蹴在离公路几十米远的荒地里。鞭炮声突然嘭嘭了一阵，付俊伟一晃神，犹豫着下了公路。他掏出手机，揿亮了手电筒。光发散出去，跟着他的脚步，一点一点往前蹭。光点落在了养殖场的空心砖上，付俊伟的手一颤。光点又落在了石棉瓦上，风一吹，掉下来，啪嗒一声，仿佛坠进了岁月的窖池。

付俊峰说，哥，这里宽敞吧？就是他家的。这是张宇辉，这是张宇辉的姐姐，张玲玲。这是王耀龙。你别跟那些大孩子混了，跟我们一块儿玩吧。

付俊伟听见了，啪嗒一声，他咽了口唾沫，有些东西在往外涌，他咽着唾沫。他的手又颤了，心也颤了。是起风了，他茫然地环顾左右，转头，再转头。手机的光柱摇摆起来，凌乱着。他瞅见了个人影儿，在公路的昏暗处，挪得很慢。他慌了，见不得人般，摁灭了手电筒。黑暗瞬间罩下来——不是什么猝不及防的事，或许只是天黑了。他抽抽鼻子，又抽了抽，废弃多少年了，连味儿都没了。他安慰自己似的，喃喃地说。

公路上的人影近了，还多出了一个，人影更近了。南街的大喇叭这时发出了刺啦刺啦的提醒，晚会要开始了。街道办主任粗犷雄浑的声音里似堆满了痰意和烟腥。看来真有一个晚会，付俊伟轻咳两下，折反身，迈出了大步。

风不大，却是硬的，付俊伟扯了扯羽绒服的帽子，套在头上。他嘴里哈着气，双手插进口袋里，还是有点冷，该戴上手套的。他摸到了烟盒，抽出一根，点上了。烟雾的氤氲里，巷子和屋舍的轮廓，显得愈加凋敝。扔了烟头，跺了脚，付俊伟转向大路，去了镇政府。

政府对过是个新开辟的农产品批发市场，所谓的丰镇春晚，就在那里举行。进了院子，一簇通明的灯火猝然撞疼了付俊伟的眼皮。他拽拽帽边，将羽绒服的拉链拉到顶处，缩着肩，低着头，偎到戏台子下面。断断续续到来的人已积累了一些规模。人群里，多的是老人和小孩。付俊伟的旁侧，一个小孩由老人托抱着，小孩穿得像个企鹅，手里拎着灯笼，嘴里咿咿呀呀喊着什么。也有一些年轻人，染着头发，穿着时髦的廉价衣服，偶尔用尖叫和口哨起着哄。戏台子上一个浓妆艳抹的女人正在唱《恭喜发财》。话筒跟南街的喇叭一样有些漏音。

付俊伟前面的人兜着头说起话。

“镇里领导照完相走了？”

“早走了，来去不到十分钟，那还是刚擦黑呢。”

“听说要在电视台播？”

“可能哩，你看，那个拿机器的人不正咔嚓咔嚓地照吗？”

付俊伟往台子角瞄了瞄，果然有个穿皮夹克的男人在扛着台摄影机，他弓着膝，不时随着台上演员的移动调换着身姿。这个时候，中年妇女扭着屁股下去了，跟着上来个中年男人。他留着背头，穿着西装，打着领带，紧束的腰带捆扎着一个发福的肚子。付俊伟好像在哪儿见过这个外貌特征很鲜明的男人，还没细想，前面又传来了说话声。

“听说就蹦跶这一会儿，镇上就给了丧葬班子一万块？”

“那可不，你以为呢，要不，大过年的，他们穿这么少在这里胡嗷号！”

“丧葬班子可发了，要搁平时，他们要哭唱多少回，才能赚那么多。”

“那可不，你看那骚娘儿们下台时屁股扭的，乖乖的，挤出来的屁都是带响的！”

丧葬班子？付俊伟想起来了，大肚子男人是徐有才，有才的爹是拉弦子的徐瞎子。丰镇流传着许多有关徐瞎子的啼笑皆非的掌故，那些笑话总是变戏法似的从老人们的嘴里说出，童年的棉花糖般滋润着一拨又一拨在丰镇长大的孩子。徐有才组织了个响器班子，镇上哪家死人了，他们就去吹吹打打，哭哭闹闹。以前，丧事上很少唱歌，唱的话也是哭歌。但这几年，不论是八十的寿终还是二十的夭折，丧事上总有歌声飘来荡去。

徐有才挺挺不太合身的西装，唱了首《歌唱祖国》。临近结尾时，台下的人群忽然一阵骚动。付俊伟被后面的人恶意地往前推搡了两下。他瞥瞥，右后方的几个年轻人在搞恶作剧。

他听到了他们嘀嘀咕咕的话，迟疑片刻，挨挤到了他们的身后。

那个叫勺子的家伙的确在讲玲玲的事。

他努力克制着。

付俊伟站定，踟蹰了几秒，大声喊道："俊峰。"付俊峰哭哭啼啼的小嗓音立刻回应了他："哥，他们让我们吃地上的鸡屎，我们不吃，他们就打我们。"勺子斜着头乜了眼付俊伟，呸地吐了口痰。再抬头，付俊伟飞起的拳头已打在了他的鼻梁上。勺子趔趄着捂了捂鼻子，扑上来。他的跟班也骂咧咧围过来。

付俊伟摸起了墙角的一块砖。

许多福的拳头恶狠狠地，呼哨着越过了付俊伟的头顶。付俊伟踉跄了下，倒了。四五个人都倒了。一个小孩子哇叽一声蹾在地上，哭声顿时炸开了花。人群乱了，乱作了一团。老人们骂着，不绝如缕。台上角落里的摄影师朝台下转了转机器，又慌忙将机器转回台上了。

"这个南街的疯子脑子没长，个头和力气却长啦，嗨，拉都拉不动。"

"大过年的打什么架，这个疯子是不是又发病了？快把他拽回家。"

勺子和许多福被手忙脚乱的人们拖成了脚还在踢打的两个人。勺子还想再扑过去，人们齐心协力摁住了他。“打什么打，都定亲的人了，不知道丢人现眼！”不知谁的话让勺子消了气，他扑打了身上的灰，揉揉脸，扭头对一个年轻人说：“日他娘的，真晦气。”又说，“妈的，走，去我家打牌。”

这一闹，南街的几个老人觉出了晚会的索然无味，要回了。他们围住了许多福，簇拥着呵斥着推着他走。一路上，哄不住的小娃娃的哭泣仿佛刚才的一场打斗发出的回音。不少人家在放鞭炮了，噼噼啪啪的，过年了。远处城里的烟火铮亮铮亮地划过夜空，小孩子的嘴还在惯性地咧着，不过，也都慢慢随着睁大的眼睛发出了另外一种带着泪渍的惊诧声。

付俊伟也往回走去。邮电局，农村信用社，三孔婚纱摄影，苏果超市，公路管理站，回去的路似乎比来时要漫长。漫长的路烟花璀璨。璀璨的星空缄默不语。风大了些，加油站的幌子忽闪忽闪乱动。路过丰镇中心小学，付俊伟跑了起来。读大学后，他几乎每天都会去操场上跑步。平常都是五圈，大二下学期的那个晚上，他一口气跑到第九圈时，退学的念头惊雷似的爆在他的脑海里，他一下子瘫倒了。

身上出了汗，付俊伟撑着膝盖大口大口喘气。再直起身子，他错愕了。他不想来的，不想看到养殖场，可养殖场阴魂般杵在了他的面前。天已黑了，养殖场不过是一团更黑的影子。可愈加的黑暗里，它的存在却愈加清晰了。他没掏手机，径直走到养殖场门口。他使劲嗅，再使劲，他谛听，使劲谛听，真的没味了，只有风在猎猎地响。只有荒草在风里，猎猎地响。到底什么在响啊？

玲玲说，这是许多福，他爸在山上开石头被雷管炸死了，他跟着他妈从杨柳镇搬到丰镇来。

不是风，养殖场里传出了响动。确实不是风。付俊伟屏住了呼吸。不会是付俊峰吧？付俊伟摸出手机，养殖场的大门已被卸走，一束光射了进去。

又没动静了。

付俊伟俯身握住了半块空心砖，拎着，进了养殖场。养殖场不大，不过两排空心砖房舍。当然，小时候可不这么认为。房舍的窗户已成了一个个窟窿，顺着照进去，光柱被吃掉了。窗户离地不高，付俊伟攥了攥空心砖，陡地跳进去了。

谁？付俊伟举起砖，吓得吼了声。

灯光撞到了一个人，确切地说，是一张露在棉被外的苍老的脸。

谁？付俊伟觳觫了几下，又喊一声。

棉被动了动，老人翻了个身。

你谁啊，鬼吗？闻到一股臭味，付俊伟愣在了那里。

老人又翻了个身。

照啥照？

声音恍若来自地底，瓮瓮的，远远的。

付俊伟看清了老人的脸。他松了手，空心砖扑通掉在地上。付俊伟认出了他。不，他只是猜到了。老丰头是丰镇唯一姓丰的人了。不，他或许不能算是丰镇的人了。

我是付清江的孙儿，小伟。付俊伟说。

老人用胳膊撑撑床，欠了欠身。

你怎么在这儿啊？老丰头家的老屋挨着付俊伟爷爷家，小时候，老丰头经常逗他玩。后来，老丰头去东北了，老屋也塌了。

有烟没？老丰头忽略了付俊伟的问题。付俊伟站着没动。

有烟没？老丰头又问。付俊伟递了烟，帮他点了火。

老丰头去了东北，在东北娶了媳妇儿。后来媳妇儿不知怎么死了。再后来，老丰头从东北要着饭、拾着破烂儿回了山东，回了丰镇。不过，回来了，他又走了，去了东北。他就这样走了回，回了走，无数趟了。起先还有人当个景儿，后来就再没人过问了。

老丰头怎么会在这儿呢？付俊伟照了照，棉被虽薄，还挺新的，应该是谁给的。棉被下面铺了麦秸。再看周围，黑森森的，光秃秃的，没个桌子也没个壶。

他的鞋穿在脚上，已烂得不成样子。

老丰头又要了根烟。抽完第二根，他说话了。

听说你考上大学了，那秀才你解释解释，徐瞎子还没死就办了个葬礼，他图啥？他儿子就是揽死人活儿的，办葬礼还不请他儿子，他图啥？

你来来回回走，从山东到东北，又从东北到山东，图个啥？付俊伟抓了把麦秸，铺地上，坐下了。

老丰头问，还有烟吗？

付俊伟先给自己点了根，吸了口，索性将烟盒和打火机都丢了过去。续上烟，老丰头不说话了。他已坐了起来。他们两个人，一老一少，隔着一两米，抽着烟。他们有一点交集，多少年不见了，见了也相当于没见。他们问了一些话，问了也相当于没问。他们有什么关系呢？他们就是两个人，一老一少，在除夕夜，在一个废弃的养殖场，抽着烟。是有点地狱的意思，也有点人间的意思，也有点天堂的意思。他们都坐在平地上，屁股底下塞了麦秸，他们又像是都掉进了井里，井里除了水还是水，除了死寂还是死寂。井应该还有个口儿。

以前这里养过鸡，也养过鸭。张宇辉的爸，就是大驴子，贷款办了这个养殖场。几个孩子常在这儿玩。那时候，进禽苗、出售成品鸡鸭，都在夜里。卡车超载，怕查。孩子也是劳力，他们干得更起劲，有时晚了就不走了……

付俊伟眨巴眨巴眼说，再给我根烟。

老丰头说，我不是鬼，可我已经死过了，别跟死人抢烟，你去外面买吧。

付俊伟起身，真出去了。走出了养殖场，他跑了起来。他没去买烟，他见到老丰头了吗？他跑回了家。他不该给老丰头端碗年夜饭吗？是老丰头吧？是那个给自己把过尿的老丰头吗？回到家，婶儿已经走了。他想问爸妈，老丰头是不是回来了？老丰头还活着呢。还没开口，顺手关上的大门砰地被踹开了。

三个警察荷枪实弹地闯进来，还在院子里就举起枪乱喊：别动！别动！正在看电视的付俊伟的爸妈吓傻了。三个警察蹿进堂屋，左右警觉地问："付俊峰有没有藏这儿？"付俊伟的爸妈还没从木讷中反应过来，只条件反射似的说着，没，没。"有没有？"警察的头儿——一个四十多岁的斜眼男人又冲着付俊伟吼一句。"没有。"付俊伟答。"那你跑什么？"警察的头儿质问。"法律有规定我不能跑吗？"付俊伟觑了眼男人的斜眼，冷冷反问。"搜！"斜眼男人一声令下，两个年轻的警察钻进了里屋。

本来，付俊伟家的狗大豹已被此起彼伏的鞭炮声吓得躲进了狗窝，警察进院后，它奋不顾身地跳了出来，声嘶力竭叫着。大豹的叫很快得到了众多狗同胞的响应，一时间，整个丰镇的狗似乎都叫了起来，狗吠织起的网浪花般一扑棱，转瞬吞没了鞭炮声缀起的涟漪。然而，也很快，大豹的挑衅惹恼了警察。那个正搜查西屋的看上去很英俊的年轻警察一跃而出，啪的一声，大豹的喊叫倏地便跌落了。大豹咕咕哆嗦着原地转了一圈，一仰头，一股浓血喷出来，溅到了英俊警察的制服上。警察慌忙退了步，他抬起胳膊，又朝大豹的身上补了枪。

搜查继续，继续的结果依然是一无所获。劳而无功的警察们聚回堂屋。他们将枪塞回腰带间，显出了一副镇定自若的样子。那时，丰镇的狗吠在丢失了原因和目的之后已渐渐偃旗息鼓。斜眼警察晃了晃腰间的手铐，大获全胜般微笑起来。他从口袋里摸出一盒八喜烟，只给付俊伟的爸递了，瞟了眼付俊伟后，又把烟扔给了后面的年轻警察。他伸出打火机给付俊伟的爸点火，另一只手拍了拍付俊伟爸的肩膀："付大哥，这大过年的进来添晦气，您可要多包涵，咱也是没法子，谁愿意大过年的出来抓人，都是上边交代的任务，不照办不行呀。您也知道，俊峰他们几个小子在外面犯的事不小，当地死了个小年轻，人家爹妈有钱，又催得紧。""那是，那是，"付俊伟的爸附和着，"你们也是办公案的，不容易。""能理解就好，"斜眼警察吸了口烟又说，"既然付俊峰不在这儿，那我们就走了。临走，我还想提醒一句，这话我跟俊峰的爸也说过，你们要知道他的下落，还是让他去自首，现在这样也不是个办法。"付俊伟的爸点头："您说的是，可自从出事以后，他一直没回丰镇，也没个信，我们家里人也着急，这个混小子不知死哪儿去了。""既然这样，那我们就不打扰了，家里老婆孩子也都等着，我们也得过年啊。"警察们伴着话鱼贯而出。走到院子，斜眼警察突然止了步，他冲着堂屋喊了句："过年好！拜年啦！"付俊伟的爸跟出来："过年好，过年好！您慢走啊！"

付俊伟随着警察来到大门口。他从后面猛然推了把那个英俊警察。

"谁让你打死大豹的？"

英俊警察一个趔趄，脸扭曲着，受了从未有过的冒犯般，朝着付俊伟挥出一拳。

"我就打了，你他娘的能怎样？"

"能弄死你。"付俊伟也挥出一拳。

付俊伟的拳头被斜眼警察一把接过去。他握紧付俊伟的拳头拧了拧手腕，付俊伟疼得背过了身。

“你跟警察横什么横，活腻歪了？信不信我把你铐走。”斜眼警察一用力，付俊伟的胳膊咯噔了声。他再一用力，付俊伟就摔到了地上。

警察们扬长而去。

哥，他们去耀龙的出租屋查暂住证，走的时候，顺走了耀龙的钱包。不是一次两次了，不是两次三次了，这样不行。哥，他们凭什么收这些打工的保护费？这样不行。

付俊伟坐在水泥地上揉着胳膊。门口挂着的两个灯笼里透出的红光照亮了他的落魄。大红灯笼高高挂，多么喜庆的日子。他明白这两团红色的含义。他的退学伤透了爸妈的心，但他们的心还没有碎，即使碎了，他们也不会最终放弃他。“你不上学了，没人怪你。你不愿走那条路，咱换一条。咱们输得起。你这个年纪，在丰镇，早该相亲说媒了。这样更好，娶个媳妇生个娃，一辈子平平安安的，比什么都好。”回来还不到一天，妈的这层意思已明里暗里表达了不止一次了。在那个陌生城市的陌生书店里，付俊伟的爸目空着一面墙的复习资料说，你妈让你回家过年。当然，回来以后他就明白了，回家不是仅仅为了过年。丢掉了一条路就同时意味着走上了另一条路。不是他的爸妈为难他，他们在他面前谨小慎微，甚至唯唯诺诺，他们怎么可能为难他呢？

“你不上学了，又不去找个姑娘成亲，你让你的父母怎么办？”

借着灯笼里满含寓意和寄托的光芒，付俊伟盯了会儿大门上新贴的春联。“生意兴隆通四海，财源广进达三江”，这是从集市上买来的对子，模具印出来的。贴春联似已不再是一种风俗，它变成了过年时的一次简单消费。小时候，每年进了腊月十几，爷爷就忙起来了。找爷爷写春联的人踏破了门槛。亲戚邻居们放下红纸，喝着茶，说完哪些门上贴哪些联子就离开了。却苦了他和付俊峰。爷爷写的时候，他们负责兑墨、念字、抻联子。爷爷写完一副，他们要小心抬着去晾晒。有些人家图省钱，把陈年的旧纸送过来。陈年纸不沾墨，每次写之前，只能用湿毛巾先擦一遍。每次擦完，满手都是红的——陈年纸不光不沾墨，还掉色。

天增岁月人增寿，春满乾坤福满门。付俊伟写上句，付俊峰写下句。写几天，换过来。付俊伟写下句，付俊峰写上句。这副联子，他们练了一个冬天。后来贴上了外门，年就到了。

付俊伟蹒跚地站起。胳膊还有些酥麻，他甩着手臂走回院子，过去摸了摸大豹已冰凉的尸体。他抹起地上的一摊血，用鼻子嗅，一股腥臊气呛得他剧烈咳嗽起来。逃避似的，他沿着狗窝旁的楼梯上了平房。平房和门楼是连通的，他来到门楼的边沿，抬腿跨过了镂花瓷砖。尿液冰雹一样砸在红灯笼上，又似烛泪般淌下去。红灯笼在摇，像是躲避，像是忸怩，又像是挑逗。付俊伟抖了抖家伙，连尿也不争气，很快没了。红灯笼在摇。付俊伟提上了裤子。他坐在平房上，抬头仰望着满天繁星。他想抽烟，不停地抽烟。他想起来了，不是要去给老丰头端碗年夜饭的吗？不应该再给老丰头送点烟吗？他起身，门前的马路上，一个黑影倏忽闪过。付俊伟一激灵，脑子空了半秒，他以为是付俊峰或者抓付俊峰的人，下了楼梯，他追出去。

只追了一会儿，付俊伟犹疑了。是许多福。他奔跑的姿势没变。很多年以前，他就是这样奔跑着闯进他的视野的。很多年以前，天就一下子黑了。

付俊伟睁开蒙眬的睡眼，许多福正冲着他笑。他指了指被单上一摊湿黏的污迹，面露幸灾乐祸，俊伟，你遗精啦。许多福又捏起被单上污迹的边缘，拎到付俊伟惺忪的眼前，俊伟，你遗精啦。付俊伟斜低着头，养殖场的窗外，张玲玲正站在下午和煦的阳光里喊，开饭了。

付俊伟还是追了上去。

许多福去了西街。他拿了把菜刀。菜刀砍在勺子家的大门上。金属与金属的撞击声剧烈而空洞，引得不少人探头探脑。

有胆大的邻人站在自家门楼前嚷嚷："多福，大过年的这是干什么，快回家。"也有邻人怯懦地呼唤："快来人呀，疯子要杀人啦。"越来越多的人出来远远观瞧，可能畏于许多福手里的菜刀，并没人上去制止。

付俊伟跑上去抱住了许多福。许多福回了下头，挥舞着菜刀拼命挣扎。他猛一用劲，将付俊伟甩出去老远，许多福也摇晃着倒了。付俊伟倒地的一刻，听见勺子家的门楼里飞出来一句咆哮的话："出去干什么，神经病杀人不偿命的，你跟他逞什么能！"

付俊伟躺在地上。许多福也躺在地上。付俊伟躺在地上听着狗吠和鞭炮声。许多福也躺在地上听着狗吠和鞭炮声。似乎过了很久，付俊伟爬起来去拉许多福，拉不动，他索性一屁股栽地上。

他们说玲玲的坏话。许多福说。

他们说玲玲的坏话。许多福又说。

秋天的傍晚，凉风拂面。丰收的季节，所有盎然的绿意都蒙上了一层沧桑的深灰色。许多福俯下身，张玲玲抬起头。他亲吻了她，她亲吻了他。

付俊伟隐没在玉米地里，他听见，身后，张宇辉的爸跑得吭哧吭哧的。

夜深了，天黑得透彻，是一种黏稠而阴沉的黑。零星的几颗星星眨着。付俊伟深喘着气，闭上了眼。狗吠是静的，鞭炮声是静的，星星落下来了，晃在他眼皮上，像雪花，纷纷扬扬。这就是故乡的除夕夜啊，他突然想起很多年前他们通宵打牌的另一个除夕夜。不记得那时许多福是否来了丰镇。黎明时分，玲玲想要去院子里上厕所，她推开门惊叫一声，下雪啦！所有人都摊开牌跑出来，是啊，好大的雪啊！他们站在新年的第一个早晨里，雀跃欢呼。不知谁提议，我们堆雪人吧，于是，他们开始堆雪人了。雪人堆得很大很大。雪人的眼睛是两只鸡蛋，鼻子是根胖胖的红萝卜，嘴巴则是个香烟盒子。他们嘻嘻哈哈，忙忙碌碌，往雪人的身上点缀着生搬硬套和奇思妙想。他们玩得不亦乐乎，很快，一尘不染的雪地被他们的脚印弄得凌乱而肮脏……付俊伟抹了把冰凉的脸，睁开眼，付俊峰不知什么时候站在了他身旁。付俊峰拉了拉付俊伟，付俊伟站起来。付俊峰又拉了拉许多福，没拉动。付俊伟搭了把手，许多福也站起来了。

付俊峰说，老丰头住进了养殖场。

付俊峰又说，他再也不去东北了。

天空忽地一亮，勺子家放起了烟火。火光闪耀。

他们三个却低下头，惊愕地看见了自己的影子，彼此的影子。

图书在版编目（CIP）数据

缙云山 / 丰一畛著. -- 北京：作家出版社，2020. 8
（2023.1重印）
(21世纪文学之星丛书 · 2019年卷)
ISBN 978-7-5212-0934-1

Ⅰ. ①缙⋯ Ⅱ. ①丰⋯ Ⅲ. ①中篇小说 - 小说集 - 中国 - 当代 ②短篇小说 - 小说集 - 中国 - 当代 Ⅳ. ①I247.7

中国版本图书馆CIP数据核字（2020）第068847号

缙云山

作　　者：丰一畛
责任编辑：史佳丽　李亚梓
特约编辑：赵　蓉　王锦方
装帧设计：守义盛创 · 段领君
封面摄影：覃　耘
出版发行：作家出版社有限公司
社　　址：北京农展馆南里10号　　　**邮　　编**：100125
电话传真：86-10-65067186（发行中心及邮购部）
86-10-65004079（总编室）
E-mail:zuojia@zuojia.net.cn
http://www.zuojiachubanshe.com
印　　刷：中煤（北京）印务有限公司
成品尺寸：142×210
字　　数：197千
印　　张：8.25
版　　次：2020年8月第1版
印　　次：2023年1月第2次印刷
ISBN　978-7-5212-0934-1
定　　价：42.00元